温故一九四二

人間の条件1942

——誰が中国の飢餓難民を救ったか

劉震雲 Liu Zhenyun
劉燕子 Liu Yanzi［訳］

集広舎

目次

共通する登場人物

セオドア・ホワイト――アメリカの『タイム』記者
ハリスン・フォーマン――イギリスの『ロンドン・タイムズ』記者
トマス・ミーガン――アイオワ州エルドラ出身のカトリック神父、司教
蔣介石――重慶国民政府の指導者、軍事委員会の委員長
陳布雷――蔣介石の腹心、警備（衛兵室二組組長）や宣伝を担当
張道藩――国民党中央宣伝部長
宋慶齢――孫文の妻（中国近代史に大きな影響を及ぼした宋家三姉妹の次女）
宋美齢――蔣介石の妻（宋家三姉妹の三女）
蔣鼎文――中国第一戦区司令官
李培基――軍人、政治家、河南省主席

人間の条件１９４２——誰が中国の飢餓難民を救ったか——

ルポルタージュ小説

ルポルタージュ小説　登場人物

花爪おじさん——村の共産党支部書記

範克倹おじちゃん——屈指の地主だが、小作とも親しかった

韓さん——県の政治協商会議の委員、中華人民共和国成立前は県の書記

郭有運——一家で大飢饉を生き延びたのは彼だけだが、その後、新たな家庭をつくる

蔡ばあさん——難民となり妓楼に売られるが、内戦の中で脱け出し、ふる里に帰り、家庭をつくる

毋得安——蜂起した被災民の首領

一

一九四二年、河南は大災害に見舞われた。

この一九四二年をたずねて、ぼくは旅立つことになった。

ぼくの尊敬すべき友人は、モヤシいためと豚足《とんそく》を二つおごってくれ、ぼくはそれを食べたからだ。

壮行の食事はささやかなものだったが、しかし、問題となっている一九四二年なら、たいへんなご馳走《ちそう》だったろう。もっとも、その一九四二年でも、人に自慢するほどのものではなかったが。

一九四三年二月、アメリカの週刊『タイム』の記者、セオドア・ホワイトと、イギリスの『ロンドン・タイムズ』の記者、ハリスン・フォーマンは、飢饉の状況の調査をするために河南に行った。母親が自分の赤ん坊を煮て食べることさえ起きたという、その場所で、わがふる里の河南省政府（省は最上級の行政単位。中国では省から郷まで行政は「政府」という）の役人が二人の外国の友人をもてなしたメニューは、蓮の実のとろみスープ、コショウと唐辛子で味つけした鶏肉、栗いりの牛肉シチュー、豆腐、魚、揚げ春巻、ほかほかの饅頭《マントー》、白いご飯、二種類のスープで、それに白砂糖をまぶした餡《あん》入りの餅《ビン》が三つ付いていた。これだけのご馳走《ちそう》は、現在でも、ぼくらのような平凡な市民は、せいぜい本で読むか、高級レストランのメニューでお目にかかるだけだ。

それは、これまで口にしたなかで、最もすばらしい宴席だったと、ホワイトは語っている。ぼくも、今まで見た宴席の中で最もすばらしいコースだと言おう。しかし、彼はまた、食するにしのびないとも言った。ただし、わがふる里の省政府の役人は、ホワイトのように気おくれしてはいなかったと、ぼくは確信する。

このように述べるのは、一九四二年から一九四三年まで、わがふる里では食べることが大問題だったからである。ただし、問題はわれわれ庶民だけに限られていた。この東方の歴史ある文明国では、どのような状況が起きようとも、県レベル以上の役人にとって（中国の県は省・自治区や市より下位）、食べることは問題にはならない。食べることだけではなく、セックスでも不自由はしない。

問題はまだある。あれから五十年もたって、ぼくが、カビの生えた、小便くさい、ガランとしたトンネルを通って一九四二年に戻ってみると、友人は、ぼくに与えた任務をことさらに誇張して重要だといっていたのだと気づいた。

もやしと豚足を食べ終えると、彼は陸軍大佐のような口調で、一九四二年について説明し始めた。

一九四二年の夏から一九四三年の春にかけて、河南省では大規模な旱魃《かんばつ》が起き、その光景は見るも無惨だった。夏と秋の二季、全省の大部分では収穫が得られなかった。大旱魃の後、今度は蝗害（イナゴの害）が発生した。被災農民は五百万人で、省の全人口の二割を占めた。「水旱蝗湯(1)」が全省百十県を襲った。

被災農民は草の根や木の皮まで食べたが、至る所で餓死者が出た。女の売り値は以前の十分の一にまで下がり、身代わりで兵役につく男(2)の売り値も三分の一になった。寂寥《せきりょう》たる中原、どこまでも続く赤土。河南省では三百万人あまりが餓死した。

三百万人が死んだのである。彼は厳しい顔つきで、ぼくを見つめている。ぼくは少し怖じ気づいた。

しかし、一九四二年をたずねて、ぼくは失笑せずにはいられなかった。それは、三百万人というのは確かだが、当時の歴史の実際に即して考えてみると、これはとるに足りない数字だったからだ。

三百万人の死と時を同じくして、こんなことが起きていたのだ。宋美齢の訪米（各地で堪能な英語の演説で日本の侵略を非難し世論を喚起）、ガンディーの断食、スターリングラードの大血戦（攻防戦）、チャーチルの風邪。これらの事件のどれもが、一九四二年の世界情勢においては、この三百万人の命より重要だった。

五十年後の今、われわれはその年にチャーチル、ガンディー、そして容姿端麗な宋美齢という人物がおり、また、スターリングラードの大血戦があったことを知っている。しかし、誰が、ぼくのふる里で、かつて旱魃のために三百万人が餓死したことを知っているだろうか？

当時、中国の国内情勢は、国民党、共産党、日本軍、アメリカ人、イギリス人、東南アジアの戦場、国内の主要戦場、陝甘寧辺区《せんかんねい》問題(3)など、政治は錯綜し、状況は複雑を極め、まるで国家最高元首たる蔣介石軍事委員会委員長の食卓に、色々なものをごちゃ混ぜにした粥《かゆ》を置いたようなものだった。委員長は言うまでもないが、たとえどんな人物に置きかえたとしても、このような立場であれば、まず最初に考えるべき問題が三百万の人命だとは思わなかっただろう。三百万人のことは、三百万人自身の問題なのだ。

従って、友人がぼくに与えた任務は枝葉末節にすぎず、大局的ではない。つまり胡麻《ごま》粒であり、スイカではなかった。

当時、世界の最重要ポイントはホワイトハウス、ダウニング街十番地、クレムリン宮殿、ヒトラーの地下司令部、トーキョーであり、中国における最重要ポイントは重慶の黄山官邸だった。

これらの華麗で広壮な場所で、清潔な衣服をまとい、コーヒーを飲み、熱いお湯でシャワーを浴びることのできる少数の人が、全世界の大多数の人々の運命を決定しようとしていたのである。

だが、これらの世界の軸の中心から遠くはなれて、ぼくは、垢にまみれた餓死者が至る所にころがり、果てしなく赤土がつづく河南省の被災地区にもどらなければならないのだ。これは、他でもない、右往左往したあげく落ちぶれ果てた被災民の末裔である、ぼくの運命だったとしか説明しようがない。それは一九四二年に定められていたのである。

最後に、問題が一つあった。それは、壮行会だからということで、豚足を二本追加で注文したのはよいとしても、出発まぎわで慌ただしく、皿のなかの豚足は爪を抜き忘れていたことだ。ぼくは爪の付いたままの豚足を食べて、そそくさと出発した。お互い、あんまり細かいことは気にしないタチなのだ。

二

母方のおばあちゃんは、五十年前に多数の餓死者が出た大旱魃のことを、とうの昔に、きれいさっぱり忘れていた。

ぼくはたずねた。

「おばあちゃん、五十年前には、大旱魃で、たくさんの人が餓死したんだってね！」

おばあちゃんは言った。

「餓え死にかい。そんな年はたくさんありすぎるんでね、いったいどの年のことをいってるんだい？」

おばあちゃんは、今年九十二才。二十世紀とともに生きてきた。どこにでもいる普通の農村女性で、むかしは地主に雇われた小作だったが、世の中が一変すると人民公社の社員となった。そのからだには九十二年の中国の歴史が刻まれている。

そもそも、数えきれない、垢まみれの庶民を抜きにしては、革命と反革命の波瀾万丈の歴史を書きしるすことなどできず、全くのでたらめとなる。庶民は災難と成功のどん詰まりのところにいる人間であり、つけを払うのもこの人たちだ。

ところが、歴史はこれまでずっとこのような人たちに言及しなかった。歴史はただ、華麗で広壮な大広間をそぞろ歩く貴族のためのものだった。だから、おばあちゃんが歴史を忘れても、少しも恥じることなどない。

ただし、この旱魃で餓死したのは、われわれの身近な同郷の人であり、いわば身内なのだ。おばあちゃんがきれいサッパリ忘れてしまうのは、いささかよくない。

とは言うものの、おばあちゃんは、ぼくの命の恩人でもある。このことは、もう一つの中国の災難にさかのぼる。つまり、一九六〇年のことである（一九五八～六〇年の大躍進政策で二千万人から五千万人の餓死者が出たとされる）。

おばあちゃんは、字は読めなかったが、気性が穏やかで、道義をわきまえていた。わが国が今のように発展し、人々が希望に燃えているのは、気性の穏やかな、道義をよくわきまえた、おばあちゃんのような人がいるからであり、意地わるで、下心が計り知れないヤツのおかげではないと、ぼくはいつも思っている。

村の医者のおかげで、今でもおばあちゃんは健康で、記憶も確かで、母やぼく、弟や妹たちの幼いころの一挙一動をしっかりと憶《おぼ》えていてくれる。

おばあちゃんが一九四二年を忘れたのは、そのときの出来ごとに胸を痛めないからではない。おばあちゃんが生きた歴史のなかで、人々が死んだ事件があまりにも多かったからだ。

でも、九十二年にわたる数多《あまた》の為政者を非難するのはもういいだろう。どのお方が政治をとられたにせよ、ご自分の治める民衆があちらこちらで無残に餓死するなら、そのお方は、ぼくのおばあちゃんよりももっと慚愧《ざんき》にたえないはずだ。そのお方の家族や子孫が飢えなかったということで、恥じ入るべきだ。

そしてまた、ぼくたちは、そのようなお方に治められてきたことで、心を安んじられず、ついつい身震いを起こしてしまう。しかし、おばあちゃんは、いつもの口調で淡々と語り、ぼくの興奮や憤激をおさまらせてくれた。ぼくは自嘲的にほほ笑《え》んだ。

そもそも、歴史となるや、話はぬけぬけと大きくなって、いつも、ふるいにかけてより分けるので、どん底の人々など忘れ去られてしまう。それでは、いったい誰が、その大きな目の粗《あら》いかごでより分けるのだろうか？

このように思いめぐらして、ようやく最後に、ぼくはイナゴを持ち出した。一九四二年の大旱魃の後、天をさえぎり、太陽をおおうイナゴが発生した。この特別のヒントは、おばあちゃんに忘れることのなかったイナゴと餓死の関係を思いおこさせた。

おばあちゃんは、すぐさま言った。

「そりゃあ知っているよ。イナゴが飛んできたあの年のことだね。あの年にはたくさんの人が死んだんだよ。イナゴが畑の作物をぜんぶ食い尽くしてしまった。牛進宝《ニュウジンパオ》のおばは、油をしぼる作業場に祭壇をしつらえてね、あたしはそこでお線香をあげたんだ！」

「イナゴの前の年が大旱魃だったでしょう？」と、ぼくが言うと、おばあちゃんはうなずいた。

「大旱魃さ、大旱魃さ。大旱魃がなければ、イナゴは出てこないよ。」

「たくさんの人が死んだんでしょう？」

すると、ちょっと考えて、答えた。

「何十人も死んだだろうね。」

そのとおりだ。一つの村で何十人だから、省全部では三百万人になる。

ぼくはまた尋ねた。

「死ななかった人は？」

おばあちゃんが答えた。

「逃げたよ。二ばあさんのところも、三ばあさんのところも（二や三は出生順に番号を付けて呼ぶ習慣より）、みんな山西省へ逃げて行ったよ。」

二ばあさんも、三ばあさんも、もうこの世にはいない。二ばあさんが亡くなったときのまっ黒な棺桶をぼんやり覚えているだけだ。でも、三ばあさんが亡くなったとき、ぼくは二十《はたち》を過ぎていたから、髪がごま塩で、目が見えなくなっていたことや、犬のようにかまどの前に敷いた草の上にうずくまっていたことなど覚えている。息子の花爪《ホアジャオ》おじさんは、村で一九四八年から一九七二年まで二十四年間、共産党の支部書記をしていた。しかしながら、偉そうな家も建てられず、村人から笑い者にされていた。

ともあれ、二人のおばあさんのことはさておき、ぼくはたずねた。

「おばあちゃんはどうしたの？」

「あたしゃ、逃げなかったよ。地主さまが良く面倒をみてくれたからね。地主さまのために、畑を耕してたのさ。」

「あの年の日照りはひどかったの？」

おばあちゃんは、たとえ話でいった。

「ひどいなんてものじゃなかったよ。子どもの口みたいに地面が割れたんだ。ひしゃくで土に水を撒《ま》くと、ジュッと音がして湯気がたったもんさ。」

まさにそのとおりである。こうして、おばあちゃんの話を聞いて、いろいろと確かめてから、ぼくは花爪おじさんを訪ねた。花爪おじさんは、さすがに党の支部書記を務めただけに、大事なできごとは覚えていた。ぼくが一九四二年を持ちだすと、彼はすぐに言った。

「四十二年の大旱魃じゃな！」

ぼくはたずねた。

「日照りはどんなふうだったのですか？」

おじは、ぼくのさし出した阿詩瑪《あしま》（タバコの名前で高級品）を吸いながら、話した。

「春になったとたん、雨が一滴も降らんのじゃ。麦は三割しか収穫できなかった。一粒もとれない畑さえあった。苗を植えても、育ったのはわずかじゃ。しかも、丈《たけ》が一尺ほどしかなくて、実は結ばんかったんじゃ。」

「餓死者が出たのでしょう？」

花瓜おじはうなずいた。

「何十人も、餓死したぞ。」

「麦の収穫は、三割あったはずでしょう？　なぜ餓死したですか？」

おじは、ぼくを睨みつけた。

「おまえは小作料を払わんのか？　軍糧は払わんのか？　租税は払わんのか？　田畑を売ったって、まだ足りんかった。たとえ餓死せんでも、お役所に殴り殺されるわい！」

そうだったのだ。ぼくはたずねた。

「そのころ、おじさんは何歳だったの？」

彼は目をしばたいた。

「もう十五、六歳だったろうな。」

「そのとき、おじさんはどうしたの？」

「餓死するのが怖くてな、おふくろと山西省へ逃げた。」

花爪おじさんをあとにして、ぼくは、今度、範克倹《ファンコォジエン》おじちゃんを訪ねた。

彼は、一九四二年には、地元では屈指の地主で、ぼくの母方の祖父母は小作として雇われていた。地主と小作で立場はちがっても、親しい間柄《あいだがら》だった。範おじちゃんが生まれて数カ月のとき、おばあちゃんは健やかに育つように祈る儀式を執り行い、義理の母親となった。おばあちゃんが言うには、食事どきになると、範おじちゃんの母親は赤ん坊だったおじちゃんをおばあちゃんに渡した。すると、おばあちゃんは範おじちゃんをズボンのなかに入れたそうだ（カンフーのズボンの形でもっと腰まわりが大きい）。

一九四九年（共産党政権成立）以降、地主と小作の身分が一変した。おばあちゃんの家は貧農（革命的な階級）に区分され、他方、範おじちゃんの父親は「鎮反運動」（一九五〇～五三年の反革命鎮圧運動）のさなかに銃殺された。範おじちゃんは地主分子と見なされ、一九七八年まで監視下に置かれた。彼の妻、つまり金銀花《ジンインホア》おばちゃんは、いつもぼくにグチをこぼしていた。

「範家の嫁になってから、一日だって裕福な暮らしなんか味わうことなんてなかっただ。それなのに、何十年も罰をうけたよぉ。いったいどういうことなのさ。」

成るほど、金おばちゃんが範おじちゃんと結婚したのは、一九四八年の終わりだった。でも、それから数十年のあいだ、ぼくの家と範家とは変わることなく親しくつきあっていた。範おじちゃんは、おばあちゃんに会うと「かあちゃん、かあちゃん」と呼んでいた。ぼくは、おばあちゃんが月餅を一つ手にとって、むかし、地主さまがおばあちゃんにしてくれたように、「かあちゃん」と呼ぶ範おじちゃんの口に入れてやるのをこの目で見た。範おじちゃんの笑顔には、感激があふれていた。

ぼくと範おじちゃんは、おじちゃんの家の庭にある枯れた槐《えんじゅ》の下に腰をおろして、ともどもに一九四二年のことを思い出していた。この槐は、おそらく一九四二年にもあったろう。最初、範おじちゃんは一九四二年について分からなかった。

「一九四二年？　一九四二年って、どの年だ？」

それを聞いて、範おじちゃんが前王朝時代の貴族だったことを、ぼくは思い出した。一九四九年以降に実行された西暦をもち出すべきではない。それで、民国三十一年のことだと言った。

しかし、民国三十一年などもち出さない方がよかった。思いもよらなかったが、民国三十一年と言ったとたん、範おじちゃんは烈火のごとく怒った。

「三十一年のことなど口にするな。三十一年はまったくひどいもんじゃった。」

ぼくは驚いた。

「三十一年にどんな悪いことがあったの？」

「三十一年に、わしの家は、ひと棟《むね》まる焼けにされただ！」

ぼくは意味がよくわからなかった。

「どうして三十一年に家が焼かれたんですか？」

「三十一年は大旱魃の年じゃろう？」

「そうですとも。大旱魃がありました！」

「大旱魃のあと、イナゴがワッと出てきただ！」

「ええ、そうです！」

「おおぜいが餓死しただ！」

「ええ、たくさんの人が餓死しました！」

範おじちゃんは、手にしていた「阿詩瑪《あしま》」を遠くへほうり投げて、

「おおぜいが餓死して、生き残った貧乏人どもが面倒を起こしやがっただ。先頭に立ったのは毋得安《ウッドオアン》だ。手に手に押し切りや赤い房のついた長い槍を持って、うちのひと棟に陣取った。豚や羊をつぶして、兵を挙げるといったもんだ。ドーッと押しかけてきて、ただでメシを食った者は千人を越えただ！」

ぼくは貧乏人の弁護をした。

「貧乏人も飢えて、なす術《すべ》がなかったんですよ！」

「だからといって、大っぴらに奪い取ることはなかろうが！」

ぼくはうなづいた。

「大っぴらに奪い取るのはよくありません。それからどうしたんですか？」

範おじちゃんは、にやりと笑みを浮かべた。

「それからじゃ。それから火事になって、まるまるひと棟が焼けた。麻の束に油がしみていたんじゃ。毋得安の一味は焼け死んだし、他のやつらはクモの子を散らすように逃げちまいやがった！」

「ああ、そうですか。」


そうだったのか。大旱魃。大飢饉。餓死者。盗賊の蜂起。

範おじちゃんと別れて、こんどは県の政協（政治協商会議）の委員で、一九四九年以前は県の書記だった男と座を共にした。大柄な老人で、衰弱して、首振り病を患《わずら》っている。県の政協委員だが、着物はぼろぼろで、上着の襟もとにはあちこちに飯粒や油のしみがこびりついている。四合院《しごういん》（中庭を囲み四棟が向かいあう建物）に住むとはいえ、建物は古びて、瓦のひさしには黄色く枯れた雑草が生い茂っていた。

一九四二年のことを切り出さないうちに、老人は、現在の状況についてタラタラと不平をこぼした。だが、ぼくは決してその不平に道理があるとは思わなかった。なぜなら、一九四九年以前、彼は盛りの時期に、県書記をしていたのだから。

とはいえ、あのころの県書記は今の共産党県委員会の書記と同じではない。今の県委書記といえば、全県で百万を上回る人々の「父母官（清朝時代、県知事は父母のように民衆の面倒をみるといわれた）」であるが、あのころの県書記は、ただ県長の記録係にすぎない。ましてや、全県あわせてもわずかに二十数万人だった。

だが、ぼくが一九四二年のことを尋ねたとたん、グチを言うのをやめた。すぐに若くて盛んなころの元気をとり戻し、目は光を放ち、頭も揺れなくなった。そして、口を開いた。

「あのころ、このあたりの県では、わしがいちばん若い書記で、まだ十八才だったもんじゃ！」

ぼくは、うなずいて、

「韓《ハン》さん、四十二年の大旱魃はひどかったらしいですね？」

彼はじっと頭をゆらさすのをジッとがまんして語った。

「そうとも。当時、わしの主催で常香玉《チャンシアンユィ》（豫劇の名女優。豫は河南省の別称）を呼んで、被災者救援のために慈善公演をしたんじゃ。」

ぼくはうなずいた。彼に敬服した。一九九一年に中国の南方で水害があり、ぼくはテレビで被災者救援の慈善公演を見たことがあるからだ。ぼくは、常々、あれほど多くの玉石混淆の芸人を集めるのは、容易なことではないと思っていた。そのようなものを、何と彼が主催したとは！　まったく思いもよらないことだった。

続けて老人は、当時の慈善公演の盛況ぶりと、彼の神頼みの問題解決方法について、あれこれ語りはじめた。話しながら、晴れやかで愉快な笑い声さえたてた。彼が話し終わり、笑いも終えるのを待って、ぼくは尋ねた。

「当時の日照りは、どんなでしたか？」

「もちろん、日照りは日照りさ。日照りがなくて、慈善公演ができるかね？」と彼は言った。

ぼくは慈善公演の話題をわきに置いて、尋ねた。

「たくさんの人が餓死したそうですね。この県ではどれくらいの餓死者が出たんですか？」

彼の頭が揺れはじめた。左右に頻繁に、かつ調子をとって揺れた。

しばらくしてから、答えた。

「数万人だろうな。」

彼もはっきりとは覚えていないようだった。数万人の餓死者は当時の記録係の書記にとっては、それほどの記憶ではなかったかのようだ。

彼と慈善公演に別れを告げて、ぼくは思わず溜め息をもらし、彼と同じように頭をふった。

以上が、わがふる里、河南省延津県での、旱魃に関する取材の内容である。

河南省史の記述によれば、延津は、当時、旱魃が最もひどかった県の一つということだ。しかし、ぼくのこれらの取材は、どれもまとまりがなく、不完全で、不正確なものである。五十年を経て、多くの当事者の記憶は錯乱し、さらに、無意識のうちに興味の赴くまま話に尾ひれがついたり、はしょられたりして、ごちゃまぜになってしまったに違いない。これを真《ま》にうける必要はない。

真剣に聞かなければならないのは、当時の「大公報」重慶版に載った、河南の戦場に派遣された記者、張高峰《チャンガオフォン》の記事である。この記事は、その年の取材に基づいて発表されたもので、これこそ信憑性がある。少なくともぼくのふる里の人たちの話よりも、信頼できる。

記事の表題は「豫災実録（原題「飢えたる河南」だが、掲載で改題）」である。そこには、旱魃と飢餓の実態が描かれているだけではなく、災難のまっただ中で、飢えた人々が何を食べていたのかも記してある。それに、昔の新聞を読む方が、庶民にインタビューするよりもずっと手軽で便利だ。ぼくは、災難から遠く離れ、お腹をいっぱいにして、上のぬくぬくした所から、下の災難の渦中にあるふる里の人々に同情を与えることができる。

以下の記事は一九四三年一月一七日のものである。

まず読者に、現在、河南では幾千幾万の人々が樹皮（木の葉は既に食べ尽くされた）と野草でかろうじて命をつないでいるのだということを報告する。もはや、栄光ある「兵役第一」

を口にする人はいない。「哀鴻遍野（雁が至る所で悲しげに鳴き渡る荒野）」も、衣食の足りた者が河南の災害を形容し、痛み悲しんだ言葉に過ぎない。

河南の今年（旧暦、一九四二年のこと）の大旱魃について、今さら説明する必要はないだろう。「豫災救援（河南の災害を救え）」という偉大な同情は中国の新聞のみならず、連合国の新聞紙上にも大見出しになっている。私はかつてこの四文字に「安堵」した。三千万の同胞も首を長くして望みを託し、絶望の瞳に希望の光を灯したのである。しかし、希望は希望でしかなかった。一日また一日と過ぎて、その瞳は飢えで落ちくぼみ、そして、またしても、あらゆる希望がそこに埋葬されたのである。

災害に遭ったのは、河南百十県（被占領県も含む）だが、地域によって被災の程度に差がある。河川によっても被災状況は違っており、黄河に面した地域と伏牛山地帯が最もひどく、洪河、汝河及び洛河の流域がこれに次ぎ、そして唐河と淮河の流域がさらにこれに次ぐ。

河南は土地のやせた貧しい省である。抗日戦争以来、三面を敵に囲まれ、人民は一層の苦難を強いられている。この抗日戦争で、既に最悪の状況に陥っていたのだが、今また天災に見舞われたのである。今春、三月から四月の間、河南西部は霰《あられ》や霜の害に遭い、南部と中部は風害、東部のある地域では蝗害があった。夏に入ると、全省で三カ月間も雨が降らず、初秋に雨が降ったものの、その後は全く降らず、大旱魃となった。西部一帯は秋作の蕎麦《そば》に望みを託したが、収穫直前になって大霜が降り、実が熟する前に、全て枯れてしまった。

また、河に面した各県では、八、九月に黄河が氾濫《はんらん》した。大旱魃の後に洪水に見舞われ、被災状況はさらに深刻になった。こうして、河南はこの世の地獄と化したのである。

現在、木の葉は食べ尽くされ、村の出入り口にある杵《きね》と臼では、連日、落花生の皮や楡《にれ》の皮をつき、それを蒸して食べる人がいる。葉県では、一人の少年が私に告げた。「旦那ぁ、こいつは喉に刺さるんだ！」

毎日、われわれの食事どきになると、いつも十数人から二十数人の被災者が、入り口で首を長くし、号泣しながら物乞いする。その緑色の顔（毒草を食べたため）や生気のない目は、誰しも見るに耐えないが、だが、誰も彼らに食べ残しさえ与えることができないのだ。

今日は、小四《シャオスゥ》が飢え死にした。明日は、友来《ヨウライ》が野草を食べて毒に当たったと聞き、明後日はまた、小宝《シャオパオ》が村の外で凍え死んだのを見るだろう。まだまだ元気に跳び回るはずのこの若き世代が、今は、次々にこの世を去って行くのだ。

最近、私は、どの被災者の顔もむくみ、鼻孔と目尻が黒ずんでいることに改めて気づかされた。最初は飢えによる症状だと思い込んでいたが、後になって「黴花（カビの生えた花を意味し、霉花や霉草ともいう）と呼ばれる野草の毒にあたって、むくんでいるのだと知った。この草には水分がなく、こすると緑色になる。私も味見をしたことがあるが、泥臭い味がした。豚が食っても四肢が麻痺するというのに、どうして人間が食べられるのだ！　被災者も毒があることは知っているが、それでも「旦那ぁ、こんなものさえ、もうねえよ！　おらたちはみんな食っちまって、歯も顔も手も足も痛いほど痺《しび》れちまってるだ！」という。それで現在では、葉県一帯の被災者は「黴花」でさえ口に入らず、しば草（燃料にする雑草）を食べている。しば草は、杵と臼でもつき砕けないのだが、それでも、食べて顔がむくんだり、手足が麻痺したりしないのはいい。ある年寄りが言った。「しば草を食うなんぞ、夢にも思わなんだ！　永く生きると、ろくなことはねえのう。」

牛はとっくに殺されていなくなり、豚は骨ばかりで、鶏は飢えで目も開かなくなった。一斤（一斤は五百グラム）の麦は、二斤の豚肉、三斤半の牛肉と交換されている。

河南では、原始の物々交換の時代に戻った。女子《おんなこ》どもを売ろうとしても買い手がないので、自分の若い嫁や十五、六才の娘を、ロバの背中に乗せて、河南省東部の駄河、周家口、界首などの人売り市場まで連れて行き、娼妓として売った。大人一人を売っても、四斗の穀物も買えない。麦一斗が九百元で、コーリャン一斗が六百四十九元、トウモロコシ一斗七百元、小米（脱穀した粟）は一斤十元、蒸しパン一斤八元、塩一斤十五元、胡麻油も十五元。災害救援がないかぎり、食料の値段は下がらない。被災者は食料を口にしようとは夢にも考えなくなった。老人や女子ども、体力のない者は、一日中ずっと死を待ち、また、若くて力のある者は、切羽詰まってむこうみずな行動に出る。こうして、河南が必要とするのは救済ではなく、治安を守るための農村の粛清と匪賊の防止となる（清郷防匪）。

厳しい冬の訪れとともに、雪が舞い、被災者は薪も食料も衣服もなく、飢えと寒さに迫られている。はかない雪片は、彼らの運命を象徴しているかのようだ。救済は、もはや、一刻の猶予も許されない。

三

重慶の黄山官邸。ここは活気に満ちあふれ、空気はすがすがしく、春になると山一面に紅の桃と炎のような椿が満開になる。南京が陥落してから、国民党政府は重慶に都を移し、ここが蒋介石委員長の住むところとなった。

当時、蒋は重慶に四つの官邸をもっていたのだが、そのうちの一つがここである。指導者の官邸は、国家の強弱や陥落には関係ない。ここは南京の官邸よりずっと立派で、アメリカのホワイトハウス、イギリスのダウニング街十番地と比べても遜色《そんしょく》はない。統治者はいつの世でも統治者である。統治者でさえあれば、皮膚の色や民族に関係なく、誰であれ、世界で一流の衣食住を堪能《たんのう》しても一向にかまわない。統治する民衆とは大きな隔たりがあるにも関わらず……

各国の統治者は、まさに階級においては互いに兄弟なので、ぼくは、これまでずっと、彼らが握手を交わして歓談することに賛成してきた。他方、各国の民衆の間では、既に連合の必要はなく、語るべきことがらもない。たとえ戦争が起きようとも、統治者たちにとっては恐ろしくもない。彼らの頭上に落とされるのは、世界でいちばん最後の核ミサイルなのだから。もしも、世界的な核戦争が勃発しても、最後まで完全無傷で生き残るのはやはり各国の数人の統治者である。なぜなら、彼らはそのときには風光明媚な地球の上空に住み、核ミサイルのボタンを握っているのだから。ボタンを手にする人が傷を負うことなど、これまでの歴史にはない。

黄山官邸は雲岫楼と松庁（四方が窓の南方風の建物を庁という）が中心をなす構造となっている。蒋は雲岫楼に住み、あでやかな宋美齢は松庁に住んでいた。もちろん、両人がもし、おたがいに興味を持っていたとすれば、夜のことはわからない。二つの住宅のあいだの低い谷間には、蒋や宋たちの階級の兄弟であるところの日本の天皇陛下の爆撃機による空襲に備えて、専用のシェルターが造られていた。

蒋と宋の日常生活に至っては、われわれには想像もつかない。二人のまる一日の飲み食いは、五十年後のわれわれ十二億の中国人のうち、十一億九千九百九十九万人のものより上等で、まったく想像できないものである。もっとも、蒋は白湯《さゆ》を飲むだけで、酒も煙草もたしなまず、義歯をはめ、キリストを信じていた。だが彼も、楡《にれ》の皮や「黴花」は食べられないこと、食べていいのは、西洋料理や中華料理のなかの各種郷土料理であることくらいは知っていたにちがいない。

一九四二年、蒋介石とアメリカ人参謀長スティルウェルの間でいざこざが起きて、黄山官邸で口論となり、ケンカ別れしそうになったとき、宋美齢はメチャクチャになった状況を立て直すために、美しくほほえんで言ったという。

「将軍、親しいお友達ではありませんか。そんなにご立腹なさるにはおよびませんわ。ちょっと松庁の別荘までお越しくださいませ。おいしいコーヒーなど、いかがかしら。」

これは本で読んだことである。これを読んだとき、ぼくは彼らがケンカしたかどうかには興味がわかなかった。どうせ、二人とも既に地球を去り、この世にはいないのだから。ぼくが興味を持ったのは、一九四二年の中国に「おいしいコーヒー」があったということだ。わがふる里の人々は、木の皮やしば草や藁《わら》、そして、口にすれば毒でむくんでしまう「黴花」を食い、最後には三百万人が餓死したというのに。

もちろん、このようにわざわざ比較してみるのは、ぼくがつまらない人間で、何もかも俗っぽくしてしまうことを証明している。堂々たる大国の政府首脳としての要件は、夫人のもとにコーヒーがあるかないかにあるのではない。ただ彼らが毎日、人の血を飲むのでさえなければ（アフリカのある部族の皇帝は人の血を毎日飲むなんて話があるそうだ）、何を飲み、何を食べるかは問題ではなく、国家をうまく統治できさえすれば、民族の英雄となり、歴史上の偉人になるのである。

ぼくはまた、別の本で読んだのだが、蔣委員長がある地方の武装勢力をまるめこむために、戴笠《ダイリィ》（特務機関・軍事委員会調査統計局（軍統）局長）に「お前がやれ。いいか、どんなに金をかけてもかまわん」と言ったそうだ。じゃあ、この金はどこから来るのだろう？

とはいえ、ぼくは、一九四二年にわがふる里で大旱魃が起きたとき、すなわち大飢饉のニュースが黄山官邸に届いたとき、蔣委員長がこのニュースを信じなかったはずはないと考える。信じなかったわけではないのだが、すべてを信じたわけでもなかった。

彼は言った。

「旱魃はあったのかもしれない。だが、状況はそんなに深刻ではないはずだ。」

彼は、地方の役人が、被災状況について虚偽の報告をして、救援物資や救援金を多めに得ようとしたのではないかと疑っていた。同じように、軍隊が兵士の数を水増しして報告し、経費をだまし取っていたのだ。

蒋委員長のこの態度については、数十年後の今日、たくさんの書物によって非難され、その責任が問われている。そこでは、委員長が民の状況をよく観察せず、民を愛さず、頑迷な人物であったと見なされている。民を子供のように愛して、それを裏切る暴君など断じて許さないという厳しい態度に、ぼくも感化されたものだ。

しかし、冷静になってみると、ハッと気がついて、ふと笑いがこみあげた。責任を指摘されるべきは、委員長ではなく、数十年後になって、このような本を書いて知ったかぶりをする著者たちだと悟ったのだ。

実状を知らせるべき側近は夢のなかにいたのだろうか？　はたまた、宰相（委員長）が夢のなかにいたのだろうか？（『三国志演義』「楊修の死」参照）

そう、側近が夢のなかにいたのだ。それで、委員長という高い立場に身を置いていなかったのだ。だから、委員長の心理を理解できるわけがない。まして、知ったかぶりをする作者においては、なおさらだ！　これでは、みんな、なんの役にも立たないモノ書きではないのか？委員長は委員長になったくらいだから、モノ書きより頭がよくなかったなんてはずがあるだろうか？　モノ書きが委員長を指導するのか、それとも委員長がモノ書きを指導するのか？委員長の見識が広いのか、それともモノ書きの見識が広いのか？すべては委員長の心のなかにあった――世界の万事、五億の人民のことは、すべて委員長の心のなかにあった。ただ、当時の委員長の考えは、はるかに深遠かつ複雑で、われわれの理解が及ぶところではなかった。

委員長は本当に河南に大旱魃があったことや餓死者が出たことを信じなかったのだろうか？ノーだ。それは、委員長の出身を考えると分かるからだ。彼は苦難の生い立ちを歩んでいた。これは宋美齢とは対照的だ。委員長自身、次のように書いている。

私は九才で父を亡くした……。当時の家の悲惨な状況はまったく筆舌に尽くし難かった。わが家には頼るべき勢力もなく、またたく間に、人々の侮辱と虐待の対象となった。

このような出身の人間が、低層の大衆がなめ尽くす苦難を知らないはずはない。省全域で発生した大旱魃では、状況の厳しさがどの程度なのか、彼の心のなかでは見とおしがなかったはずはない。だが、彼は「旱魃はあったのかもしれない。だが、状況はそんなに深刻ではないはずだ」と見なした。そのために、モノ書きはだまされて、委員長が官僚主義者だと思ったのだ。だから実は、夢のなかにいたのはモノ書きで、目覚めていたのは委員長なのだ。

では何故、委員長は内心とは裏腹にはっきりしたことを言わなかったのか。状況の深刻さを知りながら、口では、それほどでもないといったのか？

これは、彼の目の前に置かれた数々の重大問題のせいである。これらは旱魃よりも深刻で混沌とし、歴史の過ちを犯さないように、適切に処理しなければならないものだった。

知らなければならない。東方においては三百万人が餓死したところで、歴史には何の影響も及ぼさないのだ。このときの委員長は、既に一人の田舎者ではなく、一人の為政者であった。為政者としての立場において、物事の軽重と緩急とをわきまえねばならなかった。

当時、歴史が異なる方向へ発展する可能性をはらんだ問題状況は、おおよそ次のようであった。

一、連合国における中国の地位という問題

当時、連合国にはアメリカ、イギリス、フランス、ソビエト、中国があり、蔣介石は中国の

指導者だったが、カイロ会議のような、連合国の指導者が集まった会議では、蒋はとるに足りない、ごく普通の一般人、格下の弟分とされたのだった。全員がいっしょにいても、ルーズヴェルト、チャーチル、スターリンはみな、まるで蒋など眼中にないかのようであった。

蒋を相手にしないということは、すなわち中国を相手にしないということである。それ以来、世界の戦局の展開において、中国はたびたび戦略上の被害者となった。

しかも、中国は貧しく、諸外国からの援助があって、ようやく戦争を遂行できたのだった。だから、常にあれこれ言われても口をつぐんで、泣き寝入りしていた。蒋という個人においても、もたらされていたのはあいも変わらぬ「侮辱と虐待」であり、彼は心の暗部で痛恨に苛《さいな》まれていた。

二、対日戦争の問題

中国の主要な戦場で、蒋の軍隊は日本軍の大部分を引きつけていた。絶えず土地を失っていたのだが、国際的な戦略から言えば、その実体は牽制《けんせい》で、他の連合国に莫大な利益をもたらしていた。

しかし、連合国の指導者は、この点をはっきり認識していなかったか、あるいは、認識はしていても、故意に侮《あなど》り、また欺《あざむ》いていた。支給された戦争物資は、国民党軍が負うべき牽制の任務とは比べものにならず、実際に必要な量とはあまりにも隔たりが大きかった。

また、国内の側でいえば、国民党軍は主要な戦場で日本軍を牽制したため、共産党はその根拠地で力を回復できた。これは蒋にとって獅子心中の虫であり、そのため、次の第三の問題に影響が出ていた。

三、共産党に対する方針

蒋介石には有名な持論がある。

「外敵を打ち払うためには、まず国内を安定させねばならない。」

このスローガンは民族の利益からいえば見識が狭く、人々の憤《いきどお》りを買いやすい。しかし、統治の利益から見るならば、統治者が取るべき態度でないというわけではない。外敵と戦うことしかやらなければ、前方の敵どころか、後方の敵が勢力を増強して心臓部めがけて直進してくるのではないか？　しかし、この方針に対して、彼は国内外から巨大な圧力を受けることになる。

四、国民党内部、および国民政府内部の各派閥の闘争

蒋介石は後悔して言う。

「北伐戦争(4)後に、あれだけ多くの軍閥の部隊を受け入れるべきではなかった。」

一九四九年以後は、「私は共産党に倒されたのではない。国民党に倒されたのだ」とも述べた。日頃の心情が見てとれる言葉である。

五、蒋と彼の参謀長との摩擦

蒋と彼の参謀長、アメリカ軍のスティルウェル将軍との間で、戦略的に、および個人的に深刻な摩擦が発生し、これは対華援助と蒋個人のアメリカにおける威信の問題に影響を及ぼした。スティルウェルは、裏では臆面もなく、この中華民族の指導者を「ピーナッツ」と称していた。


以上のような問題があったのだ。

そして、われわれには察し得ないが、蒋が彼自身の立場から察したいくつかの問題をも含めて、すべてが歴史の方向やその記述を変えうる可能性があった。そのようなときに、一地方の省（当時は約三十の省があった）で発生した旱魃など、全くとるに足りない問題であるのは明らかだ。何の役にも立たない、社会の負担になるばかりの民衆がいくら死んだとしても、歴史の方向が変わることなどありえない。

ところが、政治にかかわる上層部の重大問題を処理する場合、粗漏があれば、そこから歴史は彼にとって不利な方向へと展開する可能性があったのだ。後に、一九四五年から一九四九年にかけて、この点が証明されることになる（国共内戦での敗北）。

そのどれも、指導者にとってみれば、三百万人の命よりもずっと直接的に、自分自身と、その政治的地位の方に影響を与えるもので、まさに利益にかかわる問題である。歴史的な立場からいえば、三百万人は「ピーナッツ」一粒ほどの重要性もないのである。

従って、蔣介石は心のなかでは明らかに旱魃のことを認識してはいたのだが、依然として「旱魃はあったのかもしれないが、そんなに深刻ではないはずだ」と言い続けたのである。そういうわけで、彼は、自分を馬鹿で、官邸にいるから真相が分からないと見なして、真実の情報を提供しようとする者を嫌った。とりわけ、彼が嫌いだったのは、よけいなお節介をやいて、内政に干渉したがる外国人だった。まさに、これこそ、蔣委員長の当時の心境だった。

もちろん、これは蔣の立場から考えた問題である。もし、角度を変えて、幾千万の被災民の立場から考えるなら、蔣は人々の生死も顧《かえり》みない裏切り者の暴君だと思うだろう。

世界には一つの真理がある。それは、うっかり為政者と関わるなら、われわれのようなありきたりの庶民は必ず不運に陥る、ということである。蔣委員長のこのような態度によって、被災した幾千万の人々は、木の皮や藁やしば草や、さらには「黴花」まで食べさせられてしまったのだ。そのうえ、政府が担当すべき救済も、他から調達した支給や援助も受けることができなかった。その結果、広範囲にわたり人々が死んでいった。しかし、これはことがらの最も重要な部分ではない。最も重要なのは、広範囲にわたって被災し、餓死したという状況下においても、政府はその地区から取り立てる実物税や軍糧について一向に変更しないことであった。陳布雷《チャンブゥレイ》は、こう語った。

委員長は河南の災害を全く信じず、省政府のでっちあげだといっている。李培基主席の災害の知らせは、「赤地千里（果てしなく広がるはだかの土）」、「哀鴻遍野（雁が至る所で悲しげに鳴き渡る荒野）」、「嗷嗷待哺（哀願して食べ物を求める民）」などというものだったが、委員長は言い古された文句や虚報だと非難し、かつ、河南の税の徴収を緩《ゆる》めてはならないと厳命した。

これではまったく政府が災害と手を結んで刀を振りかざし、ロバや牛のように暗い目をしてよろめき倒れる被災者を虐殺することに変わらない。こうして、ばたばたと餓死者が続出し、生き残った者もふる里を離れて逃げ出した。

そしてまた、五十年後の今日、人々も蒋委員長のように言っている。

「そんなにひどい状況ではなかっただろう？」

これは、一種の事物の惰性《だせい》というもので、何かが発生したあと、とりわけ長い時間を経てから、そのことを思い起こすと、われわれはいつも、鷹揚《おうよう》にかまえて考えるのである。「実はそんなに深刻ではなかっただろう？」と。

しかし、当時、歴史は少しも寛容でなかったことが分かる。この点を証明するために、われわれはまた資料を引用しなければならない。

本書のように歴史のなかから事件を掘り起こして報告するという形式の文章では、資料を引用する方が、作者がいいかげんな作り話をでっちあげるよりも、いくらかは科学的であると、ぼくは認識している。作り話は読者にあたかもその場に身を置いているかのように感じさせるが、その状況は偽物である。もっとも、資料そのものも偽物であるかもしれないのだが……。

だが、五十年前の資料は、五十年後の想像よりは真実に近いだろう。一九四二年に、中国駐在アメリカ外交官のジョン・S・サーヴィスは、アメリカ政府に送った報告書で次のように述べている。

河南の被災者の最大の負担は、絶えず重くなる実物税と軍糧の徴収である。中条山（山西省南部）陥落の前に、河南省が山西南部に駐屯させている軍隊と、比較的貧しい陝西省に駐屯させている軍隊を養うために食糧を提供しなければならず、負担はますます重くなっている。そして、陝西省の四十万の駐屯軍の主な任務は、共産党を「警戒」することである。

私が多くの有識者から得たことから見積もると、あらゆる穀物税は農民の総収穫の三十パーセントから五十パーセントを占めている。そのなかには、地方政府の徴税、全国的な実物土地税、及び様々な推定できない軍事方面の徴集が含まれている。税率は通常の一般の作柄から定められており、その年の実際の収穫高から決められてはいない。従って、収穫が悪くなるほど農民の徴税比率は大きくなる。軍糧の徴発には、小麦を納めなくてはならないため、収穫した小麦のほとんどが納税されることになる。

確かな証拠によって明らかにされているところでは、農民に課せられた軍糧は実際の必要を上回っていた。中国の軍隊において、長い歴史があり、今も依然として横行している慣例では、上級組織に報告する部隊の人員数は水増しされる。こうして彼らは水増し報告によって支給された人件費を着服し、私利を貪るのである。洛陽の公開市場に山積みされている穀物は、このようなルートを経たものである……

人々の間では、食糧徴発や徴税の負担が公平でないことに、不平不満が蔓延している。徴集や徴税は保甲長（旧時の保甲制度の保長や甲長）を通して行われるのだが、保甲長の実体は土地の有力者や地主である。そして普通、彼らは自分の親戚や友人からそれほど多くを求めはしない。富や財産によって勢力が決まる状況では、結局、貧しい農民の食糧が往々にして多めに徴集される。これは、保甲長や地主の息子ではなく、貧農の息子が兵士として拉致されるのと同様である。

このように河南の状況はひどいもので、長年にわたり、人々は陝西や甘粛や四川北部に逃亡していた……。その結果、河南の人口は減少し、とどまった者には課役や租税の負担が重くのしかかった。前線地区では農民の暮らしが最も苦しく、かつ被災が最も重い。このため、そこからの人口の流動も最も多くなった。鄭州（河南省の省都）から来たある宣教師は、当時の凶作の襲来以前に、その地区の多くの田畑は荒れ果てて、既に一家族もいない状態であったと語った。

このような状況が、今年は頂点に達したのである。最も実情が見えない政府役人でも、小麦の不作の後、早春には深刻な食糧危機が訪れることを知っていた。早くも七月の間には、毎日約千人もの難民が河南を離れた。しかし、食糧徴発計画は一向に変わらなかった。多くの地区で、作柄が課せられた量に満たなくなった。農村では、いくつかの抗議運動が起きたが、どれも無力で、分散的で、効果はなかった。少数の場所では、それらの対処に軍隊を動員したことは明らかである。楡の皮や乾いた木の葉を食べる被災民が、彼らの最後の食糧である種子を納税機関に渡すことを余儀なくされた。

虚弱な身体で、ほとんど歩けないような農民も、軍隊に軍馬の飼料を納めなければならなかった。これらの飼料は、彼らが自分の口に押しこむものより、ずっと栄養価の高いものであった。

以上はサーヴィスの報告である。ぼくが、なぜ他の文書を引用しないで、サーヴィスの文章を引用するのかというと、彼は外国人なので、複雑な環境のなかに身を置いているわけではないから、比較的客観的な見方をしていると考えるからである。

しかし、サーヴィスが伝えたことでさえ、最も深刻な事態ではなかった。つまり、災難に見舞われた農民が、納税を免除されずに、むしろ平年の収穫高に従って納めよと厳命されたことは、さほど重大なことではなかった。

重大なのは、これらの被災民を統治する役人たちが、この災難を利用して、金儲けのチャンスを狙ったことである。アメリカ人記者のホワイトは、ある部隊の司令官が部隊の余った食糧を被災民に売りつけ、大儲けしたことを、その目で確かめている。西安（陝西省の省都）と鄭州から来た商人、政府の木っ端役人や軍の士官、そして、食糧を手にして儲けている地主らが、しきりにあくどい低価格で農民の祖先が残してきた田畑を買いあさっていた。土地の集中と喪失が同時進行し、その激しさは、飢餓の程度に比例していた。

われわれは、委員長から木っ端役人や地主に至るまで、様々な支配の下に置かれて、われわれの運命は、その手によって操られるわけだが、こんな彼らの支配にまかせていて、いったい安心できるだろうか？　できはしない。

かくして、必然的に土地を離れる被災民が大量に発生した。東から西へ移動する大規模な難民の光景が出現したのである。その難民のなかには、河南省延津県王楼郷老荘村の、ぼくの二ばあさんや三ばあさんの家族や、その他、たくさんの同郷の老人や若者が含まれていた。

彼らは、一生涯、蒋委員長に謁見することはなく、その多くは「委員長」と聞くと、パッと〝気をつけ〟の姿勢をした。しかし、委員長の態度といえば、黄山の豪奢な別荘で眉をひそめたり、笑ったりしながら、彼らの生死と運命を直接決定していたのである。委員長は「中国はどこへ向かうのか？」、「世界はどこへ向かうのか？」と思案し、他方、被災民は「おらはどっちへ逃げようか？」で頭がいっぱいだった。

四

花爪おじさんは、今になって少しばかり後悔している。そもそもは、洛陽で捕らえられ、兵隊にさせられたのだが、「おら、なぜ逃げ出したのか？　どうして部隊にとどまらなかったのか？」と、悔しそうにひとりごとをいっている。


「当時、おじさんを捕まえたのはどの部隊ですか？」

「国軍だ。」

「国軍なのは分かってますよ、国軍のどの部隊ですか？」

「分隊長は李狗剰《リィゴウション》といって、小隊長は閻之棟《イエンジィトン》だったな。」

「その上は？」

「その上なんか、知らんよ。」


ぼくが、後で調べたことによると、当時、洛陽一帯を占領していた国民党の部隊は、胡宗南《フゥツォンナン》（国共内戦後は台湾に逃れた）の配下にあった。ぼくは、また尋ねた。

「兵隊にとられてから、何をしたのですか？」

「中条山に上ってから、前線に派遣されただ。日本人の迫撃砲弾がシュッ、シュッと頭上をかすめていったもんだ。戦いの初日に、副分隊長と二人の仲間が砲撃で死んだ。わしは怖くなって、その夜こっそり逃げだした。じゃが、今になって、まったく後悔しているだ。」

「そうですね。目の前の大敵に対してわが民族が決起し、さらに仲間が犠牲になったのに、逃げたというのでは、話になりませんね。後悔するのは当然ですね。」

花爪おじさんは、ぼくを睨《にら》んでいった。

「そんなことじゃあ、後悔なんかしねえだ。」

ぼくは驚いた。

「じゃぁ、何を後悔してるんです？」

「そのときに逃げなかったやつは、後で台湾に逃げて、台湾の同胞となっただ。通村の王明《ワンミン》芹《チン》だ。あいつは、小《ちい》せえころのあだ名は犟驢《チャンルウ》（強情なロバの意味）だったな。捕まって兵隊にされたのは、わしより二年あとだった。それが、台湾へ行って、今じゃ台湾の同胞だ。去年いちど帰ってきただ。若い妾を連れて、腕に金時計をして、金歯をはめてだぞ。県長が乗用車を出してお出迎えよ。大《てえ》したもんじゃねえか？　まぁ、誰のせいでもねえだ。お前《めえ》のおじさんは見

る目がなくて、若くて世間知らずだっただけさ。その時はやっと十五、六で、生きのびること
だけで頭がいっぱいだったのさ。」
ぼくは、花爪おじさんの言う意味が分かったので、こう慰めた。
「今、後悔するのはもっともだし、あのとき、逃げたことも仕方のないことですよ。考えて
もみてください。一九四三年は、抗日戦争の終結まで、あと二年あります。解放戦争が終わる
までなら、あと五年もあります。おじさんが数々の戦闘のなかで、あの副分隊長みたいに撃
ち殺されないなんて、誰にも保証はできないんですから。もちろん、もし殺されずにすめば、
弾驢みたいに台湾の同胞になっていただろうけど、もし万一殺されたら、今のおじさんさえ
いないのですよ。」
花爪おじさんはちょっと頭をかしげた。
「どっちみち、鉄砲玉に目なんぞついてないわい。わしはこういう運命で、台湾の同胞なん
かにゃ、なれっこねえだ。」
「おじさんは台湾の同胞にはならなかったけど、こっち側（中国大陸側を指す）で支部書記をやっ
たんだし、総じて見ればさほど悪くもありませんよ。」
すると、花爪おじさんは、すぐに元気を取り戻した。
「支部書記は、息つく間もなく二十四年もやっただ！」

しかし、また拍子抜けしたようにため息をついた。

「じゃが、十人の支部書記を合わせたって、一人の台湾の同胞にゃあ、かなわねえだ。引退した今じゃ、県長はわしのことなど知っちゃぁいねえ。」

ぼくは彼を慰めた。

「県長のことなんか、大したことじゃありませんよ。それに、たかが彈驢じゃありませんか？おじさん、まあ彈驢の話なんかやめましょう。二ばあさん一家や三ばあさん一家は、あの時どうやって逃げたんですか、話してください。おじさんも一緒にいて、いろんな体験をしたでしょう。」

本題に戻したとたん、花爪おじさんの態度はどうでもよくなり、話も簡単で、味気ないものになった。花爪おじさんは両手を揉みながらいった。

「逃げたといったら、逃げたんだ。」

「どんなふうに逃げたんですか？　どんな方法で？」

「おやじが一輪車を押して、二じいさんが天びん棒でカゴをかついだ。一輪車には鍋や釜、カゴには子供を乗せたのさ。道々、杖にすがって物乞いしたり、木の皮や雑草を食ったりした。洛陽についたら、わしは捕まって兵隊にとられちまっただ。」

ぼくは思わず鼻をならした。

「おじさんの話は簡単すぎますよ。道中で、記憶に残ったことはないんですか？」

彼は目をしばたいた。

「覚えているのは、道ばたに横になって眠るのがとても冷たかったことだな。夜中に凍えて目が覚めた。おやじやおふくろがまだ寝てるのを見て、何も言えんかっただ。」

「その後、どんなふうに捕まったんですか？」

「洛陽でカトリック教会がやっていた粥の炊きだしがあって、わしも押しあいへしあいして粥をもらった。その帰りに捕まっちまっただ。」

「捕まったことは、三じいさんやおばあさんは知ってたのですか？」

彼は頭を振った。

「知るわけねえさ。人さらいにでもあったと思っていたんだ。めぐりあったのは十年も後だ。」

ぼくはうなずき、また尋ねた。

「おじさんが捕まって、おじいさんたちはどうしたんですか？」

「十年後に、おふくろが話してくれたんだが、みんなは汽車にしがみついて（無賃乗車で窓やデッキをつかんだり、屋根に伏せる）、陝西に行っただ。おやじはしがみついているとき、もうちょっとで落ちて、汽車に轢《ひ》かれるところだった。」

「二ばあさんの一家は？」

「お前《めえ》の二じいさんの一家が汽車に飛びついたときだ。みんな、てんでにしがみついたときに汽車が発車して、まだしっかりつかまってなかった妹、つまり、お前のおばさんだが、落ちてしまっただ。それっきり見つからねえ。」

「道中で亡くなった人は多いんですか？」

「もちろんだ。いたるところ、土まんじゅうと死人だらけだ。汽車にしがみついても、落ちて轢かれたのはたくさんいる。」

「うちでは、餓死者は出なかったんですか？」

「そんなはずはねえだろうが。おまえの二じいさんも三ばあさんも、道端で飢え死にしたんじゃねえのか？」

ぼくはたずねた。

「もっと詳しく話してもらえませんか？」

このとき、花爪おじさんは耐えかねて、怒ってぼくを睨みつけた。

「みんな飢え死にしたってぇのに、もっと詳しく話せだと！」


こう言い捨てると、ぼくを置きざりにして、一人でよろよろしながら行ってしまった。ぼくは気まずい思いでとり残された。そのとき、ぼくはやっと、友人がぼくを一九四二年をたずねる旅に送り出した了見はよくないと感じた。

ぼくに身内や年長者の、既に癒《い》えて五十年が過ぎた傷跡をあばいて、彼らにまた血に濡れた傷口を露《あらわ》にさせたのだ。しかも、この瘡蓋《かさぶた》は厚くふさがって、歳月を経て塵《ちり》も積もり、鎧兜《よろいかぶと》のようになっていて、これを動かすのは大山を動かすのと同じくらい困難で、力のいることなのだ。

風はなく、太陽は積み上げられた麦藁の上を照らしていた。麦藁の山はいかにも暖かそうだった。ぼくはその山の上にうずくまり、既に耳が遠く、目も見えず、言葉もはっきりせず、おまけに鼻水さえ垂らした八十才あまりの老人と話すことに苦労していた。

老人の名は郭有運《グオヨウユン》という。県の政協委員の韓さんが紹介してくれた。韓さんの話によると、彼は一九四三年に大規模な難民が発生したときに最も大きな損害をこうむった一人である。妻と老いた母親と三人の子どもを道中で失った。五年後、陝西から戻ったときは天涯孤独だった。現在の家庭は、再出発したものだ。

しかし、麦藁の山の後ろから、彼が再び築きあげた四十数年来の新たな家を見ると、彼の生きる能力は最高の部類であることを証明している。

それは、わがふる里の村では珍しい、中国風とも西洋風ともつかない二階建てである。ただし、彼の年齢と家の新しさから考えてみると、それは彼の能力ではなく、われわれのあいだにすわって通訳をしてくれている息子の功績にちがいない。

息子は四十才で、伸ばした髪を分け、ゴルバチョフ（ソ連最後の指導者）の肖像のある腕時計をはめていた。彼の息子は、はじめは、ぼくの訪問を歓迎していなかったが、ぼくがここの派出所の副所長と幼なじみだと聞くと、態度が変わった。しかし、ぼくの訪問と、現実のなかの彼とのあいだには関連性がないと分かって、少々面倒くさいと感じたようだ。ぼくの訪問は、ただ彼の父親とぼくがともに五十年前に戻るためだったが、その五十年前には、彼はまだ、どこかを漂う風のようなものだったからだ。

老人の口からはヒューヒューと息が漏れ、息子も通訳には骨が折れた。五十年前の状況はもはや味気なく、しかもバラバラでまとまりがないものだった。ぼくはまた、生きた人間から歴史をひっぱり上げるのは容易なことではないと悟った。

郭有運が一九四三年に難民となったときの状況は、おおよそこんなようなものだった。

出発のとき、母親は病気で、その病気を治すために末娘を売った。その末娘を売ることについては、妻と殴り合いのケンカになった。ケンカの原因は、娘を売ることの苦しみだけではなかった。妻は姑に積年の恨みがあり、姑の病気を治すために自分の血を分けた娘を売りたくはなかったのだ。

それでも末娘を売った。だが、母親は病気が治らず、黄河のほとりで死んだ。それで、自然の洞穴に棺桶なしで埋葬した。

洛陽に着くと、長女が天然痘にかかり、慈善病院で死んだ。汽車にしがみついて潼関（陝西省の県。「潼関は鍵で西安は錠前」という地歴的関係）へ向かったが、しっかりつかまれなかった息子は汽車から落ち、轢かれて死んだ。生き残った妻と彼は、陝西に到着すると、農地を開墾したり、羊を放牧した。妻は貧苦に耐えられず、人買いと一緒に逃げてしまった。こうして彼一人が残された。

郭さんは麦藁の山の前で、鼻水をかんだり、涙を拭ったりしていた。

「わしは何のために逃げだしただ？　みんなが助かるためだ。逃げたあげく自分一人が残されただ。これじゃあ、逃げて何になるだ？　こんなことだと分かっていりゃ、飢饉だろうと逃げなきゃよかっただ。一家みんなが死んだとしても、てんでんバラバラなんかじゃなく、一緒に死ねただ。」

このくだりは、息子が完璧に通訳してくれた。でも、ぼくは聞いて不思議だった。よく理解できなかった。郭有運は、今は逃げだした難民でもなく、新しい二階建ての家もあるのに、なぜ、いまだに難民のようなボロをまとっているのだ？　もしかしたら、老人に倹約の習慣があるのかもしれないし、あるいは、この現実のすべてが彼とは関係がないのかもしれない。この豊かで幸福な家庭は、彼には精神的に不愉快なのだろう。だから、この家の家族関係は調整されていないか、もしくは永遠に調整する方法がないのだろう。

ぼくは、ふり向いて息子にいった。

「当時の難民の様子からすると、お父さんも大変でしたね！」

すると、息子は意外なことをいった。

「そりゃあ、おやじに意気地がないせいさ。おれだったら、あんなふうには逃げるもんかい！」

ぼくはびっくりした。

「あなたなら、どんなふうに逃げるんです？」

「陝西なんかにゃ、行くもんかい！」

「すると、どこへ行くんです？」

「関東（山海関の北、今の東北地方）へ下《くだ》るさ！　関東は陝西とちがって、過ごしやすいだろう？」

ぼくは頷《うなず》いた。関東は確かに物産も豊かで、生きやすいだろう。だが、歴史的に見ても、わがふる里の者が関東へ逃げる習慣はない。関東に逃げるのは、山東や河北の人である。わがふる里が飢饉にあうと、難民がたどる道はすべて西へ向かい、北へは向かわない。西の方もふる里と同じように貧しいのだが……。

それに、一九四二年と一九四三年には特別な状況もあった。つまり、東北の三省（黒竜江、吉林、遼寧）が日本人に占領されていたので、そこへ行くのは、亡国の民となるのだった。ぼくがこの理由について郭有運の息子に話すと、彼はなんとゴルバチョフをつけた手をふって、びっくりするような意見を口にした。

「自分の命さえ危ないのに、誰が占領しているかなんて、かまっちゃいられないぜ！　西へ行けば、亡国の民にはならないにしても、餓え死にするんだろう。あんたは、亡国の民になるのと、餓え死にするんと、どっちがいい？　亡国の民にならないからといって、誰からも可愛いがられず、愛されず、かまってもらえないんだぜ。」

ぼくは黙って、ちょっと笑った。彼の反論に答えることはできなかった。これは、蒋委員長の誤算であり、彼が一九四九年に台湾に逃亡した深刻な原因だと思った。もし、ぼくが一九四二年に生きていたら、何の面倒も見てくれず、愛してもくれない委員長を選んだだろうか。それとも、生きながらえるために東北地方を選んだだろうか？

郭有運とその息子に別れを告げ、今度は十李荘まで蔡《ツァイ》という名のおばあさんに会いに行った。だが、このインタビューはさらに困難をきわめた。ぼくがおばあさんと話す間もなく、彼女の息子にこっぴどく殴られるところだった。

蔡ばあさんは、ことし七十歳だから、五十年前は二十才だった。両親と二人の弟とともに西へ逃げるとき、夜、道端で眠っていたら、家族みんなのふろしき包みや、金目の物、旅費、食糧など、一切合財が盗まれてしまった。目が覚めて、これに気づくと、家族みんな大声をあげて泣くしかなかった。西へ逃げるにも、生きる手だてがなくなった。そこで父親は仕方なく娘を売り、二人の弟を守ることにした。

その人買いは娘を連れていって、妓楼に転売した。そして、娘は五年間からだを売ることになった。

その後、一九四八年に国民党と共産党の両軍隊が戦争をはじめ、砲声が響くなか、彼女は妓楼を抜け出し、ふる里へ帰ってきた。そして、郭有運じいさんと同じように、新たにやり直した。今の家庭や息子や娘はみな、こうしてつくりあげたものである。五年間の汚れた生活は、ケンカでもして、よその町の女たちがあばき出さない限り、ずっとみんなの心の奥底に埋められていた。

ところが、八十年代後期になると、彼女の過去は、突然、特段の価値を持つようになった。地元でも、よそからも、ベストセラー作家が彼女のこの五年の歴史にはとりわけリアルな意義があると考えた。そして、次々に取材し、五年の妓楼生活の有り様を『私の妓女生涯』という自伝的ベストセラーにまとめようとした。このタイトルから見て、ベストセラーはまちがいなかった。おおぜいの作家らの取材に、当初この家族は、母親の経歴にはこんな身なりのきちんとした人たちの関心を集めるほどの価値があるのかと、興奮し、光栄にさえ思った。

しかし、時間がたつにつれ、蔡ばあさんの子供たちは、作家が関心を向けるのは、自分たちのためではなく、母親の汚れた経歴を金儲けに利用しようとしているためだと気づいた。

蔡ばあさんの子供たち、このごくありふれた農民たちは、突然、騙《だま》され、侮辱されたと感じた。やがて、取材に訪れた人を怒った目で睨みつけるようになった。

こうして、得意満面に、興奮して当時の状況の思いにふける母親は、息子らにこっぴどく責めたてられた。それで、母親はこの五十年前の事情について、また貝のように固く固く口を閉ざし、既に話してしまったことを強く後悔した。

同時に、既にたくさんの原稿を書いていた作家に、引っ込みのつかない思いをさせた。『私の妓女生涯』は頓挫したのである。

この事件は、もう何年も前のことである。そして今、ぼくがここを訪れたのは、やはり彼らの母親の汚れた経歴を売り物にして、頓挫したはずの『私の妓女生涯』をもういちど企画するためだと、蔡ばあさんの子供たちは思いこんだのだ。ぼくがまだおばあさんと話をしないうちに、彼女の息子が振りあげたこん棒がぼくの頭上にふりおろされるところだった。

ぼくはそれほど勇敢な人間ではないので、退散することにした。また、ぼくはこの文章を書くために、あちらこちらで人の古傷を暴《あば》くのは――とりわけ老女の膿《う》んだ腫《は》れ物に触れるようなことをするのは――確かに不名誉なことだと思った。

このぼくは戻って、そこの派出所で副所長をやっている小学校の時からの幼なじみに会い、このことを話した。すると、思いがけなく彼は反対意見を唱え、ぼくのやり方をとがめて、手にしたベルトを振りまわしながら言った。

「そのことは、まず、おれに言うべきだったな！」

「え？　あの人のことをよく知ってるのか？」

「いや、そうじゃない。だが、おまえが詳しく知りたいんなら、おれが彼女を引っぱってきて取り調べれば、すぐにすむことじゃねえか？」


ぼくはびっくりして、あわてて手を振った。

「取材なんかしなくてもいい。騒ぎを大きくする必要はないよ。それに、犯罪者でもないのに、どうして取り調べなんてできるんだい？」

彼は大きく目を見開いた。

「やつは女郎だろ？　打倒すべき相手だ[5]。なぜ、しょっ引《ぴ》いちゃ、いけないんだ？」

ぼくはまた、手をふった。

「女郎とはいっても、五十年前のことだ。しょっ引《ぴ》くとしても、それは当時の国民党警察のやることで、五十年後の君のやることじゃないよ！」

それでも、彼は納得しなかった。

「五十年前のことでもかまわない。ひっ捕まえてやる！」

ぼくはあわてて彼を制止した。話をはぐらかし、ずいぶん時間をかけて、鼻息の荒い彼を落ち着かせた。別れるとき、ぼくは、やれやれ、さすがに幼なじみだと思った。

さて、大量の難民を書きとめるため、われわれは再び週刊『タイム』の記者であるセオドア・ホワイトの助けを借りよう。ここまで書いてきて、ぼくは、はっきり分かった。ホワイトこそ、この原稿を書きあげるための主役にちがいない。他にはいない。一九四二年の河南の大災害については、もはや誰も関心を払わなくなっているからだ。当時でさえ、指導者も、政府も関心を向けず、さらに地方の役人は食糧を売って私欲を貪《むさぼ》り、大ぜいの被災者がバタバタ死んでいった。生きのびた被災者も、五十年後の今は老いぼれてしまい、当時のことについては、やはり冷淡で、ボーっとした態度になっているのだ。

そのような中で、外国人、『タイム』の記者ホワイトただ一人、この荒れ果てた土地と三百万人の餓死者に関心を寄せたのである。中国人自身のことなのに、中国人自身は無関心で冷たい態度であるにも関わらず、外国人の彼はわれわれのことに関心を寄せ、同情した。このように述べてくると、五十年後でさえ、赤面せざるをえない。

もちろん、ホワイトは最初から目的をもって、われわれ民衆に関心を向けたのではない。彼は、新聞記者としてのセンスで、大災害のなかから特ダネを見つけようとしたのである。ネタを捜しているうちに、悲惨な現実が彼に衝撃を与え、震撼させられたにすぎない。それで、まともな人間としての同情心や正義感が湧いてきて、一声あげることとなった。こうして、彼と蒋介石は正面衝突した。

そういえば、この一人のアメリカ人は委員長に面談することができたのだが、いったい全体、何人の中国人が自分たちの委員長にお目にかかることができただろうか？　おそらく、政府の部長でさえ予約が必要だったろう。まして、寄る辺のない被災者と言えば、自分の父母にたとえられる各レベルの役人（父母官）にさえ頼ることはできなかった。そのため、力が大きいとはいえないけれど、外国人の記者に頼るしかなかったのである。

そして、彼は確かに助けることができた。この事実はとりわけ衝撃的で、後々まで影響を及ぼし、五十年後のぼくまでショックで呆然とさせた。

セオドア・ホワイトは『歴史の探求[6]』という本で、一九四三年二月の河南行きについて記述している。同行者はイギリスの『ロンドン・タイムズ』の記者ハリスン・フォーマンである。本稿の冒頭部分で既に述べたことだが、彼らは、鄭州に到着したときに、わがふる里で「これまで口にしたなかで、最もすばらしいコース」を味わったのである。

彼らは、重慶から宝鶏に飛び、そこから隴海線（江蘇省の海港の連雲と甘粛省の省都の蘭州を結ぶ。隴は甘粛省の略称、海は連雲の古称）の汽車で西安、黄河、潼関を経て河南に入った。日本軍の散発的な爆撃を避けるため、潼関から手動の保線用トロッコに乗り換え、まる一日かかって洛陽に到着した。

この行程は、難民が逃げるのとは全く逆方向であった。河南に着いてからは、馬で鄭州に行き、鄭州からは郵便車で重慶へひき返した。

この行程から見ると、馬を飛ばして花見をするようなものだ。彼は、ごく一部の状況をかいま見たにすぎないだろう。そこに記述されているのは、すべて道々で見たり聞いたりしたことである。これらの所見はまとまりがなく、その見解は個人的な視点によるところが大きい。

ましてや、アメリカと中国ではお国柄も異なる。このような個人の視点は実際のことがらに含まれる真実の姿とは、ある程度の距離があるものかもしれない。しかし、われわれは、この視点を横において、彼が見た実際のところに入りこみ、その細部に分けいることができる。彼がその肉眼で見た道ばたの事実はすべて真実なのだ。われわれはこれらの真実なる事実にもとづいて、一九四三年の河南の飢饉の被災者の大逃散についてうかがい知ることができる。それでは、ここで、彼の断片的な見聞をまとめて、整理してみよう。

一、難民の身なりと所持品

難民が逃げ出すときに着るのは最上の一張羅である。中年女性は赤や緑の古びた花嫁衣装を着ており、それは汚れ果てた群衆を点々と彩っていた。みな家からできるだけ貴重品を持ち出していた。料理用の鉄鍋、寝具、さらには旧式の掛け時計を持っている者もいた。これらは、難民がふる里に見切りをつけ、名残惜しげもなく、生まれ育った土地を離れる決心をしていることを証明している。時間さえ――掛け時計さえ持ってゆくのだ。

ホワイトと彼の友人（フォーマン）は潼関駅で一泊した。彼は、そこら中に鼻を突く排泄物の悪臭や体臭がたちこめていたと述べている。寒さを防ぐため、多くは頭から毛布にくるまったり、頭に手ぬぐいをまいていた。帽子に耳あてがあるのは、それをおろしていた。難民がそこにいるのは、西へ行く汽車を待っているからだが、それは当ても見通しもないものだった。

二、逃亡の方法

汽車にしがみつくことと歩くことだけしかない。汽車にしがみつくのは非常に危険である。ホワイトは、道すがら、たくさんの血まみれの死者を目撃したという。まず、汽車にしがみついているときに、日本人の攻撃によって爆破されて命を失った者。また、車両の屋根にしっかりつかまっていても、夜になり、手先が凍え握力を失って転げ落ち、汽車に轢《ひ》かれてしまった者。さらには、走る汽車をつかみそこねて、轢かれてしまった者。轢き殺されるのは、いくらかましで、無残なのは轢かれはしたものの、死にきれなかった場合である。

ホワイトは線路のわきに横になっている男を見かけたが、まだ息があり、絶え間なくうめき声をあげていた。その男は、脛《すね》が切断され、骨が白いトウモロコシの茎のように突き出ていた。また、汽車に轢かれて臀部が血と肉でぐちゃぐちゃになりながらも、まだ死にきれない者もいた。

ホワイトは、血まみれなのが辛かったのではなく、目の前の光景がいったいどういうわけなのかはっきりと分からないことが耐え難く苦しかったと記している。このように組織も規律もなく人々が大移動するなんて、各レベルの政府はどこにいったのだ？——この言葉はホワイトが中国の国情についてよく理解していなかったことを意味している。

汽車につかまれなかった者、あるいは汽車に失望した者は、自分の両足を頼るしかない。目的も意識もなく、ただ西へ向かって移動する。独りの者、家族いっしょの者、ひと固まりになっている人たちなどの行列が、一日ずっと線路に沿って見渡す限り蜿蜒《えんえん》と続いている。ホワイトはそのような光景を見たと述べている。

この行列は自然発生的なもので、組織的ではない。凶作と、生きることへの欲求によって、自然に形成された難民の行列である。彼らの表情は呆然としている。何が前途に待っているか知らないのだと想像できる。未来を信じる希望しか、その胸には残っていない。少しは良くなるかもしれないし、この山をなんとかしてのぼりきったら、苦しみはそれでおしまいかもしれないと。

これは中国人の哲学で、これもまたホワイトには理解できなかったことである。難民は列をなして身も凍りつく寒さのなかを歩き続ける。しかし、どこだろうと、飢えや寒さや疲労で倒れたら、二度と起きあがることはない。

荷物を山と積んだ手押し車を、父親が引き、母親が押し、それに子供たちはついて行く。纏《てん》足《そく》の老女はよろめきながら歩いてゆく。母親を背負う若者もいる。線路の両側に辛く厳しい行進が続く。立ち止まる者はいない。たとえ、子供が父か母の死体にすがりついて泣き叫んでいても、みな声も出さずに通り過ぎる。泣く子を引きとろうとする者は誰もいない。

三、人身売買の状況

逃散の途中、難民は準備した食糧を間もなく食いつくしてしまう。すると、木の皮や雑草やしば草を食べることになる。たいていの難民は小刀や鎌や包丁で樹皮をはぐ。これらは、樹木を愛した軍閥の呉佩孚《ウウペイフ》(北洋軍閥直系の首領)が植えたものだという。

楡の木は皮を剥ぐとすぐに枯れる。木の皮や雑草やしば草さえも食べられなくなると、難民は息子や娘を売りはじめる。家庭を支配する者によって、支配される者が売られるのである。このときには、同情心や家族関係、慣習や道徳などは跡形《あとかた》もなく消えている。

人々が考えることは飯《めし》を食うことだけで、飢餓がこの世の全てを支配した。九歳の男の子は四百元、四歳の男の子は二百元で売られ、若い娘は妓楼に売られ、若者は国民党軍に捕らえられ、兵士にさせられた。それでも、若者は喜んだ。なぜなら、軍隊には食べ物があるからだ。花爪おじさんがそうであったように。

四、犬が人を食う状況

道端には死人があふれたが、厳寒のため、難民たちは遺体を埋める穴を掘る気力さえなく、大量の屍が野晒《のざら》しにされ、飢えた犬に食べものを提供することになった。一九四三年の河南被災地区では、犬の方が人より居心地が良く、そこは犬の世界だったとも言える。

ホワイトは洛陽を出発して東に向かうとき、小一時間もたたないうちに、野犬や鳥が雪の中に横たわる年若い女性の死体をひき裂いているところを、その目で見た。

道ばたには難民と同じくらいたくさんの野犬がたむろしていて、狼の本性をとり戻し、肉を食べて毛並みも艶《つやや》やかで、よく肥えていた。荒野でも至る所に死体があり、野犬の生存、繁殖のための食糧提供所となっていた。埋葬された死体さえ、野犬は土まんじゅうから掘り出した。

野犬もより好みしていたのかもしれない。若くて、みずみずしく、柔らかい女性を選ぶのだ。半分食われた屍から、頭の中まですっかりしゃぶり尽くされ、しゃれこうべだけが残されたのまであった。ホワイトは、このような実状を多くの写真で記録している。これらの写真は、その後、犬に食われずに生き残った難民にとって、たいへん役に立つことになったのである。

五、人が人を食う状況

人もまた狼の本性にもどった。この世の中に、もう食べるものが何ひとつなくなったとき、人は犬のように人を食いはじめた。ホワイトは、それ以前には、肉を食うために殺人に走る人間など見たことはなかったが、この河南行きで大いに目を開かされたと述べている。この時から、人が人を食うということは、この世の中に確かにあることなのだと信じるようになったのだ。

もし、人肉が死体から切り取られたものなら、まだ理解もできる。いずれにせよ、犬が食うのだから、人が食うのだ。しかし、全く異なる状況さえ現れた。生きた人間が生きた人間を食い、身内が身内を食ったのだ。人間は一体どれだけ残虐になれるのだろうか?

ホワイトは、母親が二歳の実の子を煮て食うのを知った。父親が自分の命を守るために二人の息子を絞め殺し、その肉を煮て食べた。八歳の男の子は、逃亡の途中で父や母と死に別れたあと、湯恩伯《タンエンボー》の率いる部隊に会った。部隊はある農民の一家に無理やり男の子をあずからせたが、その後、この子の姿は見えなくなった。調査の結果、その農家の小屋のわきに置かれたかめのなかから、子どもの骨が発見された。そして、その骨の肉はきれいさっぱり食いつくされていた。他にも「易子而食」や「易妻而食」があった（自分の子や妻では気が引けるので他者のと交換＝易して食べるという意。史書にも記されている）。

——ここまで書いて、ぼくは、これらの人々は匪賊にもならず、殺戮《さつりく》集団にもならず、KK（クー・クラックス・クラン）など結成することもせず、テロを組織するのでもなく、人を喰らい、身内を喰らい、子供を喰らうことで、自分の勇気を台なしにしていると感じた。この点を切り口にすると、私は地主の範克倹おじちゃんが怒りながら話していた、あの難民の蜂起——つまり、おじの家の一棟《ひとむね》を占拠し、武力を組織し、一日中ずっと豚や羊を殺して喰らっていたという情景に、心から敬意を払う。誰ひとり蜂起せず、ただ身内のあいだで共食いする民族には、いかなる希望も見いだせない。

もっとも、先に述べた匪賊は、油の滲みた高梁《カオリャン》を燃料にして焼き殺されてしまったのだが……

彼らの親分は毋得安（漢字の意味は安きに甘んじるな）という。しかし、彼は民族の脊梁《せきりょう》であり、希望である。

五

「大公報」が三日間の発行停止となった。「大公報」の発行停止は、「大公報」のせいではない。わがふる里の三千万の被災民の意気地のなさのせいである。意気地のない被災民のなかには、言うまでもなく、おばあちゃんの一家、二ばあさん一家、三ばあさん一家、そして逃散した者も残った者も、餓死した者も立ちあがった者も、犬に食われた者も人に食われた者も、みな含まれている。

「大公報」など、彼らは一度も目にしたことさえないだろう。

とはいえ、一九四三年二月一日付けの「大公報」重慶版に、大災害に見舞われた河南の民衆の有り様に関する記事が掲載され、蔣委員長を激怒させ、三日間の発行停止が命じられたのである。もっとも「大公報」がこれを報じたのは、半分は特ダネを載せるためで、もう半分は中国知識人に伝統的な、統治される立場から発する苦難する大衆への同情心のためである。あるいはまた、上層部の政治闘争が関係しているのだろうか？　これについては知るよしもない。

新聞社が被災地区に派遣した記者の名は張高峰という。そのライフヒストリー、境遇、人生の変転、性格、人柄および社会との関係などについて、ぼくは興味をそそられているが、手元の資料では、考察する術《すべ》もない(7)。しかし、記事に見られるその人格は、有能で誠意あふれる壮年であることにまちがいはない。彼は河南でいくつもの地方を歩き回り、先に引用した「豫災実録」を書いた。

この原稿は、六千字ほどのものである。この六千字の文章が、この大国の中国に面倒を引き起こすことになろうとは、思いもよらないことだった。面倒の原因は、六千字のなかに、三千万人の実情が描かれたことにある。しかし、その三千万人のなかの誰でも、その一人が遭遇したことを書こうとすれば、実は、数万字、数十万字も書けるほどだったが、彼はたった六千字を書いただけである。六千字を三千万で割ると、一人分の字数はわずかに平均〇・〇〇〇二字である。これはほとんどゼロであるから、書かなかったことに等しい。しかし、それが数億人を統治する委員長の癇癪玉《かんしゃくだま》を爆発させたのだ。

多くの人が、この原因は、蔣の官僚主義にあるとした。しかし、既に述べたように、蔣介石は信じなかったわけではない。だが、彼は、河南の災害よりも遥かに重大な、国際的な問題と国内政治の問題をたくさん抱えこんでいたのである。三千万の被災者という、ちっぽけな事件によって悩まされることなど、彼は望まなかった。三千万の被災者なんぞ彼の統治に影響を及ぼすはずなどない。他方、重大な問題のなかにあるいかなる枝葉末節でも適切に処理しなければ、彼の地位は不安定になり、いつ何時その地位から引きずり降ろされるかもしれないのだ。頭のなかでは、彼は物事の順序をわきまえていた。われわれのようなモノ書きや庶民に理解できるはずがない。

三千万人のうち三百万人が死んだということは、十人のうち一人しか死んではいないということである。しかも、一人死んでも、また一人生まれる。生まれては死に、死んでは生まれる。永遠に続き、果てがないのだ。心を煩わす必要があろうか？　これが、蔣委員長の「大公報」に対する不満の根本であり、ニュースに関わる問題の核心であった。

悲劇は、双方の誤解にあった。文章を書いた者は、委員長は実情を知らず、事実に基づき真実を求めること（実事求是）をしていないと思った。他方、委員長は激怒したものの、公然と怒りを示すことをはばかって、複雑な事情を手短に処理してしまったのである。すなわち、発行停止命令である。

「豫災実録」には、被災地の民衆の苦難のほか、『タイム』のセオドア・ホワイトが書いたように、被災地区を逃れる難民の路上での状況についても述べられている。両者を照らし合わせてみると、われわれは、大災害と難民の逃亡劇が真実であったことを確信できる。

彼は、隴海線に沿って陝西へ逃れた被災者は数万人にも及ぶと書いている。汽車にしがみつく難民はまるで黒山のようであった。途中で子供を捨ててしまうのは日常茶飯事であり、四六時中、屋根で足を滑らせたりして命を落とした者が出た。汽車に飛びつくとき、家族が生き分かれになることも常であった。肉親との別れの苦しみをなめた後は、骨格を学ぶための標本のようになってしまう者さえいた。

汽車に乗れずに、線路のわきをのろのろと歩いて逃散する者は、老人を助け、子供の手を引く。一輪車を父親が押し、子供が引き、六、七十歳の老夫婦が荷物を背負って、喘《あえ》ぎながら進む。

「旦那ぁ、もう五日も食ってねえだぁ！」

張高峰は、次のように書いている。

「目を閉じると、道を行くギシギシという一輪車の軋《きし》みが聞こえる。あたかも私の体を押し潰していくかのように。」

彼はまた、犬が人を喰らい、人が人を喰らう状況についても書いている。

その状況はまさしく真実である。ただし、もし、真実の状況だけなら、「大公報」は発行停止にはならなかっただろう。重要なのは、二月一日にこの「実録」が載せられたあと、二月二日に「大公報」の編集長、王芸生《ワンイーション》が、「実録」にもとづいて、これを政府の被災地区に対する姿勢と結びつけ、「重慶を見て、中原を思う」という社説を発表したことである。これが、蒋の思考回路を徹底的にかき乱したのである。つまり、痛い所を突かれたのである。その結果、蒋は怒りを爆発させた。

この社説には、以下のように書かれていた。

昨日、本紙に載せられた「豫災実録」を、もう読者のみなさんはお読みになったことと思う。

あのリポートを読めば、どんなに涙腺の固い輩《やから》でも、きっと涙を流したことだろう。河南にひどい災害があり、人民が悲惨な被害に遭遇したことについては、みなさんは、もうご存じだろう。しかし、そのひどさがどの程度なのか、惨状がどの程度なのか、みなさんははっきりとは知るよしもない。

あの三千万の同胞が、飢餓地獄に陥ろうとは、誰が知りえただろう。骨が浮き出て、肉の削げ落ちた餓死者。老人を助け、子供の手を引いてのろのろと歩み、逃散する難民。妻子との離散、押しあいへしあいする黒山の人だかり、治安警察官の警棒による殴打。このような状況であっても、必ずしも救済委員会の登録証がもらえるとは限らない。雑草を食う者は毒にあたって死に、樹皮を噛む者は喉を突き刺す痛みと、腸のよじれる苦しみに耐えられない。妻や娘をロバに乗せて、遠くの人肉市場へ連れて行っても、どれほどの穀物に換えられるか分からない。この世のものとは思えぬこの惨状は、読むに忍びないものがある。

とりわけ耐え難いのは、災害がこのような状況にあるのに、実物税の取り立てが従来通りであることである。役人に捕らえられ、納税を迫られる。飢えた腹で穀物を納め、畑を売って税を納める。かつて、杜甫の「石壕吏」(8)を読み、巻を閉じ、ただ溜め息をついたものだが、思いがけなくも、この詩には今日の真実が見え隠れするのである。

本日の紙面に中央社魯山電が掲載されている。「河南省三十一年度の食糧税の徴収は、厳しい災害のもとにあって極めて順調である」。また「省の農地管理所責任者によると、税の徴収状況は極めて良好、各地の人民はすべて残らず国家に貢献した」。この「すべて残らず」という文字は、実に多くの血と涙の筆によって書かれたものである。

彼は、これに続けて重慶での物価の高騰、市場での買いあさりによって値上がりが止まらないこと、さらに、金持ちの贅沢な暮らしぶりを指摘し、次のように述べる。

河南の被災者が畑や人を売り、餓死することさえあっても、なお国税を納めるのに、なぜ政府は豪商の巨万の資産を徴発したり、金持ちの「あたり憚《はばか》らぬ」購買力を規制することができないのか？ 重慶を見て、中原を思うと、まさに感慨極まるものがある。

この社説は、発表された当日に委員長の目に入った。その夜、新聞記事検査所から要員が派遣され、国民党政府軍事委員会による「大公報」三日間の発行停止命令が告げられた。これにより「大公報」は二月三、四、五日の三日間、発行停止となった。

王芸生本人については、張高峰と同じくはっきりしたことはわからない(9)。しかし、現存の資料から見ると、当時、王芸生は当局と非常に親密な関係にあり、蔣の側近である陳布雷、ひいては蔣本人とも付きあいがあったようだ。だが、いずれにせよ新聞一筋のジャーナリストに過ぎず、委員長の境遇や本音を理解できなかったことは確かである。それでも、この社説を書いた新聞人としての勇気には、やや幼稚ともいえるが、現在においてなお、敬服しないわけにはいかない。

困ったことに、王芸生は「大公報」が発行停止命令を受けたことに納得できなかった。あの社説は事実のわずか百分の一を書いたに過ぎないのに、なぜ委員長の怒りに触れたのか？　委員長は「民主」と「自由」を提唱しているというのに、これでは彼のスローガンと相反《あいはん》し、公然と世論を圧迫することにならないか？

それで、王芸生は陳布雷を問いただした。そのとき、陳は、われわれが前に引用した話をしたのである。陳は蔣の側近であり、彼の話から、蔣の孤独とジレンマを読みとることができる。まことに、それはもう一度引用するに値するものである。

委員長は河南の災害を全く信じず、省政府のでっちあげだといっている。李培基主席の災害の知らせは、「果てしなく広がるはだかの土」、「雁が至る所で悲しげに鳴き渡る荒野」、「哀願して食べ物を求める民」などというものだったが、委員長は言い古された文句や虚報だと非難し、かつ、河南の税の徴収を緩《ゆる》めてはならないと厳命した。

陳布雷さえ真相を知らなかったことが分かる。彼の話に、王芸生はただ目をしばたいた。それはまるで、ボルトとナットのサイズが合わないどころか、形状さえちがっているようなもので、なす術《すべ》がなかった。王芸生は委員長が民衆の生命を救済しないことを咎《とが》めはしたのだが、実は、責任は蒋だけにあるのではなく、王芸生もまた、委員長の心を理解できていなかったのである。逆に、蒋介石はきっと、王を蔑視し、見くびり、その幼稚さや物分かりのなさに苛立《いらだ》ち、その上、こいつは外国で何をやるか安心できないと感じたのだろう。

そのため、次のようになった。この社説が発表される前、一九四二年末、アメリカ国務院戦時情報局は王芸生をアメリカに招待するという約束をとり交わしていた。そして、これは政府の同意を経て、パスポートが発行され、外貨の両替もできて、蒋介石と宋美齢も王芸生のために送別会を設けた。飛行機の出発日も決まった。

その時に、王芸生は張高峰の報道を読み、「重慶を見て、中原を思う」を書いたのだ。そして、出発の二日前、彼は国民党中央宣伝部長の張道藩《チャンダオファン》から電話を受けた。

「委員長から君に知らせるように言われた。アメリカへは行かないでほしい。」

こうして、王芸生のアメリカ行きの約束は水の泡と消えた。王と蒋の関係は、異なる段階、異なるレベル、異なる考え方のもとにできていたのだが、外にいる者から見れば、賑やかである。義憤を感じさせるものの、その実、噴飯もので、またわけの分からないケンカだった。

疑うまでもなく、「大公報」の被災地区の報道と社説は、既に定まっていた被災地区に対する蒋の熟慮した見方や態度を改めることはなかった。そして、採用された手段は、折檻《せっかん》、すなわち発行停止命令であった。明らかに、これは古くから今日に至るまで、文人をあしらう最も有効な手段だ。文人の骨は容易に折れてしまう。折檻しようと思えば折檻する。発行停止なら発行を停止させる。アメリカ行きを許さないのなら許さない。その後には、何も起こらない。

唯一の効果は、彼らがおとなしくなることである。だから、ぼくも、わがふる里の三千万の被災者も、張高峰が記事で、王芸生が社説で呼びかけたことに対して、いかなる感謝も示さない。なぜなら、それは何の役にも立たなかったからだ。

むしろ委員長の怒りを買い、正反対の作用をひき起こしただけだ。われわれは、彼らをわきにおいてもかまわない。むしろ感謝しなければならないのは外国人、アメリカの週刊『タイム』の記者セオドア・ホワイトである。彼は一九四二年と四三年の大災害のときに、まさにわれわれのような貧しい者に手をさしのべてくれたのである。

このように書くのは、つまり、援助として効果があったからである。役に立たない手助けは、ただわれわれに、希望からまた失望に至るまでの、新たな心理的虐待の過程をもたらすだけである。

また、このことは、委員長の、異なる人に対してとった、異なる態度だった。そしてこれは、蒋もまた、頑固すぎる人間ではなく、融通をきかせることのできる人間だったことを説明している。

自国民はみな彼の統治下にあり、全国で数億の民が治められている。一人や二人に罪に着せても、一人や二人を銃殺刑にしても、大局には影響を及ぼさない。モノ書きは、自分では被災者より地位が高いと思っているが、一国の委員長殿の心のなかにあっては、たとえ地位が高いとしても、大したものではない。

しかし、外国人に対しては異なる。外国人は一人が一人の人間として存在し、一人の外国人の機嫌を損ねると、その外国人の政府の機嫌を損ねる可能性もあるので、細心の注意が必要である——これは、人と政府の関係における、中国と外国との違いである。ホワイトは一人のアメリカ知識人として、「雁が至る所で悲しげに鳴き渡る荒野」を見て、中国知識人と同じ同情心と憤激をひき起こし、文章を発表した。

だが、中国で発表したのではない。アメリカで発表したのである。文章をアメリカで発表するのと、中国で発表するのとは、事情は全く異なってくる。中国で発表すると、委員長はそれを発行停止にできるが、週刊『タイム』に発表したら、委員長といえども、どうして発行停止にできるだろうか？

ホワイトは明確に提起した。もし、アメリカ新聞界が行動を起こさないのなら、河南では相変わらず無政府状態が続くであろう。

かくして、アメリカ人はわれわれを大いに援助してくれたのである。後になって、われわれが「打倒アメリカ帝国主義」を叫んだとき、ぼくは、歴史を忘れてはならないと思った。少なくとも一九四二年と一九四三年の二年間は、「打倒」してはならなかった。

ホワイトは被災地区を一回りした後、矢も盾もたまらなくなって、被災地区の特ダネを発表したいと思った。そのため、帰途にあった最初の電報局――洛陽電報局――で、一刻も早く原稿を送ろうと打電したのだった。当時、重慶政府の規程によると、新聞報道は中央宣伝部の検閲を受けなければならなかった。検閲に差し出せば、この報道はきっと握り潰された。しかしながら、この電報は洛陽から成都の商業無線局を経て、迅速にニューヨークへ送られた。

もしかしたら、この無線電信局の制度が厳しくなかったのかもしれない（専制国家にとって制度が厳しくないのもいいことだ）。あるいは、洛陽電報局の電報送信スタッフの誰かが良心の呵責から規則を無視して、この電報を検閲せずに直接ニューヨークに打電したのかもしれない。

こうして、特ダネは『タイム』を通じて広まったのである。

当時、宋美齢女史は、あの有名なアメリカ訪問のまっ最中であった。この英文の記事を読んで、怒り心頭に発し、一時は平常心を失い、アメリカにいながら中国式のやり方で、週刊『タイム』の社主、ヘンリー・ルースに対してホワイトの解雇を要求した。もちろん、彼女のこの中国式の要求は、当然のことながら拒絶された。

アメリカはさすがに報道の自由の国家である。宋美齢はいうまでもなく、かりに、ルーズベルトの醜聞がすっぱ抜かれて、ルーズベルト夫人が記者の解雇を要求したとしても、やはり同じことだろう。ルーズベルトが大統領になって、何年になるか？『タイム』は発行して何十年経っているか？　もちろん、ルーズベルト夫人はそれほど愚かではないだろうし、こんなことで政治に干渉をしようという考えを起こすはずもない。

かくして一夜のうちに、ホワイトは重慶で論争を巻き起こす人物となった。ある役人は彼は報道の検閲を回避したと攻撃した。また、ある役人は、彼がこっそりと記事を送るため電報局内部の共産党員と共謀したと非難した。

しかし、どうであれ、みなホワイトに対していかなる手段にも訴えられなかったことが、この問題の鍵である。他方、それを尻目に、ホワイトはアメリカ陸軍の情報機関を通じて、状況をスティルウェルに報告するとともに、中国駐在のアメリカ大使館、および中国の国防部長にも報告していた。さらに、中国の立法院院長、四川省主席、孫中山（孫文）博士の未亡人たる宋慶齢にも面会していたのである――ホワイトがかくも広範に社会の各勢力を動員したことは、いかなる中国の記者、あるいは新聞編集長でも、とうていできなかったことである。

中国国防部長の態度はこんなふうだった。

「セオドア・ホワイト先生、もし、あなたがデタラメを話していないとすれば、あなたは他の人からデタラメを聞かされたのです！」

立法院長や四川省主席もみなホワイトにただ忠告するだけだった。つまり、これらの人物に助けを求めても無駄なことなのだ。ただ、蒋介石が口を開いてこそ効果があり、中国の大地で行動が起こされるのだ。

しかし、蒋介石にお目にかかるのは容易なことではない。宋慶齢の助けを借り、五日間の時間を費やして、ホワイトはやっと蒋に面会することができた。もし、孫文夫人や蒋の親類の助力がなければ、すべては水泡に帰したであろう（従って、専制制度のもとでは、閨閥関係は必ずしも不正の気風だとは限らない。人々の命を救う気風ともなるのである）。

ホワイトにとって、孫夫人の華奢な容姿は印象的であった。彼女は次のように語った。

「……彼（蒋介石）は長期の退屈な視察旅行から帰ったばかりで、とても疲れており、少し休養が必要だと言われました。でも私は、これは数百万人の人命に関わっておりますからと申しました。……彼に状況を報告する際は、どうぞ私に話されたように、率直に、恐れずに、ご報告なさってくださいませ。たとえ誰かの首がはねられるようになるとしても、ご気分を悪くされることはありません。……でなければ、情勢は一向に変わらないでしょうから。」

蒋介石は、彼の薄暗い執務室でホワイトに接見した。痩せた長身をしゃんと伸ばし、強《こわ》ばった面持ちで握手を交わしてから、背もたれの高い椅子に腰をかけて、ホワイトの話を聞いた。ホワイトは、蒋が彼の話を聞くとき、不愉快な様子をありありと見せたと記している。ホワイトはこれを、蒋が話を信じたくないためだと理解した。それは、ホワイトが中国の文人と同じ誤解をしていたことを示している。蒋は同じレベルに立ってはいなかった。蒋に対する彼らの理解はあまりにも表面的なものだったのだ。

蒋がどうして信じないことがあろうか？　きっと、ホワイトよりももっと早く、もっと詳しく河南被災地区の状況を知っていたにちがいない。ただし、それは重要だと着手しなければならないことではなかったのだ。

下級役人やら、中国の文人やら、外国人記者やらが、重要だと思い込んで、セッセと蒋の頭の上に押しつけようとしているが、実は、彼にとっては重要ではなかった。局部的には重要だが、それまでのことであった。ところが、それを全局面に及ぶ重要なことだと執拗に押しつけようとして、承諾するまで止めようとはせず、報道は国内のみならず、国外でも暴《あば》きたてて、国際世論まで引き出してしまった。全体から見れば重要ではない部分的なことを、重要かつ全面的な問題だとでっち上げたのだ。

蒋にとってみれば、もっと重要なことをわきに置かせられ、お節介好きの外国人が彼に向かって余計なことを述べるのを聞かされるのである。まったく途方もないことだった。腹立たしく、かつ、笑うべきことであった。あたかも大きな鵬《おおとり》が、草むらのスズメが無茶なことをしているのを見ていたら、自分も無茶なことに引きずり出されて、積み上げられた雑草やもつれた糸くずのなかに巻き込まれたような気持ちだったろう。蒋は、なぜこんなにもたくさんの姿もかたちも皮膚の色もちがう手が、犬の糞の山に差しのべられるのか分からなかった。これこそが、表情にありありと現れた不愉快さの真の意味である。

この深意はホワイトには理解できないものであり、また五十年ものあいだ、誤解され続けてきたものでもある。人と人の心が通いあうことは、何と難しいことだろう。

蒋はくだらなさそうな態度で聞き、しかたなく、ただ副官にむかって、「彼ら（被災地区の民衆）は外国人を見ると、何でも話すのだな」と言った。

ホワイトは続けて、次のように述べている。

「事態がどうなっているのか、蒋が何も知らないのは明らかだった。」


これは、ホワイトの知ったかぶりと誤解である。しかし、中国の事情はほんとうにおもしろい。もし、誤解がなければ、ホワイトはこのような大きな義憤を感じなかっただろうし、その大きな義憤がなければ、蒋介石に迫ることもなかった。そして、この誤解による強要が、賢くて知恵があり、まる一日かけて物事を熟慮する蒋を壁の隅に追いつめたのだ。

つまり問題の核心は、こうだった。蒋はすべてを知っていたが、他に大きな問題を抱えていた。しかし、一国の君主である以上、三千万の人命という小さな問題を小さなことだなどとは言えなかった。もし口に出してしまったら、彼はどんなイメージを持たれただろう？

これは蒋の苦衷である。そして、ホワイトの強腰は、まさに蒋の苦衷に迫るものであった。

だから、蒋は泣くに泣けず、笑うに笑えずであった。そのため、ホワイトは蒋は事態を理解していないと見なしてしまったのである。

そして、ホワイトは、人喰いの状況を出せば、何とか打開できるのではないかと考えて、これについて話してみた。ところが、蒋は、セオドア・ホワイトというアメリカ人が、自分から苦労して、そんなにも多くの被災地区を歩きまわったり、多くの実状を見たりしたはずなどない、おそらく被災地区をさっと駆け巡り、耳にしたデタラメを語っているのだろうと思い込んだ。そこで、即座に否定した。

「セオドア・ホワイト君、人喰いなど中国では絶対にありえない！」

ホワイトは言った。

「私は、この目で犬が路上で人々を喰らうのを見たのです！」

蒋はまた、すぐに否定した。

「そんなことはありえない！」

このとき、ホワイトは応接室で待機していたイギリス『ロンドン・タイムズ』の記者フォーマンの同席を求め、彼らが河南の被災地区で写した写真を、委員長の面前に並べたのである。写真には、野犬が掘り出した死体をまたいで群がっているのをはっきりと映しだしていた。そして、ホワイトは、こう書いている。

「委員長の膝がわずかに震えて、苛立《いらだ》たしい音をたてた。」

ぼくは、その時、委員長は頭にきたのだと思う。ホワイトやフォーマンに頭にきて、被災地区に頭にきて、各レベルの役人に頭にきて、この重要とは思えないことに頭にきて、そして世界が重要と見なすことに頭にきたのである。まさに、この重要でもないのが重要だとされたために、もともと重要だったことが重要でないものにされてしまったのである。もし、他にもっと重要なことが存在しないなら、彼も全国の人民を動員して、ともに災害に立ち向かっただろう。被災地区を視察し、慰問し、わが子のように民を愛するという好い印象を与えることもできたのだ。

しかし、何度も頭にきても、彼は八つ当たりはできなかった。特に外国人記者に対しては。それで、外国人が撮った人喰い犬の写真に痙攣したが、身を震わせながら、あらゆる中国の統治者と同じように時間を稼いで戦略をめぐらし、態度をサッと百八十度転換し、厳粛な様子を見せ、以前は分からなかった状況が、今はついに分かるようになったというふりをして、実状を提示したことに感謝し、おかげで真相を知りえたというように見せた。

おもむろに手帳と筆を取り出し、メモし始め、役人の名を際限なく尋ね、けしからん役人の名を残らず書き記した。そして、完璧な報告書の作成を求めた。——これも中国の統治者が問題に対処するときの慣例であり、まず組織対策から刀をふるい、続いて別の人々の名前を挙げさせるのである。

それから、蒋は感謝の意を示し、「私が派遣したどの調査員」よりもすぐれていると言った。こうして二十分間の会見は終了し、ホワイトとフォーマンは丁重に送りだされた。

きっと、二人が去ったあと、蒋はコップを投げつけて、映画によくあるように「こん畜生！」と罵《ののし》ったことだろう。

まもなく、人喰い犬の写真によって、宋慶齢の予想通り、首切りがはじまった。まず、ホワイトの原稿をアメリカに送ったにすぎない洛陽電報局の不運な局員の首が飛んだ。なぜなら、河南の恐るべき惨状をアメリカにこっそりと伝えたからである。しかし、これによってたくさんの人命が救われたのだ。

ホワイトは「アメリカの新聞の力で救われた」と書いており、きっと得意満面であっただろう。ただし、これを引用するとき、ぼくは、いささか笑いたくなる。

何の力であれ、それは最終的に委員長を説き伏せたのだが、動いたのは委員長なのだ。委員長が動いたとたん、たくさんの人命が救われたのだ。誰がわれわれにとっての救いの星だったか？　誰が被災者にとっての救いの星だったか？　つまるところ、やはり一国の尊敬をあつめる委員長だろう。もっとも、この行動はまちがいだらけで、甚だしい誤りを招いたのであるが。しかし、ホワイトは中国の国情に疎《うと》く、すべての功績を自分のものとした。たとえアメリカの新聞が強力であっても、それは単なるきっかけに過ぎず、結果ではないということが、彼には分らなかった。中国では、アメリカの新聞でさえ、委員長に逆らうことはできないのだ。

それでも、ホワイトや中国駐在の外国人宣教師は得意満面であった。ホワイトは重慶で、アメリカのトーマス・ミーガン神父が洛陽から出した、次の手紙を受け取った[10]。

> あなたが帰られ、電信網をうならされてから、突然、陝西から貨車でどんどん食糧が運ばれて来ました。洛陽では、荷おろし作業が追いつかないほどでした。これは野球でいえば得点一です。少なくともホームランの価値はあります。省政府は大わらわで立ち上がり、各郷に粥の炊き出し所を設けました。仕事をやろうとすれば、これくらいのことはできるのです。軍隊は大量の余剰食糧から一部を放出しただけですが、それでも大いに役立ちました。全国では慌ただしく被災者への募金が呼びかけられたので、義援金が続々と河南へ送られていきます。
>
> この四つは大成功だといえるでしょう。そして、災害は人災であるという、私のかねてからの見方も実証しました。もし当局にその気があるなら、彼らはいつでも災害に対処できる力があるのです。あなたが来られて、叱咤激励したことで、目を見張るばかりに目的を

果たすことができました。彼らを目覚めさせ、職責を遂行させたのです。遅ればせながらでも、確かに実行しだしています。

ともあれ、『タイム』誌、『ライフ』誌、『フォーチュン』誌に栄光あれ！　平安あれ！　本当にすばらしい！……河南では、いつまでもあなたの名前が人々の心に刻まれることでしょう。ある者は深い敬愛の念をもって、あなたを懐かしむでしょう。しかし、切歯扼腕《せっしやくわん》する者もいるでしょう。それも不思議なことではないでしょう。

六

河南での救済が始まった。委員長が動いたからである。委員長が救済は必要だと言えば、救済が本格的に始動するのである。だが、一九四二年及び一九四三年に、まず塗炭《とたん》の苦しみから被災者を救済したのは、何といっても、やはり外国人だった。外国人を嫌っているわれわれは、感謝などしたくはないのだが、肝心な時になると、彼らはわれわれをちゃんと助けに来てくれるのだ。われわれがどうこう言えるものではない。

ところが、中国政府の方は、救済とはいえ、その考え方は、総合的でも全般的でもなく、また精神面から物質面にわたるものでもなかった。餓死しかけている者の腹にちょっとばかり食べ物を入れてやり、死線をさまよっている者を引き戻そうというものにすぎなかった。

他方、外国人の宣教師たちは、――もともとは精神的にわれわれを侵略しに来たのだが――、委員長が行動を起こす前に、既に自発的に活動を始めていた。それは、いかなる政治的な動機によるものではなく、また政府の指示によるものでもなく、ただ純粋に宗教の教義的立場から生まれた思いやりによっていた。

彼らは、イエス・キリストによって派遣され、中国に伝道に来た宣教師であり、することといえば慈善事業だった。アメリカ人も、ヨーロッパ人もいれば、カトリックもプロテスタントもいた。アメリカ人とイタリア人(11)は、ヨーロッパでは敵同士であるにもかかわらず、神父や牧師は、わがふる里では手を携《たずさ》えてともに歩み、慈善の心で結ばれていた。力を尽くして、数えきれないほどのわがふる里の人たちの命を救ってくれたのだ。ヨーロッパの戦場では対立していても、バタバタと倒れてゆくわがふる里の人々の目の前では、荒廃をくい止めようと、ともに絶望的な闘いに挑んでいた。この点から見ると、わがふる里の難民は決して無益に餓死したとは言えないだろう。

教会のある所ではどこでも粥の炊き出し所が設置された。しかし、教会のあるところと言えば、普通は都市であり、例えば鄭州や洛陽などだった。ぼくのいく人かの親戚、二ばあさん一家や、三ばあさん一家などはみな、アメリカ人やヨーロッパ人が大鍋で煮込んだ粥を食べた。花爪おじさんは洛陽の炊き出し所で粥をもらった帰り道で、胡宗南将軍に捕まって、兵隊にさせられたのだった。

それでは、慈善機関はどこから手に入れた食糧で粥を煮たのだろうか？　アメリカ政府は蒋を信用しなかった。外国から送られる救援物資は全て宣教師の手を経て放出されていた。大挙して逃散する中国の難民らは、読み書きなどできなかったが、本能的に、本国の政府を信頼しなくなっており、唯一の救いの星は外国人であり、白人であると感じていた。

ホワイトは、こう記している。

宣教師らは必要なとき以外は、住居を離れなかった。町中《まちなか》を一人で歩く白人だけが、難民の頼みの綱だったからである。町を歩く白人は、突然、弱り果てた男や、力の尽きた女子《おんなこ》どもにとり囲まれる。彼らはひれ伏し、這いつくばり、頭を地面に打ちつけながら、痛ましい声で「憐れみを、憐れみを！」と叫ぶ。だが実際、彼らが懇願するのは、わずかな食べ物に過ぎないのである。

ここまで読んでも、ぼくはふる里の人々のことを少しも恥ずかしいとは思わない。ぼくがそこにいて、このような状況におかれたら、やはり西洋人にひれ伏して、頭を地面に打ちつけていたと思うだろう。

教会の周辺には、至るところに難民が群がった。ひとたび宣教師が外に出ると、水も漏らさぬくらいにとり囲まれた。ふる里の人々はみな、外国人のまわりに集まった。当時、もし外国人が手を挙げて呼びかければ、彼らはきっと外国人について蜂起しただろう。勇気を奮い起こして前進し、死など恐れはしない。八ヵ国連合軍[12]が攻めて来たときに、外国人に抵抗したような状況が再び起こることなどなかっただろう。

女子《おんなこ》どもは、毎日、教会の門前に腰をおろしていた。毎朝早く、宣教師はいつも教会の入り口に捨てられた赤ん坊を見つけ、急場しのぎで設立された孤児院に入れて、育てた。子孫までもが西洋人に託されるようになったのだ。

さらに、ほんのひと握りの外国人宣教師だけが、わがふる里の人々に生命の尊さを気づかせてくれた。ぼくは黄ばんだ五十年前の新聞紙上で、ある外国のカトリックの神父が、粥の炊き出し所を設置した動機について、次のように語っているのを読んだ。

「少なくとも彼らを、人間らしく死なせてやりたかった。」

教会は教会病院を開設した。教会病院は恐るべき胃腸病患者であふれていた。病気の原因は不潔な物を食べていたことである。多くの難民は飢餓に喘《あえ》いでいたので、死にもの狂いになって口のなかに土を押し込み、腹を満たしたのだ。病院では、このような難民を救うために、まず、その腹から土をかき出す方法を考えなければならなかった。

教会はさらに孤児院を設立し、両親が餓死したあとに残された子どもを収容した。しかし、この収容はこっそりとなされていた。大々的に子どもを受け入れるには、孤児があまりにも多すぎたからである。両親とも生きているのに、自分の子どもを捨てたり、売ったりした時代なのだ。外国人は少なすぎ、中国人の孤児は多すぎた。いいかえれば、中国の子どもは外国人に父親になってもらいたがり、外国人は父親になりきれなかったのである。ホワイトの記事（『タイム』一九四二年十月二六日号掲載）などでは、次のように述べられている。

飢餓は、人間としての最低限の感情さえ消し去ってしまった。狂った夫婦は、食べ物を探しに出るとき、子供たちが彼らと一緒に出掛けないように、六人の子供たちをみな木に縛りつけていた。ある母親は、一人の赤ん坊と二人の子供を連れて物乞いに出たが、長く苦しい旅に、みな疲れ果ててしまった。母親は地面にすわって赤ん坊の世話をし、二人の子供に村へ食べ物を見つけに行くよう言いつけたのだが、子供の帰りを待たず、この母親は死んでしまった。赤ん坊はなおも死んだ母親の乳首を吸っていた。

また、ある両親は自分の二人の子供を殺してしまった。子供らが食べ物を乞う泣き叫び声を聞くよりは、いっそ死なせようと欲したからである。宣教師らは懸命に、沿道に捨てられた子供を拾ったのだが、このことを飢えた人々に知られてはならなかった。なぜなら、その情報がひとたび流出すると、すぐさま無数の子供が教会の入り口に捨てられることになるが、彼らには、それを受けとめる術《すべ》がなかったからである。

児童は国家や政府のバロメーターである。もし、児童の鞄《かばん》が重すぎて、言いつけられた宿題を家に持ち帰ってもやり終えることができず、彼らが息つく暇もないようなら、その国家の足取りはヨロヨロとふらついていることの証明である。もし、ある政府が、児童が次々に餓死していることを知りながら何の手立てもせず、外国人に任せているとすれば、この政府はあとどれくらい続くだろうかと疑ってみるに値する。

外国人でさえ知っているのだ。もし、健康であれば、中国の子供がとても美しく、彼らの髪は自然な光沢を放ち、アンズの実のような瞳は利発な光にきらめくことを。ところが、子供たちは痩せ衰え、萎縮して、まるでカカシのようになってしまった。本来、目となるべき場所には、膿《うみ》が溜まった二つの裂け目があり、その腹部は飢えのために腫《は》れ、寒さと乾燥で皮膚は干からびている。声はかすれ、ただ物乞いをするだけの、弱々しく哀れな泣き声が発せられるだけである。

これは子供しか代表していないのだろうか？　否。国民党政府を代表しているのだ。

もしも、黄山の別荘に鎮座する委員長が、子供をこのようにしてしまう国民の頭の上に君臨しているとするなら、彼の自負心は何の影響も受けないだろうか？　ルーズヴェルトやチャーチルの面前に出たとき、蒋はどう評価されるだろうか？

さすがに蒋も人間であった——誰々もやはり人間である、というこの言い方、この言葉を聞くたびに、ぼくの心はいい知れぬ悲哀を感じる。これは、妻が夫に、あるいは夫が妻に「あんたも人間ね／お前も人間だな」というのを聞く時でも、そうだ。なんと相手を軽蔑した言葉だろう！　やれやれ、この世の終わりである！

ともあれ、蒋も人間であった。犬が群がって掘り出した死体を貪《むさぼ》り喰らう一枚の写真を、外国人記者が彼の前に置いたとき（なんと些細なきっかけだろう）、結局は、遅れをとってはいたもののの、彼もわがふる里の三千万人に思いやりを寄せたのだった。

彼は、ひとしきり役人の首を切ったあと、救済に乗り出した。すなわち、中国も救済を始めたのだ。しかし、中国の救済は、外国人の救済とは異なっていた。外国人の救済は、その人の思いやりやキリストの教義から発したもので、ルーズヴェルトやチャーチル、ムッソリーニらが怒って命令を下したことによるものではないのだ。

ところが、中国では、思いやりも、宗教の教義もなく、ただ、蒋に命令されたからやるにすぎない。――それでは、蒋はなぜキリスト教を信じたのだろうか？　純粋に結婚とセックスのためだろうか？　あるいは政略結婚のためだろうか？

いずれにせよ、これは中国と西洋の相違の一つである。

では、中国の政府はどのように救済を進めたのだろうか？　ここで、いくつかの資料を引用しよう。もしかしたら、読者のみなさんは、私が煩《はん》をいとわず資料を引用することに、もう嫌気がさしているかも知れない。しかし、歴史の真実性を保つためには致し方ないのである。煩《わずら》わしくとも、こうするしかない。また、ぼくの責任でもない。これは小説ではないのだ。これは友人がぼくに与えた任務と、ぼくの作家としての日常的な仕事の、最も大きな違いなのだ。ぼくも資料の引用などはしたくない。資料は、ぼくの自由を束縛して、がんじがらめにしてしまうからだ。

でも、友人は、ぼくに一包みの資料をよこした。ぼくは、そのとき、いささか恐れを感じた。

「おい、こんなにたくさんの資料を読むのかい？」

友人は答えた。

「おまえが、勝手気ままにでっちあげたりしないようにな！」

こういうわけで、ぼくはこれらの資料を引用するしかない。だから、これらの資料が、ぼくの文章のなかに大量に出現するのも、友人のせいなので、どうかみなさん、ぼく自身の無念に免じて許していただきたい。

それでは、中国政府の一九四三年における救済を示そう。

委員長が救済の命令を下した。

しかし、愚かで効率の悪いことが救済の特徴となった。しかも、各地の地方役人の不道徳な行動が、恐ろしい悲劇をいっそう悪化させることになった。

もとより、陝西省と河南省は隣りあっており、陝西の食糧はわりに豊富に蓄えてあったため、強力な政府であれば、直ちに食糧を陝西から河南へ運び、災害を抑えることができたはずだった。しかし、このように河南だけに有利で、陝西に損となるような方法は、政府がなくてはならないと考える微妙な権力の均衡をぶち壊すことになり、これはまた、政府も許すことができなかった。

——中国では、従来、政治は人よりも高い位置にあった。ところで、いったい、政治とは誰が創ったものなのか？　政治はなんのために創られたのか？

また、湖北からも河南へ食糧を運ぶことができたのだが、湖北戦区の司令官はこれを許さなかった。

救済金が河南へ届けられるのは、さらに時間がかかった。

――でも、紙っぺらのお金に何の意味があるだろう？　当地では買い求められる食べ物がないのだ。お金を食べることができるだろうか？

数カ月を経て、中央政府は二億元を河南の飢饉に当てたが、そのうち、たった八千万元しか届けられなかった。これだけでは、まさに焼け石に水である。それで、政府の役人らはこの救済金を省の銀行に預け、利息がつくようにした。同時に、この救済金をいかに有効に使うかで言い争いが絶えなかった。それでも、いくつかの地区では、救済金を飢饉にあえぐ村に分配した。ところが、地方役人は救済金を受けとると、そこから農民が支払うべき税金分を控除したので、農民の手に渡るのはいくらもなかった。国家の銀行でさえ、飢餓の救済金から差し引いたのである。

しかも、中央政府の出した救済金はすべて百元紙幣であった。ただし、この額面はもはや極めて低くなっていた。小麦の値段が一ポンドあたり十元から十八元になっていたからである。それでも、当時、食料を買いだめしていた業者は、百元札で取引きすることを拒んだ。そこで、食料を購入しようとする農民はやむなく紙幣を五元札や十元札に換えるため、中央銀行に行かねばならなかった。そして、国家の銀行は両替するときに派手に差っ引《ぴ》いた。高額紙幣を少額紙幣に両替するのに、十七パーセントも手数料を取ったのである。

河南の民衆に必要なのは食糧だったが、それは三カ月で打ち切られた。政府が供給したのは一万袋の米と二万袋の雑穀のみであった。秋からずっと飢えつづけてきた三千万の河南の人々にとって、一人当たり平均一ポンドの食糧である。

救済が開始されても、難民は相変わらず死のまっただ中にあった。彼らは道路で死に、山で死に、汽車のホームの脇で死に、自分の泥だらけの小屋のなかで死に、荒れ果てた田畑で死んでいった。

もちろん、すべての政府役人が、難民が死んでゆくのを見ながら、なお搾取するような、腹黒く腐り果てた人間であったわけではない。ちょっとした良心が目覚めて、難民のために善行を施し、伝記や碑文で後世に名を残そうとした者もいた。ぼくらは、低層に生きる庶民として、ぼくらのために何がしかの善行ができるのであれば、役人の動機などは追及しないものだった。それは、人民への奉仕であってもいいし、功績をあげて官吏として昇進するためであってもよい。愛人か誰かに何かを見せびらかすためであっても構わない。われわれは、われわれに善いことをしてさえくれれば、それでいいのだ。

まさにその時、お情けのある湯恩伯将軍が立ち上がり、西洋人のまねをし、西洋人のやり方を学び、孤児院を開設して、西洋人が収容しきれなかった孤児を収容した。これは善いことである。だから、湯将軍は善い人とも言える。しかし、一体どんな孤児院であったのか？　ホワイトの記録では、次のとおりであった。

中央政府の湯恩伯将軍が設立した孤児院は、臭気の立ち込めた前代未聞の恐るべき所であった。われわれを案内してくれた士官でさえ、この悪臭に耐えきれず、申し訳なさそうに謝して、ハンカチで鼻を押さえていた。孤児院に収容されていたのは、みな捨てられた赤ん坊で、四人一緒に一つのかごに入れられていた。かごに入りきれなかった者は藁の上に寝かされていた。私は、彼らが何を食べていたのか覚えていない。だが、その身体からは、吐かれた汚物と小便の臭気が発せられていた。赤ん坊は、死んだら外に運ばれて埋められるだけである。

このような状態であっても、われわれはやはり湯将軍は善い人だという。なぜなら、湯将軍は多くの政府役人や将軍のなかで最も善い行いをしたとも言えるからである。こんな孤児院でも、ないよりはまだましだった。

また、ある善人は募金や慈善公演を行った。ただし、募金や慈善公演という、民間の募金であり、俳優によるチャリティ公演なのだが、集まったお金は政府に渡し、政府から難民の手に渡ることになった。一九四二年十一月の「河南民国日報」紙上には、救済のための慈善公演、慈善音楽会、書画の慈善販売など、様々な募金活動が氾濫しているとの報道がある。わがふる里の県政府の書記の韓さんも、慈善公演を主催している。ぼくは、募金や慈善公演に参加した人たちは、真心があり、熱い血が流れ、その血は水よりも濃く、われわれにたくさんの同情の涙を流してくれたと信じている。

だが問題は、募金や慈善公演の収益が直接われわれの手に届かなかったことである。収益金は団体や機関を通して政府に渡され､政府がまた団体や機関を通して難民に配分したのである。つまり、その中間ではいくつもの政府関係機関を通るのである。省から県へ、県から郷へ、郷から村へ……。これほど多くの段階を経ることに、ぼくらは不安を覚える。中央政府の救済金は次々にピンハネされたのち、銀行にすえ置かれて利息を生ませ、やっと被災者の手に渡ってからも、高額紙幣を少額紙幣に両替するために十七パーセントの手数料を取られたのである。この募金と何人かの俳優による慈善公演の収益金は、彼らの手を経るのである。果たして、無事に迅速にぼくらのもとへと届けられるだろうか？　やっぱり、ぼくらは不安だ。

でも、これについてぶつぶつ言うのはもうよそう。政府は親父《おやじ》やお袋で、ぼくらを殴り、怒鳴りつけ、上前をはねることができる。だから、殴られ、歯を折られても、ぼくらはそれを呑み込まねばならない。

しかも、問題はさらに重大だった。まさにそのとき、わが民間において、奇人変人の類いの如き、特殊な才能があるという人物が立ち上がったのだ。だが、その人物はぼくら難民の側に立ったのではない——ぼくらの側に立つことが、彼にとってどんな役に立つというのだろう？彼は政府の側に立って、政府に代わって飢餓に対処する方法を研究したのである。一九四三年二月十四日の「河南民国日報」では、つぎのように記載されている。

今や、財政課員の劉道基《リュウダオジ》は救荒食品を調合し、発明した。一度飲めば七日間も空腹を感じない複雑なものと、一度飲めば一日は空腹を感じない簡易なものとがある。

いかなる中国人でも、五十年後に、この短い記事を読めば、まことに複雑な気持ちになると思う。政府に頼れないだけではない。一人の課員さえも、われわれの側の低層の兄弟のはずなのに、当てにするのはできないようだ。

もし、この発明が事実なら、もちろん実行してさしつかえない。救済の必要がなくなるので、政府は歓迎するだろう。飢え死にを避けられるのなら、われわれも歓迎する。当時の政府が歓迎するだけではなく、それから何十年も、中国の歴史では絶え間なく餓死者が発生しているので、一度飲めば七日間も空腹にならないという神薬があれば、中国は千年万年と太平を保つだろう。

しかし、今日、この薬が出回っていないということは、当時、それには人の心を穏やかにするという宣伝効果があっただけで、たった一人の命さえ救ってはいなかったということが分かる。なるほど、劉道基氏は、良心や同情心、忍耐、そして心づかいからこれを発明したのかもしれないし、これを機に昇進するつもりだったのかもしれない。だが、どんな動機であろうと、この薬もわれわれの役には立たなかったのだ。われわれは相も変わらず、日々、飢えて死んでいった。道路で行き倒れ、田畑で野たれ死に、そして汽車のホームの脇で息絶えていった。

以上が一九四三年に蒋介石氏の指導のもとに行われた救済活動である。総括的にいうならば、これは一幕の茶番劇である。ただ、プロパガンダの効果をあげただけ、あるいは、世界に見せ、みんなに見せ、西洋人と西洋の政府に見せびらかしたポーズにすぎない。委員長は救済を命令したが、救済する気持ちなどなく、心のなかでは世界と国家の重要事項や各種の政治勢力の均衡を保つことだけを考えていたのだ。だから茶番劇を演出しても、この有り様なのだ。

茶番劇の配役は多種多様だが、茶番劇のつけを払うのはわが難民である。これはぼくに毛沢東の言葉「問う　蒼茫たる大地よ／誰か　浮沈《よのうきしずみ》を主《つかさ》どる」を思い出させる(13)。ぼくは言おう。ぼくらが死のうが生きようが、誰がかまってくれる？　餓死寸前の難民として、われわれはどのような態度をとればいいのか？

「大公報」の記者、張高峰は記す。


河南人は好男子である。餓死するのを目前にして、なお豪語している。早く死ねば、後で死ぬことはないし、早く死ねば、早く生まれ変わるんだ！


ああ、お母《かあ》ちゃん、なんて偉大な言葉なんだ！　おいらの民族に宗教がないなんて、誰が言ったんだ？

ぼくらの民族には求心力がなく、バラまかれた砂のようなものだと、誰が言ったんだ？

ぼくは、お釈迦さまでもこのような状況を目の当たりにして、これ以上の言葉を口にすることはないと思う。

委員長は、なぜキリスト教を信じたのだ？　キリスト教はあなたにどんな手助けをしたのだろう？　あなたのためにお嫁さんを見つけてくれただけか？　中国人の心の奥底に染みこんだ仏さまの教えは、一九四二年から一九四三年まで、あなたの政治上の苦労を手助けしなかったのか？

もちろん、このような災難において、三千万の河南人が全員餓死したわけではなく、死亡した者は少数である。三百万人とは言え、十分の一だ。飢饉から逃散した者が三百万人で、河南に残った者が二千数百万人。でも、この生き残った二千数百万人は、何を当てにしていたのだろう？

政府も当てにできず、人も当てにできず、ただ、大旱魃のあとの土地に希望をかけていたのだ。もちろん、その土地は苛酷な税金と搾取に満ちている。しかし結局は、唯一、土地だけが当てにできるものなのだ。記載によると、大旱魃のあとの一九四三年冬（年頭の冬）、河南には大雪が降った。また、七月には大雨が降った。これは良い兆《きざ》しである。われわれは天の神さまが見守るなか、夏と秋の二季にわたって、たっぷり収穫できるだろう。

腹を満たすだけの食糧さえあれば、問題はない。たとえ、暗黒と醜悪と不潔と搾取に充ち満ちた政府であっても、われわれは何とかがまんできる。

われわれは、当時の国民党政府が、この点では、われわれと心が通じ、神さまが眼を開かれ、大災害が過ぎ去り、天候が順調で、収穫ができることを望んでいたと確信する。

さもなくて、人々が餓死で全滅するようなことになれば、政府も成り立たないではないか！誰が政府の首脳と各レベルの官吏に暖かい住居と美味しい食事を提供するのか？　彼らは庶民が提供したものを享受してから、頭を働かせて庶民を治める制度や方策、つまり政治を操るのだ。人がいなくなれば、政府は誰を治めるのだ？

しかし、神さまが政府や二千数百万人の民衆の意に添うことはなかった。一九四三年の災害は大旱魃だけではなかった。蝗害にも見舞われたのだ。これは、わが被災者の運命にとって、泣きっ面に蜂だった。

七

蝗害は一九四三年の秋に発生した。蝗害に関する記述は、友人の主編による『百年災害史』に詳しい。また、本書では、イナゴに重点は置かれていない。イナゴに関しては、中国の歴史上におけるさらに大規模な局面について、わが尊敬するもう一人の友人が現在執筆中である。だが、このことは、ぼくが蝗害に言及することには影響を及ぼさない。なぜなら、ぼくらがそれぞれ著述するのは、異なる年代のイナゴについてだからだ。

彼が書いているのは一九二七年に発生した山東のイナゴについてであり、ぼくが書くのは一九四三年のわがふる里の河南でのイナゴである。イナゴによる災害は似ているが、イナゴそのものは同じではない。

おばあちゃんの話によると、一九四三年のイナゴはでかく、緑色のや（たぶん若いものだろう）、黄色のが（年とったものだろう）いたらしい。大群をなし、天をさえぎり、太陽を隠して、その前後に勃発した太平洋戦争開戦やノルマンディ上陸のときの爆撃機の大軍のように、遥か遠くからブーンブーンという低い唸りが聞こえたかと思うと、一斉に急降下して、農地を覆い尽くしたという。二時間もすると、この農地は喰いつくされてしまった。

一九四三年の春は、風が麦を打ち倒したので、実は結ばなかった。その上、秋にはイナゴに見舞われたのだった。被災者の苦難は推して知るべしである。

イナゴが来て、人々が死んだ。次々に死んでいった。父さんやおばあちゃんの話では、イナゴは緑豆《リョクトウ》もサツマイモも落花生もササゲも食わず、マメやトウモロコシやカオリャンを食い尽くす。だから、自分の命を守るため、わがふる里で全滅を免れた被災民は、イナゴとの戦いを展開した。

政府に対しては、ぼくらはどうしようもない。彼らの収奪と搾取は、いつも気ちがいじみて回転する機械のようだからだ。まして、彼らは銃を持っているのだ。

だが、イナゴに対しては、ぼくらでも面と向かって戦うことができる。そのうえ、謀反《むほん》や暴動の嫌疑をかけられることもない。これがイナゴと政府の違いである。

では、どのようにしてイナゴと格闘するのか？　方法は、三つある。

一、シーツを竹竿に巻きつけて振り回し、イナゴを追っ払《ぱら》う。

ただし、これは利己的なやり方で、例えばあなたがイナゴを追っ払い、あなたの畑からイナゴがいなくなったとしても、イナゴは他の人の畑に移るだろう。いわんや、今日は追っ払ったとしても、明日にはまたやって来るだろう。

二、畑と畑の間に大きな溝を掘り、イナゴの前進を阻《はば》む。

イナゴがこちらの畑を食い尽くして、次に移動するとき、大きな溝を通らなければならない。このとき、米をつく杵《きね》などでイナゴをぶっ潰して、ぐちゃぐちゃの泥にする。あるいは火で焼く。この方法はちょっと残忍だが、イナゴを徹底的に退治することができる。わがふる里の農民たちにぶっ殺されたイナゴは、きっとその年に餓死した農民たちと同じくらいの数だろう。

三、神頼み。

ぼくのおばあちゃんは牛進宝のおばさんがしつらえた祭壇でお焼香をあげ、地主さまの土地がイナゴの被害にあわないように神さまの御加護をお祈りしていた。

だが、資料によると、ふる里の農民たちが行ったこれら全てが徒労であったことを示している。イナゴはあまりにも多く、シーツに頼ることも、溝に頼ることも、神さまに頼ることも、問題の解決にはならなかった。イナゴは彼らの作物の大部分をそっくり食い尽くしてしまったのである。

被災者は一九四二年に被災者だったが、一九四三年になっても、やはり被災者であった。

大自然の暴君は、再び河南の農民の生命線を脅かし始めた。日照りで焼けた麦、イナゴに食い尽くされたカオリャン、雹《ひょう》に打たれた蕎麦。最後の望みもまた、一株一株と穂を垂れ、死んでゆく秋苗とともに枯れ、彼らを死への旅路へと追い立てる。当時の河南人は、十中八九、飢餓の苦しみに打ちひしがれていた。

このようなことが続けば、わがふる里の河南人はいつか飢え死によって全滅しただろう。しかし、そんなことはわれわれも、われわれの政府も望まないことだった。その後に証明されるが、河南人は全滅せず、たくさんの人が代々繁殖して、五十年後にはまた中国第二位の人口数を誇る省となった。

では、その時、なぜ絶滅しなかったのだろうか？

政府がなんらかの措置を講じたからであろうか？

ノー。

イナゴが自ら飛び去ったからか？

ノー。

ではなぜ？

日本人がやって来たからである。——一九四三年、日本人は河南の被災地区に入り、わがふる里の人々の命を救ったのだ。

日本人は中国で甚だしい大罪を犯し、ほしいままに人々を殺し、流血は河となった。われわれは彼らと共存するわけにはいかなかった。だが、一九四三年冬から一九四四年春までの河南の被災地区においては、この大量殺戮を犯した侵略者が、ぼくのふる里の多くの人命を救った。彼らはわれわれにたくさんの軍糧を放出してくれた。われわれは皇軍の軍糧を食べて命をとりとめ、元気を取りもどした。

もちろん、日本が軍糧を放出した動機は断じて良くなかった。それは良心からではなく、戦略的な意図、政治的な陰謀があった。庶民の心を買収し、われわれの土地を占領するため、われわれの国土を陥落させるため、われわれの妻を手ごめにするためだった。それでも、彼らはわれわれの命を救ってくれた。

ところで、ここで話を戻すならば、わが政府は、われわれ被災者にたいして戦略的な意図や政治的な陰謀はなかっただろうか？

あったから、彼らはわれわれから手を引いて、構《かま》いもしなかったのだ。

こういうわけで、われわれは、惨状の下でも生き延びるために、乳を与えてくれる者は誰でも母親とみなしたのである。日本の軍糧を食べ、国を売り、漢奸（売国奴）となったのだ。だが、こんな国に売ってはいけないものなどあるだろうか？　後ろ髪を引かれるというものがあるだろうか？

あなたたちは、日本軍との戦いのために、共産党との戦いのために、連合国のために、東南アジアでの戦争のために、スティルウェルのために、情け容赦なく穀物税を取り立ててわれわれを苦しめた。だから、われわれは向きを変えて、日本軍を支持し、侵略者がわれわれを侵略するのを支持したのだ。当時、わがふる里の農民、親戚や友人のなかで、日本軍のために道案内をしたり、日本軍側の前線で後方支援したり、担架を担いだり、さらには軍隊に入って、日本軍が中国軍を武装解除するのを助けたりした者の数は、計り知れない。

五十年後、漢奸を追及するにしても、その数はあまりにも多く、至る所にいる。われわれはみな漢奸の子孫なのだ。それでは、どうやって追及するのだ？

資料によれば、河南の戦闘では数週間のうちに、約五万人の中国軍兵士が自らの同胞に武装解除させられたという。その記述を始めから終わりまで見てみよう。


一九四四年春、日本軍は河南省での掃討を決定した。これによって彼らは南方でさらに大規模な攻撃を行う準備を進めたのである。河南戦区の名目上の司令官は眼光の鋭い人物で、名前を蒋鼎文《ジャンディンウェン》といった。河南省内で、彼が最も得意とした場面は、管轄区域で官僚を恐喝することであった。彼は河南省の主席を怒鳴りつけたこともあった。主席を恐れおののかせて、彼とともに、ある計画を定めるためだった。その計画とは、農民の手中にある最後のわずかな食糧を搾取することであった。

日本軍が河南に進攻するときに動員した兵力は約六万人である。日本軍は四月中旬から攻撃をはじめ、破竹の勢いで中国軍の防御線を突破した。他方、この大飢饉の年に農民を蹂躙し、痛めつけていた中国軍は、長年のものぐさから、全体的に病的な状態にあり、士気は非常に低迷していた。前線の要請により、また、軍人自らの私利によっても、軍隊は農民の耕牛まで徴発して運送手段に充《あ》てることを強行しだした。河南は小麦の栽培地であり、耕牛は農民にとって極めて重要な生産手段である。耕牛の徴発の強行は農民にとって耐え難いものであった。

だから、農民たちはずっとチャンスをうかがっていた。数カ月来、彼らは災害と軍隊の残忍な巻き上げに、苦しみ耐えてきたのだ。もうこれ以上は我慢はできない。彼らは猟銃をとり、青竜刀や鉄の鍬を手にして、自ら武装したのだ。

当初、彼らは散発的に兵士の武器を取りあげるだけだったが、最後には、中隊ごとに次々と軍隊の武装を解除させるまでに発展した。推定では、河南の戦闘では数週間に、約五万人の中国軍兵士が自らの同胞たる民衆に武装解除させられた(14)。このような状況のもと、もし中国軍が三カ月間持ちこたえることができたなら、それはまさしく不思議な出来事であった。

すべての農村において武装暴動が起きている状態では、抵抗しても全く希望はない。三週間以内で、日本軍は目標を全て占領し、南方への鉄道も日本軍の手に落ちた。かくして、

三十万の中国軍は全滅したのだ。

日本はなぜ六万の軍隊で、一挙に三十万の中国軍を全滅させることができたのか？　彼らは軍糧を放出することによって、民衆を頼りにしたのだ。

民衆は大いなる存在である。一九四三年から一九四四年春まで、われわれこそ日本の侵略を助けたのだ。

漢奸なのか？　人民なのか？

ホワイトは、戦闘の前に、ある中国軍将校を訪れて、彼らの横暴な苛斂誅求を非難したが、そのとき、この将校は言った。

「民衆が死んでも、土地はまだ中国人のものだが、もし兵士が餓死すれば、日本人がこの国をわがものとして統治するだろう。」

これは、蒋委員長と符合する考え方である。

それでは、この問題を、まさに飢え死に寸前のわが難民の目のまえに置いてみよう。この場合、質問は次のように変わってしまう。

飢え死にして中国の鬼になるのがいいのか？

それとも、餓え死にせずに亡国の徒となるのか？
そして、われわれは後者を選択したのだった。
これが、一九四二年をたずね、とくと考えて、ぼくが得た最後の結論である。

余　談

一九四二から一九四三年をたずね、とくと考えたとき、大災害の他にぼくが関心を抱いたもの、このころに起こったいくつかの雑事があった。そのなかで最も興味をひいたのは、当時の「河南民国日報」で見つけた二つの離婚声明である。

たしかに、大災害こそ、その年の主旋律であったことは明らかだが、主旋律の下には、やはり百花斉放のような、当たり前で複雑な感情のいざこざや日常生活の情景もあったのだ。ぼくらは偏った見方で全体を捉えてはならない。一葉で天下の秋を知るとか、群盲が象を撫でるようなことは慎むべきだ。これは全面的なものではないのだ。ぼくらはただ大災害だけを見て、人間の全体像を見失ってはいけない。

この点からいえば、ぼくらの蒋委員長に対する非難は、いささか過激である。それと同時に、ぼくらは、次の二つの離婚声明から時代の進歩を見いだすことができる。以下は全文である。

重要告示

小生と馮氏は縁を結ばれて結婚したが、それ以来から感情の不一致があり、夫婦ともに老いるまで連れ添うことは困難となり、本日、双方の合意により離婚したことを表明する。今後、それぞれの婚姻は自由であることを、ここに申し上げる。

張蔭萍　馮氏　告示

声明告示

小生、旧暦十二月六日、洛陽に商品を届けに赴いたとき、許昌生まれの妻、劉化は、その晩、衣服寝具その他一切を持ち逃げし、以来今日まで音信不通となる。よって本人が外にあって突発事件を惹起しようとも小生に関わりなきよう、これより後は夫婦関係を断つ。親類友人がご不明とならぬよう慮《おもんばか》り、極めて厳粛にこの声明を新聞に掲載する。

偃師槐廟村中正西街門牌五号　田光寅　告示

一九九三年十二月　北京十里堡にて

【注】

(1)「水旱蝗湯」は水害、旱害、蝗害、そして湯＝湯恩伯の災いを指す。湯恩伯は国民党軍の将軍で軍費のために税を厳しく取り立て、その苛斂誅求さは「湯糧」と呼ばれた。

(2) 兵役は志願だったが、国民党が強制的に拉致して兵隊に仕立てた。そのとき、免除してもらうために、代役として身代わりにさしだす男に値段がつけられた。

(3) 抗日戦争中で、第二次国共合作以前に、中国共産党の指導する革命政権が陝西・甘粛・寧夏辺区にまたがる周辺地帯に建てた根拠地をめぐる問題。

(4) 一九二四年の第一次国共合作の後、広州国民政府が二六年七月から北洋軍閥打倒と全国統一を目指して展開した第一次北伐と、二七年の国共合作崩壊と民衆運動弾圧の中で行われた第二次北伐があり、二八年六月に国民党は北京を掌握した。

(5) 社会主義社会の建設や発展を妨げるから「打倒」すべきだという意味。娼妓などを矯正施設に収容し、更生させる試みもあったが、差別や蔑視が階級論と結びつき、このような発言が頻繁に使われた。

(6) 中国語版のタイトルは『探索歴史』。原題はIn Search of History : a personal adventure。一九七八年にハーパー・アンド・ロウから、翌七九年にはワーナー・ブックスからも出版された。日本では掘たお子訳『歴史の探求——個人的冒険の回想』上下二巻が一九八一年にサイマル出版から出版された。河南大災害は上巻一八九頁以降の「飢餓と無政府の河南へ」で述べられている。本書では、これと『タイム』一九四二年十月二六日号、及び四三年三月二二日号の記事を参考にしつつ、劉震雲の文学的表現も伝えるように翻訳した。

(7) 張高峰は一九一九年に生まれ、一九八九年に没。「張高峰被補的前前后后」(宋致新編著『一九四二——河南大飢荒』湖北人民出版社、武漢、二〇〇五年所収)、彼の長男の張刃の回想「父親〝被審査〟的日子里」(『黄炎春秋』二〇〇九年第六期)参照。

(8) 石壕の村で、役人が河陽へ赴く人夫を徴用するので、子供を二人まで戦死させた老女が、夫の老翁の代わりに、愛する乳飲み子の孫を家に残して出ていくことを詠嘆した詩。

(9) 一九〇一年生まれ、一九八〇年没。『大公報』主筆で、他の国民党のマスコミが共産党を「共匪」と表記したのに、彼だけ「共産党」の表記を用いた。建国後、中華全国新聞工作者協会副主席、全国政協常務委員、全人代代表。

(10) ホワイトは「新聞の力を示す」手紙の「抜粋」と記している。前掲『歴史の探求』上巻、二〇四頁。

(11) ホワイトはイタリア人カトリックのフラテルネリ神父やダニエリ博士がミーガン神父の「パートナー」であったと記している。前掲『歴史の探求』上巻、一九二頁。

(12) 一九〇〇年、義和団事件を鎮圧するため、独・日・露・英・米・仏・オーストリア・伊の八カ国の軍隊が北京を攻略した。

(13) 「沁園春」第一首(長沙、一九二五年)より。武田泰淳、竹内実『毛沢東　その詩と人生』(文藝春秋、一九六五年、五十頁)。

(14) この点は日本側の『戦史叢書一号作戦(1)河南の会戦』(防衛庁防衛研修所戦史室、朝雲新聞社、一九六七年)でも再確認できる。小論「中国現代文学のポテンシャリティと日本——「温故一九四二」が有する〝もう一つの史実〟を提出する文学の力――」（静岡大学人文社会学部、同アジア研究センター『交感するアジアと日本』二〇一五年二月）参照。

人間の条件１９４２——誰が中国の飢餓難民を救ったか——

映画版

◇ **登場人物**

範殿元 ―――― 範家の総領、地主さま、一時的な避難のつもりだったが難民にまで落ちぶれる
範克勤 ―――― 地主さまの息子、掠奪する被災民と戦い、殺される
星星 ―――― 地主さまの娘、女子高生。難民となり、妓楼に売られる
栓柱 ―――― 地主さまの作男、瞎鹿が殺された後に花枝と結婚する
瞎鹿 ―――― 地主さまの作男、ホワイトから盗んだロバを他の難民と争い、殺される
花枝 ―――― 瞎鹿の妻、瞎鹿がいなくなった後、子供を栓柱に託し、はげ頭の牛買いに身を売る
留保 ―――― 瞎鹿・花枝の息子
鈴铛 ―――― 瞎鹿・花枝の娘
はげ頭の牛買い ―― よく尽くせば女房にするといって花枝を買う
安西満 ―――― キリスト教（カトリック）の伝道師
孫刺猬（ハリネズミ）―― 蜂起した被災民の首領
タヌキ ―――― 人買い

ムジナ――人買い
キツネ――人買い
イタチ――人買い
老馬――延津県庁のお抱え炊事夫から巡回法廷の廷長、難民、日本軍炊事夫と
転々として生き延びる
ゴンベ――老馬の手下で難民となる
タゴサク――老馬の手下で難民となる
馬国琳――河南省政府秘書長
老岳――延津県の県長
小韓――延津県の国民党支部の書記
董英斌――第一戦区参謀長
董家耀――大佐、第一戦区軍需官、腐敗撲滅キャンペーンで処刑される
羅武――悪徳商人
礼帽をかぶった人買い――織物工場の社長と称し、葦原に女性を集めて買う
岡村寧次――大将、北支那方面軍司令官
高橋次郎――中将、軍団の司令官
茅野――日本軍中佐、宣撫官、カトリック信徒

一、字幕

一九四二年の冬から一九四四年の春にかけて、ぼくのふる里の河南は旱魃に見舞われ、食べることの問題が起きた。当時、世界では、スターリングラード攻防戦、ガンディーの断食、宋美齢の訪米、チャーチルの風邪などが起きていた。

二、地主さまの敷地　夜

地主さまの範殿元《ファンディエンユアン》は、手提げの石油ランプを持ち、表庭から裏庭まで見回り、家畜小屋の前で立ち止まる。

地主さま　栓柱《スワンチュウ》、起きてっかぁ？

栓柱　餌さ、やってるだ。

地主さま　餌さ、やるだけじゃなく、穀物の倉をよく見張っとくだ。村中で穀物が残っているのは、おらのとこだけだ。

栓柱　倉に誰かいるだ。

三、地主さまの穀物倉のなか　夜

石油ランプが倉のなかを照らす。穀物の袋が山と積まれていて、その間の土間にも穀物袋がいくつもある。若旦那の範克勤《ファンクゥチン》が、花枝《フウアチィ》を求めて穀物の山の間を追いかけている。花枝は作男の瞎鹿《シャアルウ》の女房で、逃げ回っている。

花枝　若旦那さま、穀物をお借りにきただけなのよ。

若旦那　おめえもちょと貸してくれよ。女房の腹のなかに赤ん坊がいるから、おらあ、数カ月も肉を食ってねえんだ。旱魃でもなけりゃ、おめえはここには来やしねえからな。

四、倉の外　夜

地主さまは、倉のなかのもの音を聞きつけ、小声で罵《ののし》る。

地主さま　このクソッタレめ！

そして、ため息をつきながら、離れていく。

五、倉のなか　夜

若旦那は花枝に追いつき、穀物袋の上に押したおす。

若旦那　一回やらせりゃ、粟《アワ》一マスだ。

花枝は必死に抵抗しながら言う。

花枝　今どき、この村じゃ、これができるのは、若旦那さまくらいよ（他は腹ぺこで力が出ない）。

二人は、組んずほぐれつするうちに、クルミのかごにぶつかって、ひっくり返す。

若旦那　クルミもやるだ。おめえも、髪が（飢えで）黄ばんでるな。

花枝は懸命に逃れようとする。

花枝　大声で叫ぶわよ。

若旦那は花枝の服をはぎ取りながら言う。

若旦那　叫べ、叫べ。

ちょうどその時、村中にドラの音が響きわたり、叫び声があがる。

村人の叫び声　大変だぁ、盗賊がやってきたぁ！

若旦那はびっくり仰天し、あわてて花枝のからだから身を起こし、漢陽造(1)の小銃を手にする。

六、村を囲む土壁

土壁の外ではたいまつが赤々と燃えている。山や野から、うじゃうじゃと虫けらのように難民が押し寄せてくる。手に手にシャベル、ツルハシ、クワ、てんびん棒、押し切りなどを持っている。首謀者は十里も離れたところにいる孫刺猬《スウンチイウェイ》（ハリネズミの意味）で、肌脱ぎになって、押し切りを肩にかついでいる。

地主さまは土塁の上に立つ。足はブルブルと震えている。

村のなかでもたいまつが点《つ》く。作男の栓柱が懸命にドラを叩きながら叫ぶ。

栓柱　盗賊だぁ。みんな、土壁を守りに集まれぇ！

若旦那は小銃（漢陽造）を背負い、村人を率いて、土塁の上に乗りだす。村人も手に手に様々な得物《えもの》を持っている。作男の瞎鹿はシャベルをかついで、村人の群について土塁に昇る。

地主さまは土塁の下に向かって叫ぶ。

地主さま　おめえはハリネズミだな？　おめえが小さいとき、おめえのおやじはうちの家畜の世話をしてただ。おめえはおふくろといっしょに（光沢を出すため）布をたたきに来てたなあ。そん時、おめえは発作を起こし、わしは馬車を走らせて、町まで連れて行って医者に診せてあげたもんだ。忘れたんか？

ハリネズミ　旦那ぁ、仕方がねえだ。腹がぺこぺこだ。何か食わせてくれ。

若旦那は小銃をたたきながら、瞎鹿に言う。

若旦那　みんなを指図して、アワを一人ずつ二升やれ。

瞎鹿は後ずさりしながら答える。

瞎鹿　やりてえのは、やりてえが、毎日毎日、腹ぺこで、力なんて出ねえだ。

地主さまは作男の栓柱を引き寄せて、ヒソヒソと耳打ちする。

地主さま　急いで馬を走らせて、県の役所に知らせるだ。

栓柱は怖くなって後ずさりして、身を縮こませる。

栓柱　旦那さま、こんな大事《でえじ》なこと、他のやつにやらせてくだせえ。

地主さま　銀貨三枚だ！　絶対に忘れんからな。この旦那さまと一族のいのちを、おめえにあずけるだ！

地主さまは向きを変えて、土塁の下に向かって話を続ける。

地主さま　ハリネズミ、旦那さまの面子を立てさせろ。アワをてんびん棒一本（五〇キロ）、持って行け。おまえら、他のところも回ってみたらいいだ。

ハリネズミ　旦那ぁ、ここまで来たんだ。もう、ごちゃごちゃ言わねえでくれ。まず今、旦那の家で食わしてもらうだ。食った分は、飢饉が過ぎたら、ちゃんと返《けえ》すから！

若旦那は怒る。

若旦那　見ろ。大っぴらに奪うのより、シャクにさわるだ！

小銃をかまえ、ハリネズミを撃とうとする。地主さまは、その銃口を自分の胸に向ける。

地主さま　やるなら、わしをやれ。この家が欲しくなけりゃな。おれは欲しい（撃てば暴動になり破滅する）！　前から言ってたろう。穀物を田畑《でんばた》に引き換えろとな。馬の耳に念仏だから、盗賊を招いてしまっただ！

若旦那は認めない。

若旦那　穀物が値上がりするのを、もうちょっと待ってただけだ！　おら、穀物を焼き払ってでも、こんなドン百姓なんかには食わせねえぞ！

七、山の峰　夜

栓柱は馬を走らせ、県の役所に知らせようと急ぐ。

思いもよらないことに、峠を通り過ぎるとき、山道を行軍する日本軍に遭遇する。日本軍は河南作戦を開始するため、兵力を集結させている。

しかし、馬を疾駆させていた栓柱は、身をかわすことができない。先頭の兵士が発砲し、馬は被弾してドッと倒れ、栓柱はもんどり打って溝の中に投げ出される。日本兵は次から次に栓柱の頭の上を通過する。
栓柱はコソコソとはいずって後ろにさがり、溝から抜け出し、村に駆け戻る。

八、地主さまの邸内　夜

邸内ではたいまつやガス灯が点いている。難民たちはガツガツと争って饅頭《マントー》や大根と豚肉の煮込みを食っている。邸内の一角には、屠殺した豚の血まみれの内臓が散らかっている。
これは「大金持ちを喰らう（原文は「吃大戸」。飢餓難民が地主や富豪の家に押しかけ、食料を出させて食べる）」と言う。村人もわれ先にと喰らう難民の群れに加わる。群衆がむさぼり喰らう有り様を目の当たりにして、地主さまは胸が張り裂けるほどである。杖で地面をたたきながら言う。

地主さま　食え、食え、食っちまえ！
地主さまの女房が近づき、そっと耳打ちする。

地主さまの女房　家族、貴重品、帳簿などみんな、村の西の老景《ラオジン》の家に移したわ。
地主さまはそっと言う。

地主さま　明日、町に、また移すだ。
女房はうなずき、奥に戻る。地主さまは、難民が踏みつけてへこんだ箕《み》を拾いあげ、壁に立てかける。この時、栓柱がゴツンと頭を門にぶつけて開ける。邸内にいた者はみな、夢中で喰らう難民も村民も含めて、お椀から顔をあげる。栓柱は汗まみれで、ぶるぶる震えながら、

栓柱　旦那さまぁ、へ、へいたい、兵隊だぁ。

地主さまは目を輝かせる。

地主さま　県から兵隊が来たか？

栓柱は息を切らせて、頭を振る。

栓柱　違うだ。日本兵だ。

地主さまはびっくり仰天する。

地主さま　日本人が来たのか？

栓柱　違うだ。日本兵が山の後ろを、濮陽に向かって、ものすげえ勢いで進んでるだ。おら、行けなくなっちまっただ。

地主さまは力が抜けてヘナヘナと倒れる。

地主さま　栓柱、この役立たずの大バカ野郎！

その時、肉に喰らいついていたハリネズミはカッとなって、お椀を地主さまの頭にガツンとかぶせる。

ハリネズミ　同郷人がメシを食うだけで、てめえは兵隊を呼びやがった。ほんとにひで

え地主だ。

地主さまはお椀で頭をやられ、うなり声をあげながら倒れる。顔まで血が流れている。

ハリネズミは、手を振り上げ、大声で叫ぶ。

ハリネズミ　みんな、やっちまえ！

二階にいた若旦那はすぐさま小銃をとってハリネズミを撃ち殺し、血の池に沈める。

若旦那　とっくにこうすりゃよかったんだ！　みんなぁ、やつらをやっつけろ。食いもんは、おれたちで食うだ。よそ者なんかに取られてたまるか！

地主さまのお屋敷は、上から下まで戦いの場になる。肉を煮ている大鍋がひっくり返される。血まみれの農具がブンブンと群衆の間や空中を飛びかう。その中で二階から投げ落とされる者もいる。やはり難民の方が多いので、次第に優勢になる。

混乱のなかで栓柱は鎌で顔を切られ、顔を手で押さえ、ヒェーッと悲鳴をあげながら家畜小屋に逃げこむ。瞎鹿は恐れおののき、食べかけのどんぶりを持って壁のかげに隠れる。

若旦那は二階からバン、バンと銃を撃ち、穀物を奪っている難民は次々に倒れる。しかし、若旦那は、銃弾をこめるとき背中から胸まで赤い房の付いた長槍に突きぬかれて、アワの袋の上に倒れる。血まみれの若旦那は、壁の隅に縮こまっている瞎鹿に手を伸ばす。

若旦那　瞎鹿ゥ、た、助けてくれ。心臓を刺された！

瞎鹿は、勇気を奮《ふる》い起こして近づき、若旦那を見据え、突然、身をかがめ、顔を近づけて、ささやく。

瞎鹿　おらが知らねえと思ってただか。おらの女房さ、奪《と》っただろう。

そして、若旦那を蹴とばし、からだの下の血まみれのアワ袋を取り出して背負う。

九、地主の敷地　夜

混乱に乗じて瞎鹿は血まみれのアワ袋を背負い、大あわてで二階から駆けおりる。その時、

地主さまは血だらけで起きあがり、瞎鹿を見て、まっ青な顔色をしてたずねる。

地主さま　瞎鹿、何でそんなにあわててるだ？

瞎鹿　旦那さま、もうメチャクチャだ。若旦那は死んじまったぁ。

地主さまはうわごとを口走る。

地主さま　おしまいだぁ。おしまいだぁ。

そして、地面からたいまつを拾い、家に火をつける。

十、地主さまの敷地　夜明け

夜明け、朝日がさすなか、地主さまの家が焼け落ちる。

風が吹き、もうもうと燃える火の勢いがさらに激しくなる。

掠奪していた多くの難民は焼け死ぬ。

難民が奪ったものをつかみながら火だるまになって二階から飛びおり、地面を転げまわって火を消そうとする。

十一、野外　昼

伝道師の安西満《アンシーマン》は、フィリップスの自転車のペダルを踏み、山道を急ぐ。洛陽で開かれたカトリック教会の会合が終わり、延津の県城（県庁所在地、中国の都市は城壁に囲まれていた）に帰るところである。

山道を上り下りするたびに、安西満の姿が地平線に現れたり、消えたりする。山道の両側では、ひび割れた大地に枯れた作物の苗が広がる。道ばたには死体が横たわる。河南の大旱魃の惨状が一目で分かる。

安西満は腰を丸めて山頂に到着する。突然、山のふもとの村から煙がもくもくと上がるのが見える。彼は自転車を停め、見おろす。少しためらうが、向きを変えて、山のふもとの村へと急ぐ。

十二、延津県の庁舎の厨房　昼

黄河産の鯉がジャーと油の鍋に入れられる。
延津県庁のお抱え炊事夫、老馬《ラオマア》が煙のなかで忙しく働いている。

十三、延津県の庁舎の食堂　昼

延津県の県長の老岳《ラオユエ》は、視察に訪れた河南省政府主席の李培基《リイペイジィ》を招待している。二人は若い頃、衡陽師範学校で同級生であった。李培基の随員が数名と延津県の国民党支部の書記の小韓《シャオハン》が培席している。テーブルの上にはご馳走がたくさんあるが、そこに炊事夫の老馬がこんがりと揚げた黄河産の鯉に刻んだ面絲（小麦粉で作った細い糸状の麺）をのせて持ってくる。

老馬は自慢そうに説明する。

老馬　延津の郷土料理、鯉魚焙面《リーユーペイミエン》（きつね色に揚げた鯉）だす。
李培基　老岳さん、大災害の年に、これは贅沢だ。

老岳は、老馬も李培基も気にとめず、自分の頭のなかで考えてきた災害状況の報告を続ける。

老岳　全県の七十二の地主は全て掠奪にあいました。金持ちの掠奪が終わったら、県政府の番になるのではないでしょうか？　県政府が掠奪されたら、もしかして……。

李培基　私は着任したばかりです。大旱魃で河南がこれほどの大飢饉になるとは思いもよらなかった。

小韓が口をはさむ。

小韓　イナゴです。全てはイナゴのせいなのです。旱魃の後の秋、イナゴの大群がまっ暗に天をさえぎって――主席さま、イナゴは腸がまっすぐで、食いながらクソをするのです。キセルを一服する間に、トウモロコシの畑が食いつくされちまいました。

老岳　大旱魃に加えて蝗害で、全県では一粒も収穫がありません。餓死者だらけの上に、盗賊が蜂起したのです。何と、イナゴが穀物を食う人間に変わったら、人間はイナゴに変わって謀反を起こし、襲いかかってきたのです。ところが、県の警察はたった百名あまりです。主席、是非とも派兵して弾圧してください。

李培基はため息をつく。

李培基　弾圧はたやすいが、その後はどうする？　難民が食べる問題がまだ残されている。

老岳　それは……

李培基　延津のような災害は、全省で計七、八十県にも及んでいる。省全体が大災害に見舞われていて、金庫は空っぽだ。老岳さん、私が河南に赴任したことは、水火に飛びこんだも同然だよ。

老岳　確かに全省が災害に見舞われておりますが、主席がご覧になったとおり、やはり延津は他の地方よりも深刻です。主席が災害救援のために食糧を配給する際には、ご明察とご高配を請い願いまする。

李培基　老岳さん、私がここに来たのは、食糧救援のためではないのです。

老岳はポカンとする。

老岳　何のためですか？

李培基　もうすぐ戦争だから、軍糧を徴収するためなのです。

老岳はポカンとしたままである。

十四、老庄村　昼

地主さまの屋敷は焼けて廃墟となっている。まだ煙が出ている。

地主さまが掠奪された事件を、安西満神父は取りあげて、格好の教材として使い、その場で伝道を始める。棒きれで即席の十字架を作り、近くの土が盛りあがったところにさし込む。そばでは瞎鹿が腰をおろして二胡を準備している。廃墟の煙のなかでは、村民があちこち掘り返し、何かないかとあさっている。俗にいう「イモを掘り尽くす（日本語の落ち穂ひろい、戦《いくさ》場《ば》稼《かせ》ぎに類似）」である。

安西満　信じなさい。やはり信じるのです。地主の老範《ラオファン》は、ずっと主を信じてきませんでした。信じさせようとしても、信じませんでした。主の守りを失ったので、このような目にあったのです。巨万の富が役に立ったでしょうか？息子は殺され、家は燃やされました。彼はきっと県城に身を隠して泣いているでしょう。まことに棺桶を見ないうちは涙を流さず、行くところまで行かなければ、心を改めない……。

廃墟のなかで、誰かが叫ぶ。

被災民　安ちゃんよぉ、でけえこと言うな。こんな大災害だ。みんな逃げだそうとしてるだ。役に立つことを言えよ。

安西満　役に立つ説教をしているのです。あなたたちは、どうして逃げなければならないか、知ってますか？　あなたたちは異教徒だからです。あなたたちは、逃げ出しても、両目はまっ暗です。道中、何を頼りにできますか？

わが主にお頼りするしかありません。みなさんに、賛美歌を歌ってあげましょう。よく分かりますよ。

瞎鹿　何さ、歌うだ？

瞎鹿は二胡をかまえ、安西満にたずねる。

安西満　「家ほど恋しいものはない」です。

安西満は少し考える。

安西満　この目の前の有り様に合わせて、ちょっと歌詞を変えましょう。

また考え、うなずく。

二胡の伴奏で、安西満は賛美歌を歌いはじめる。

家のない者などいない
家ほど恋しいものはない
しかし、多くの人々が
天地の果てまでさまよう
でも、私の二番目のおじさんよ
私のことは心配しないで
主がともにいるから

どこでも、そこが家だから

……　……

安西満の歌詞を変える能力はともかくとして、目の前の状況に合わせ、それに二胡の伴奏が加わって、彼の歌は賛美歌とは思えないような得体の知れない代物《しろもの》になる。ところが、村人の方は「イモを掘り尽くす」のに大忙しで、誰も聞いていない。でも、安西満の方は、歌に夢中になり、歌っているうちに泣きだす。瞎鹿は伴奏をやめる。

瞎鹿　安ちゃん、おめえ、逃げようともしねえのに、どうして泣くだ？

安西満　私は洛陽の天主教（カトリック）の総会に参加しました。自転車で半月も走り続けました。この半月かけて一句を拝聴したのです。洛陽にいたときは信じなかったが、今は信じます。

瞎鹿　どんなんだ。

安西満　この災害は、まさに時が来たとはいえないが、しかし、伝道にとっては、まさしく時が来たのでーす。

十五、県の中学（日本の中高校に相当）昼

校庭の土でつくった壇上に、二人が立っている。一人は校長先生で、もう一人は延津県国民党支部書記の小韓である。校庭には数百名の生徒が立っている。その中には地主さまの娘の星星《シンシン》がいる。そのお下げ髪には喪のための白い布が編まれている。

校長　わが校の授業が再開できるかどうかは、この戦争の勝敗によって決するのです。もし、わが軍が日本軍を打ち負かしたら、われわれは授業を再開できます。もし、日本人に占領されたら、学校を南に移さなければならない。……それでは、党県支部の韓書記より、ご講話をいただきます。

生徒は拍手する。小韓は手をふって、まあまあという感じで静かにさせる。

小韓　大敵が目前に迫っているのである。諸君、昨日、軍政部から動員令が来たことは知っているだろう。民族の存亡の時である。熱血あふれる青年はみな、教科書を置き、抗日戦争の最前線に馳せ参じるべきである。これは授業の再開より、はるかに重要である。この災害は、まさに時が来たとはいえないが、しかし、抗日戦争にとっては、まさしく時が来たのであーる。

ちょうどその時、日本軍の飛行機が上空に飛来し、まっ黒なものをいくつか投下する。みな爆弾だと思い、大あわてで校庭から飛びだす。しかし、まっ黒いものは空中で炸裂し、色とりどりの投降勧告のビラが舞い降りる。星星は、丸い石の台に隠れ、投下されたのは爆弾ではないことを知る。そして、身を起こそうとすると、そばで全身でブルブル震えている支部書記の小韓に気がつく。小韓は、自分の失態をごまかすために、英雄のように立ちあがる。

小韓　たった数機の飛行機じゃねえか。フン、おどしだろう?

ふと、星星のお下げ髪の白い喪の布に気がつく。

小韓　喪だな。誰のためだ?

星星　お兄さんです。

小韓　日本人にやられたのか?

星星は万感の思いが入り混じり、くちびるを震わせる。

星星　同郷人に、です。

小韓は、星星がとてもきれいだと気づき、頭から足先までながめ回す。

小韓　君ね、抗日戦争に参加したいときはね、前線に行かなくてもいいからね。直接、県の政府に来なさいね。

十六、延津の県城の東街　地主さまの邸宅の前　昼

戸がギギーッと開き、地主さまが出てくる。まるで別人のように憔悴《しょうすい》しきった表情で、頭

の傷には布が巻かれている。手には「河南民国日報」を持っている。

十七、延津の県城の北街　県政府　昼

地主さまは県政府にどんな状況かと聞きに来たが、役人はみな大わらわで荷作りをしていて、彼など見向きもしない。政府お抱え炊事夫の老馬がいくつかのカボチャを抱えて、街から戻ってきて、地主さまのところで立ち止まる。

地主さま　おい、老馬じゃねえか？　おら、西老庄《シィラオチュアン》の老範だよ。おととし、おらの村に地租を集めに来たじゃねえか。おらの家で、めしを食ったろう。

老馬はしばらく頭をひねり、ようやく思いだす。しかし、鼻持ちならない態度で、太陽を指さし、次にふところのカボチャを指さして、

老馬　県長さまのお食事の時間だ。話があるなら、日を改めな。

地主さまは老馬をスッと引きとめる。

地主さま　なあ、一つだけ聞かせてくれ。

老馬は下っぱのくせに、お役人の態度で聞く。

老馬　何じゃ？

地主さまは「河南民国日報」の戦争についての記事を指さす。

地主さま　こりゃ、おらたちのところだけでやるんか？　それとも河南全部でやるんか？

老馬　こりゃ、軍事機密だ。そんなこと聞くもんじゃねえ。

地主さまはごった返している庁舎の有り様を見回す。

地主さま　お上《かみ》と同じように、おらたちも逃げなけりゃならねえ。そこで、この戦《いくさ》が、でけえか、小《ちい》せえかで、逃げるのを遠くにすっか、近くにすっか、考えなけりゃならねえ。この前は村から逃げそこねて、ひでえ目にあっただ。

老馬はまわりを見回してから、地主さまに近づき、耳もとでひそひそとささやく。

老馬　はっきりしたことは言えねえが、省から李主席がいらっしゃったとき、このわしが料理を作ってさしあげただ。この戦《いくさ》が、でけえか、小《ちい》せえか、自分でよーく考えろ。

十八、作男の瞎鹿の家　昼

瞎鹿は、焼けて赤さびだらけになった針金を、ズズーっとクルミにさし込む。娘の鈴铛《リンダン》のために、糸をつなげておもちゃの風車《かざぐるま》を作っている。このクルミは、あのとき、例の倉で、若旦那が花枝にあげたものである。

瞎鹿の母、女房の花枝、息子の留保《リュウバオ》は、一輪車に荷物を積んでいる。逃散するためである。荷物といっても、ぼろぼろのカゴ、破れたムシロ、鍋、椀、包丁、ひしゃく、ぐるぐる巻きにした布団、母親の糸繰り車、そして一袋のアワである。このアワは、若旦那の血の海から奪い取ったものである。そして、アワ袋を一輪車にのせるとすぐに、木の皮や雑草でおおい隠す。

鈴铛　とうちゃん、逃散って、なあに？

瞎鹿は、クルミの殻を割って取り出した実を鈴铛の口に入れながら言う。

瞎鹿　村の木の皮や草の根はみんな食っちまっただ。このままじゃ、飢え死にしちまうだ。――もう村の半分が飢え死にしちまった。おめえ、飢え死にしてえか？

鈴铛は、頭をよこに振る。

瞎鹿　飢え死にしたくなけりゃ、ここから出て、食いもんを探しに行かなきゃなんねえ。それが逃散っていうだ。

鈴铛　じゃあ、どっちに逃散するの？

瞎鹿　陝西だ。十年前、二番目のおじちゃんは、そっちへ逃げた。おじちゃんを見つけられたら、おらたちは生きのびられるだ。

風車ができる。糸を引っぱるとクルクル回る。鈴铛は明るく笑う。

鈴鐺　とうちゃん、あたい、逃散したい。

睹鹿は立ちあがり、胡弓を一輪車にのせる。そこに、花枝がまっ赤な嫁入りの衣装で着飾って、窑洞《ヤオトン》（黄土高原の崖に掘った洞窟式住居）から出てくる。睹鹿の母が文句を言う。

睹鹿の母　嫁入りの衣装を着るなんて？　命からがら逃散するってのに。

花枝は口ごたえする。

花枝　めでたい旅にするためよ。縁起がよくなるわ。

睹鹿はカーッと頭にくる。

睹鹿　逃散がめでてえだと？　このアバズレが！　着がえろ！

睹鹿の母はため息をつく。

睹鹿の母　もう、おらの老いさらばえた骨は、ご先祖さまのお墓にゃ入れねえ。

睹鹿は全く取りあわない。

睹鹿　お墓のご先祖さまだって、みんな素寒貧《すかぴん》だ。

母親はカーッと怒る。

睹鹿の母　この親不孝もん！

睹鹿は気にもとめない。

睹鹿　留保、ご先祖さまの位牌をちゃんと持ってろよ。

十九、河原　昼

四方を山に囲まれたところを河が通っているが、涸《か》れている。逃散する難民が、三つの方向からうじゃうじゃと湧いてきて、大きな道路で合流する。手押し車や天びん棒でボロボロの荷物を運んでいる。年寄りが手押し車の上に乗せられたり、幼児がカゴに入れられたりしている。旱魃のためにひび割れた大地が絶望的なほど果てしなく広がっている。

二十、県城の門　昼

逃散する難民が県城を通りかかる。地主さま、範殿元の家の門から馬車が出てきて、逃散の行列に加わる。地主さまはキツネの皮でできた耳おおい付きの帽子をかぶり、羊の毛皮を裏地にした服を着込み、馬車の長柄のところに坐っている。馬車には地主さまの女房とご懐妊の嫁（若旦那の妻）も乗っており、さらに籐製の箱や穀物をぎゅうぎゅうに詰めた袋がどっさりと積まれている。女房は香炉を、嫁は旧式の掛け時計を、それぞれふところに抱えている。作男の栓柱は小銃（漢陽造）を斜めに背負い、馬にむちを当てる。お嬢さまの星星は学生かばんを背負い、ふところに猫を抱いて、馬車の横を歩いている。地主さまは娘の猫を見て、泣くに泣けず、笑うに笑えないでいる。

地主さま　これは逃散なんだよ。お芝居を見に行くんじゃないんだ。こんなのを連れて、どうするつもりなんだい？

星星は向きを変える。

星星　私、逃散なんてイヤ。同級生を探しに戻るわ。

地主さまは馬車から飛びおり、娘を引きとめる。

地主さま　同級生なんて、どこにいるんだ？

星星　何人か抗日戦争の最前線に行ったわ。

地主さま　最前線に行ったら、戦わなけりゃならないよ。戦えば人を殺さなけりゃならないよ。お前は女の子なのに、人を殺せるのかい？

星星は必死で振りはらおうとする。

星星　じゃあ、学校に戻る。同級生と学校を守るわ。

地主さまは娘をつかんで放さない。

地主さま　ねえ、いい子だから。この前は、お兄ちゃんが言うことを聞かずに命を落としてしまったろう。今度はお前が言うことを聞かないなんて、それはいけないことだよ。

そして、逃散する難民を指さして娘を諭《さと》す。

地主さま　うちは、こいつらとは違うんだよ。逃散なんかじゃない。一時的な避難だよ。短ければ半月、長くても一カ月で家に帰るから。

馬車の嫁はずっとうつむいて、ふさぎ込んでいるので、地主さまの女房がなだめる。

地主さまの女房　あまり考えこまないで。

嫁は泣く。

若旦那の嫁　実家から持ってきた嫁入り道具、へそくり、みんな衣装入れにちゃんとしまったのに、どうしてなくなったの？　栓柱、お前、何か知ってるんじゃないの？

馬車を走らせている栓柱は頭にくる。

栓柱　誰のこと言ってるだか！　おらを盗人《ぬすっと》呼ばわりするだか？

小銃をおろし、上着を脱ぎ、地主さまに言う。

栓柱　旦那さま、どうぞ、調べてくだせえ。

地主さまの女房がとりなす。

地主さまの女房　栓柱、考えすぎだよ。嫁はそんな意味で言ったんじゃないよ。

また、嫁にも言い聞かせる。

地主さまの女房　そんなの大したことじゃないからね。身重のからだに悪くないようにしなければ。

栓柱は地面にしゃがみ込む。

栓柱　おら、逃散なんてしねえ。民国の二十年（一九三一年）、おやじとおふくろは逃散したけど、途中で餓死しただ。

地主さまは娘から手を放し、栓柱をなだめる。

地主さま　おらたちの馬車にはこんなにたくさん食糧があるじゃねえか。どこへ行っても、おめえは飢えることなどねえに決まっている。

そして、娘の方を指さす。

地主さま　ほら、かわいい星星はおめえの妹のようなもんだろう。こんな戦争で乱れた道中は危なくて、ほんとうにとてもかわいそうだ。だけど、おめえがいれば、おら、とても心強《こころづえ》えだ。

栓柱は星星を見つめ、ようやく機嫌を直し、立ちあがり、星星の前に身を乗り出す。

栓柱　お嬢さま、このおらがいれば、どこさ行こうが、何もさせやしねえだ。

そして小銃を背負い、むちを拾いあげ、パーンと馬にあて、馬車を走らせ、口ずさむ。

栓柱　お役所の門から、大砲の音が三回、雷鳴のように響くぅ。天波府からわが国を守る大臣がやって来るぅ。……。

星星は県城の方をふり向き、カバンの中から一冊の本を取り出す。その中には、男子生徒の写真が一枚、はさまれている。

二十一、県城の西の山道　昼

逃散する群衆の行列が果てしなく続いている。県城を振り返るたびに、ふる里はどんどん遠くなる。

おびただしい数の頭がぎっしりとひしめいている。一輪車を押している瞎鹿は、ふと地主さま一家が目に入り、びっくりする。人波に隔てられているため、瞎鹿は大声で叫ぶ。

瞎鹿　旦那さまも、おらたちといっしょに逃散するんですかい？

地主さまも気づいて、喜ぶ。

地主さま　いっしょに行こう。お互いに面倒を見あうだ。

瞎鹿の母親は地主さまをにらみつけながら、そっとつぶやく。

瞎鹿の母　災いが降りかかってきてよかっただ。旦那さまだって貧乏人になるからな。

花枝　貧乏といったって、うちよりましよ。

二十二、重慶のアメリカ大使館　夜

大使館の敷地内では灯《あか》りが煌煌《こうこう》と輝いている。アメリカ大使のエドワード・ガウス（米国の外交官、一九四一年に中国大使となるが四四年に蒋介石と対立し辞任）は、大使館移転のお披露目のため、レセプションを催している。中国政府の高官、イギリス、ソ連、フランスなどの各国使節、及び米軍の駐在機関のスタッフ百名以上がパーティーに参加している。テーブルは、おいしそうなケーキやフルーツでいっぱいである。

中国の外交部長の宋子文《ソンヅウェン》（宋家三姉妹の実の兄弟）と国民党中央宣伝部長の張道藩がいっしょに会場に入ってくると、みな一斉に注目する。ガウスと夫人はいそいそと進み出て、歓待する。

ガウスはたどたどしい中国語で挨拶する。

ガウス　お二人の部長をお迎えすることができ、感謝いたします。お二人は、この新しいアメリカ大使館の……。

言葉につまり、そばの通訳が助ける。

通訳　茅屋《ぼうおく》に輝きを添えます。

宋子文は笑う。

宋子文　大使の中国語はますますうまくなってきましたな。さて、ここはご満足ですか？

張道藩　新館のあるここは、宋部長がご自身で選びました。四方を山に囲まれて、日本機の爆撃を徹底的に回避できます。

ガウス　宋部長、ありがとうございます。私の妻は、この美しい景色が……

言葉につまり、そばの通訳が助ける。

通訳　まさに桃源郷です。

一同は笑う。大使館の黒人ウェイターがトレーで飲み物を持ってくる。宋子文と張道藩は赤ワインのグラスを取る。そのとき、アメリカの週刊誌『タイム』の戦場記者、ホワイトが張道藩の前に現れる。

ホワイト　張部長。私は、いよいよ来月に帰国します。少しばかりお時間をいただけませんか？

張道藩　ホワイトさん。君は今や重慶の有名人ですな。長沙会戦（一九四一年一二月二四日〜四二年一月一六日の第二次長沙作戦）や中国ビルマ・ルートの記事を読みましたよ。

二人はグラスを持ちながら、人々の間を通りぬける。

ホワイト　今、河南はとてもひどい旱魃に見舞われていると、重慶のあちこちで言われています。毎日毎日、餓死者が出て、多くの被災民は陝西に逃散し始めたということです。本当ですか？

張道藩　本当です。でも、餓死者は主に占領された地区です。天災というより、人災です。目下、日本軍は開封や濮陽の一帯に兵力を終結させていて、当然、わが国の民衆は言葉に尽きせぬほどの苦しみを受けています。蔣鼎文《ジャンディンウェン》将軍もわが軍を率いて黄河を越え河南北部に前進していますから、大きな戦争が一触即発という状態です。もし民衆が西に向かって移動するのであれば、戦火を避けるためでしょう。

ホワイトは何か言おうとするが、張道藩は落ち着きはらって話し続ける。

張道藩　民族の立場から言えば、日本人を徹底的に打ち負かしてこそ、民衆の生活を豊かにできるのです。そうでしょう？

ホワイトは開いた口がふさがらず、言葉がでなかった。

二三、河南、黄河の北、昼

うねうねと曲がりくねる山道を被災民が逃散している。行列は、前も後ろも見えないほど果てしなく続いている。それと逆方向に中国軍が河南北部に向かって進んでいる。被災民の行列と同じように、軍の隊列も前や後が見えないほどである。馬に引かせた砲車、クラクションを鳴らす軍用トラックなども走っている。

二四、逃散の行列　昼

地主さまは馬車の長柄に座り、煙とほこりがもうもうと立ちあがる中を行軍する隊列を見ながら、もう一つの長柄に座っている星星に話しかける。

地主さま　見てごらん。戦争になるんだ。逃げなければならないんだよ。

星星は猫を抱きながら、何も答えない。

栓柱は馬を引きながら天を仰ぐ。不満があるのだ。逃散したからには、旦那さまはもう旦那さまではなく、作男も作男ではなくなったと思っているからだ。

栓柱　旦那さま。日が西に傾いただ。腹がぺこぺこだ。そろそろメシにしましょうや。

地主さまの女房　栓柱よ。逃散は、家にいるのと違うわよ。道中は長いから、一日二食でけっこうです。

地主さまはキセルをポンとはたき、長柄からトンと降りる。

地主さま　栓柱、おらが歩く。おめえが座れ。

栓柱は小銃を斜めに背負い、長柄に座る。星星はそれを見て、別の長柄からトンと降りる。

栓柱はまた機嫌が悪くなり、地面に飛び降り、ムチを抱えて、石の上にしゃがみこむ。

栓柱　おら、足が痛《いて》え。みなさま、どうぞ逃げてくだせえ。おら、ふる里に帰《けえ》るだ。

地主さまはまた栓柱をなだめる。

地主さま　栓柱よ。こんな災難の時だぞ？　それに、おめえは十数年も、おらにつかえてきたろう。おらの言うことを聞くだ。強情なんて張るな。

栓柱は星星をキッと睨みつける。

栓柱　おらを嫌っているだ。こっちこそイヤだ。

すると、瞎鹿が一輪車を止め、地主さまのそばに近寄り、そっと耳打ちする。

瞎鹿　旦那さま。やつを甘やかしちゃあ、ならねえ。戻らせればいいだ。旦那さまのご一家とおらの家族といっしょに行きましょう。おらが馬車を走らせるだ。

地主さま　おめえ、銃を撃てるのか？

瞎鹿は即答する。

瞎鹿　へえ。

地主さまは、瞎鹿、老いぼれた母親、女房と二人の子供、それに木の皮や雑草を乗せている一輪車を見渡して、首を横に振る。

地主さま　撃てても、だめだ。

そして、星星を説得する。

地主さま　何のために勉強してきたんだい。もうどこまで来たのか分からないのかい。

こっそりと栓柱や背中の銃を指さし、また周囲の被災民を指さす。

地主さま　道中は狼ばかりなんだよ。男と銃が必要なんだ。あいつの言いがかりは、よく分かっている。でも、こらしめるのは、この災難が過ぎてからだ。

星星は馬車に飛び乗って、叫ぶ。

星星　栓柱。お乗り。字を教えてあげるわ。

栓柱は機嫌をなおし、長柄に飛び乗る。

星星　何の字を覚えたい？

栓柱は手をさし出す。

栓柱　お嬢さまのお名前、星星だす。

星星は万年筆を取り出し、栓柱の手のひらに名前を書く。栓柱は手をグッと握りしめる。そして、星星の手を指さす。

栓柱　おらの名前を書いてくだせえ。栓柱って。

星星は彼のたくらみに気づいて、手のひらでパチンとたたく。栓柱は喜び、ヒュッと馬にムチを当てる。

二五、行軍する隊列　昼

一台のアメリカ式軍用ジープが行軍する隊列の中を走る。ジープの前は警護隊を乗せたトラック、後ろは無線機器をごちゃごちゃに装備した軍用通信車が走っている。

二六、ジープの中　昼

第一戦区司令官の蒋鼎文と参謀長の董英斌《ドンインビン》がジープに乗っている。車外の、際限もなく続く被災民の行列を見て、蒋鼎文はため息をつく。

蒋鼎文　河南は本当に大災害に見舞われている。

董英斌　こんなやっかいな状況で戦争をする必要がありますか。

蒋鼎文　委員長の立場は、わしや君とは違うのだろう。

ジープがギギーッとうなって急停車する。少佐が車外で敬礼する。

少佐　委員長からの電報です。

二七、ジープの中　昼

董英斌は蒋鼎文に蒋介石の電報を読みあげる。

董英斌　……年初、長沙会戦において、実に薛岳《シュエイエ》は三湘（洞庭湖へ注ぐ河川の全域で湖南省の別名）の健児を率い、長沙と存亡を共にする決意を覚悟せり。陣地を堅守、勇躍、敵を殺戮した結果、まさに七七事変（一九三七年七月七日の盧溝橋事件）以来、最も国際的な意義を有する功績となれり(2)。今般、兄《けい》、三十万の大軍を率いて倭寇を黄河の北にて駆逐せん。各部隊を激励し、敵を撃破し、第二の長沙戦役を切り拓き、国民の期待に背くことなく……

ここまで読むと、董英斌は笑った。

董英斌　この前、薛さんが長沙でうまくやったのは、たまたま起きたまちがいだったのさ。太平洋戦争が勃発して、日本軍の二個師団が牽制されたからさ。薛さんが勝ったおかげで、ロートル（蒋介石）がみんなを叱咤する口実ができた。

そして、声を低くして続ける。

董英斌　ロートルは連合軍の中国戦区の総司令官になったばかりなのでぇ……、こんなのは外国人に見せるお芝居だという話さ。

蒋鼎文　バカなこと言うな！

董英斌　何応欽《フウインチン》(3)もおもしろいヤツだ。あんたが増兵を要求すると、委員長は一三軍を派遣しようとしたが、何応欽は陝西の鄭三炮《チエンサンパオ》をよこしやがった。陝西の軍隊なんか烏合の衆だってことは、誰だって知っている。

蒋鼎文は董英斌を止めさせ、蒋介石への返信を書かせる。

蒋鼎文　鼎文の率いる軍は河南と存亡を共にせんとの決死の覚悟なり。一歩前進して死すとも、断じて半歩後退して生きることなし。倭寇を黄河の北で効果的に殲滅せん。……

そしてしばらく考えてから、董英斌に命令する。

蒋鼎文　鄭三炮の集団軍を最前線に回せ。

ちょうどその時、ジープはまたギギーッと急停車する。

少佐　司令官に報告します。河南省政府主席の李培基は前方にて軍隊を慰労します。

董英斌は笑う。

董英斌　いつもこれだ。李さんのやり口さ。

蒋鼎文　ヤツが軍隊を慰労するだと！　やっかいなことを頼むに決まっている。

二八、行軍する隊列のかたわら　山のふもとの曲がり角　昼

山のふもとの曲がり角に、間に合わせで建てた草ぶきの小屋がある。軒の上に赤い繻子《しゅす》を飾り、柱には対聯（対の詩句を入り口の両側に貼る、中国の慣習）が貼られている。上の句は「八千里の道の雲と月は尽忠報国」、下の句は「四万万の仇と恨を集め志を合わせて城となす」。横の梁には「我が山河を返せ」。

草ぶきの小屋のそばには柵に囲まれたくぼ地があり、十数頭の牛と十数匹の羊が飼われて

いる。
李培基は、河南省政府秘書長の馬国琳《マァグォリン》たちを率いて柵の前で待っている。蒋鼎文が来たのを見ると、李培基は酒を満たしたお椀をうやうやしくさし上げる。

李培基 蒋司令官の威武ある軍が前線へと進軍してくださり、河南の三千万の民衆は歓呼して大歓迎いたします。司令長官が瞬く間に勝利をおさめ、軍旗を高々と掲げることを心より念願いたします。

蒋鼎文はお椀を受けとり、ちょっと口につけると、テーブルに置く。

蒋鼎文 李さん、虚礼は廃止だ。ずばり本題に入ろう。わしに何の用だ？

李培基 私が何百キロもの長旅を急いで駆けつけたのは、ただ司令長官にささやかな気持ちを表したいだけで、他意はございません。

蒋鼎文 よし。李主席の気持ち、しっかと受けとめた。ウム、ならば、一軍人としてふる里の人々に別れを告げ、前線へと軍を進ませようぞ。

そして、ジープに乗ろうとするが、李培基に引き止められる。

李培基 司令長官、そのぉ、もちろん、ちょっとしたことですが、お願いしたいことがあるのですが。

蒋鼎文 どうせ、そんなことだろうと思ったわい。おい。わしと一緒に戦争に行くか？

李培基　今年、河南では大旱魃の後に蝗害が発生しました。果てしなく広がる赤土の至る所に、垢にまみれた餓死者が倒れています。年頃の娘を売っても、一斗の穀物にもなりません。たくさんの村で一家全員が餓死しました。

そして、難民が行列をなして逆方向に進んでいるのを指さす。

李培基　今や一千万人の被災民は困窮して流浪し、陝西に逃散し始めています。ですから三千万担（重量の単位、一担は百斤、一斤は五百グラム）の軍糧など、我が政府は徴集できません。司令長官、どうか減免してください。

蔣鼎文　民衆が苦難のどん底に落ちている。誰もが親から生まれるものだ。ウム、わしも苦労してここまで来た。主席の言うことはごもっともだ。同意する。

李培基はホッと安堵し、すぐに片手でこぶしを握り、もう一方の手でそれをかぶせるようにして胸で合わせ、お礼をする。

李培基　司令長官、民への温情に感謝します。河南の子々孫々は司令長官のことを永遠に心に銘記します。

蔣鼎文　しかし、君はわしに代わって、二つしなければならぬ。

李培基　二つと言わず、二十でもいたします。

蔣鼎文　第一に、日本軍を説得して、河南への進攻を止めさせる。第二に、委員長を説得して、わが軍を潼関以西に撤退させる。そうすれば、わが軍の兵卒

李培基　は、河南の食糧を一粒も食わぬ。司令長官、そのようなことをおっしゃいますが、災害の年はいつもの年とは違うのです。数百万の民衆が、今まさに餓死したり、逃散したりしているのです。

蒋鼎文は行軍する隊列を指さす。

蒋鼎文　数千数万の兄弟たちが最前線に赴いている。一カ月後、わしは兄弟たちをどれくらい連れ戻せるだろうか？　確かに被災民は飢えているが、兵士も食えなければ飢えることになる。君は省政府の主席として民衆のことを考えなければならんが、わしは戦区の司令として戦場と兵士のことを考えねばならぬ。こうして我々二人は同時に飢え死にという話になったからには、あえて主席を怒らせるようなことを言わせてもらえば、被災者が餓死しても土地はまだ中国のものだが、兵士が餓死すれば、わしらは国を失うことになる。

そして、向きを変えてジープに乗りこむ。

李培基は両手を広げる。

李培基　司令長官。それとこれとは関係ないですよ。

その時、董英斌は李培基の手を引いて、ひそひそと耳打ちする。

董英斌　李主席、我々に訴えても無駄です。軍隊は戦争をするだけです。食糧がどこから来るなど関係ない。

李培基はポカンとする。

二九、逃散の途上　夕方

日がだんだん暮れてくる。当てもなく一日じゅう西へ向かって移動する難民は、歩みを止めて野宿する。

蜿蜒《えんえん》と数十里も続く山道の至る所でたき火の明かりが見える。うねうねとした路上で、家族ごとに鍋などで食事を作る。

数十里も続く難民たちの食事といえば、お粥やサツマイモから野生の植物を煮たものまであるが、多くは木の皮、雑草、草の根で、さらにはしば草（杵と臼でもつき砕けないような燃料用の雑草）まである。花枝は、ずっとためらっていたが、野生の植物だけの鍋に最後の一握りのアワを入れる。

花枝　もう一粒もねえ。これから先は、かすみを食うしかねえだ。

瞎鹿は、母親の糸繰り車を引き出し、斧を振りあげ、割って、薪にしようとするが、頭ごなしにどなりつけられる。

瞎鹿の母　おらの糸繰り車ダア。割るなア！　陝西に行ったら、糸繰りに使うだ。

　瞎鹿は代わりに戸のかまちを引きずりだして、斧でたたき割り、たき火に投げこむ。またその時、地主さまの一家は、馬車の裏で純米のおかゆを作っている。地主さまの女房が火かげんを見て、鍋のまわりには身重の嫁と星星の猫がいる。

　猫は人間よりもあせっていて、首をのばし、両目をジッと鍋に釘づけにしている。星星はさじで重湯を一すくいして、瓦のかけらに入れて地面に置くと、猫は大急ぎで呑むが、やけどして、ミャー、ミャーと叫ぶ。身重の嫁は不機嫌になる。

若旦那の嫁　人間がおなかをすかせているのに、猫に食べさせるなんて。

星星　私の分に数えてよ。ご飯のときに、私は食べなくてもいいわ。それでいいでしょ。

　地主さまの女房が嫁をなだめる。

地主さまの女房　おまえは二人分だよ。たくさん食べてね。

　地主さまはキセルでたばこをふかしながら、帳簿をめくっている。栓柱は銃を斜めに背負いながら、馬にエサをあげている。馬は足を上げたり下げたりして、いらだっている様子である。

　栓柱は地主さまに説明する。

栓柱　旦那さま。こいつ、下痢しているだ。何を食わせようか。

地主さまは逃散の行列を見ながら、家を出るときは被災民とは違うと考えていたが、もはや思い直さねばならないと感じて、ため息をつく。

地主さま　もし一カ月でこの災害を逃れることができれば、こいつにちゃんと食べさせられる。一カ月たってもだめなら、こいつを食わねばならねえ。

栓柱はポカンとする。

三十、逃散の途上　夜

ま夜中に、うねうねと数十里も続く山道で、難民が野宿している。地主さま一家と瞎鹿一家は道路の下の側溝でからだを寄せあっている。栓柱はこっそりと身を起こし、眠っている星星のそばに行き、自分のぼろぼろの布団をかけてあげる。星星の顔をじっと見つめ、がまんできずに手を伸ばし、なでる。星星は目をさまし、栓柱の邪心に気づき、手をあげてパシッとたたく。

星星　何するのよ！

栓柱は立ちあがって側溝の外に逃げようとするが、花枝は足を伸ばしてつまづかせる。

花枝　一緒に逃散してるからと言って、身のほど知らずなまねをするんじゃねえだ。

そこにガラガラと音をたてて、伝道師の安西満が自転車に乗って来る。顔中、汗びっしょりである。

安西満　探すのにとっても苦労した。あちこち聞き回ったよ。

瞎鹿はビックリする。

瞎鹿　安ちゃん。あんたまで逃散するんかい？

安西満　主はモーセに、イスラエルの民をエジプトから連れ出せと命じられた。今、主は私に、あなたたちを河南から連れ出せとお命じになったのです。

栓柱は浮かない顔つきである。

栓柱　ふる里じゃ、もうすぐ戦争だ。爆弾で殺されるかもしれねえだ。

安西満は栓柱を相手にせず、瞎鹿に話しかける。

安西満　一つ頼みがあります。長垣の地主の梁《リャン》さんも逃散に出たが、チフスにかかり、今、息を引き取ったのです。ところが、息をしなくなっても、目を閉じないのです。どうして閉じないのか？　主を信じていなかったからです。でも、今は主を待っている。だから、私はミサをしてあげたい。それで、おまえに二胡をひいてもらいたいのです。

栓柱　ほー。安ちゃん。逃散をチャンスだとつけ込んで、一発大々的にやらかそうってんだな。

安西満は栓柱を睨みつける。

安西満　この災害が過ぎ去ったら、おまえも主の偉大さが分かるだろう。

瞎鹿はもったいぶる。

瞎鹿　一日一食じゃ、腹ぺこで、おなかと背中がくっついちまってるだ。力なんて出ねえよ。

安西満は自転車に戻り、後ろの台にある荷物から餅《ピン》を取り出し、瞎鹿に手渡す。

安西満　二胡を弾《ひ》けば、よく響き渡る。何を重んじるべきか、軽んじてもいいのは何か、みな分かるようになるでしょう。

瞎鹿は餅を花枝に渡す。二人の子供、留保と鈴铛は我先《われさき》に餅に飛びつこうとするが、花枝はピシッ、パシッと一人ずつ平手打ちを食らわす。

花枝　おめえらは飢え死にした鬼の生まれ変わりか？　ま夜中に食うやつがどこにいる？

三一、逃散の途上　夜

たいまつの下に、死体が一つ横たわっている。

その死体は目をカッと見開いている。

まわりを遺族と難民が囲んでいる。

瞎鹿は安西満にたずねる。

瞎鹿　何さ、弾《ひ》く？

安西満は少し考える。

安西満　「手放すべきときは手放す」です。

そして、付け加える。

安西満　前と同じように、メロディーは変えないが、歌詞はこの場に合わせて変えます。

瞎鹿は二胡をひき始め、音色が響き渡る。

それを伴奏にして、安西満は自作の詩でミサを始める。

家を出てはや一カ月
寒さと飢えに病が重なり
梁の旦那さまはお金持ちだから
途中で病死するなど思いもよらなかったので
こんな死に方は無念で仕方ない
悔しいのは信仰がないから

手放すべきときは手放す
神はあなたの前におられる

……

安西満はミサを唱えながら、手で死者のまぶたを閉じようとするが、いくらやっても、目は開いたままである。するとますます人々が集まってくるので、安西満は死者の目のことはかまわず、ミサを唱えるのに集中し、声をさらに高める。

その時、一九四二年の冬の初雪がヒューヒューと降りはじめ、死者の顔は次第に白い塑像のようになる。

曲が流れるなか、数十里の山道のかたわらで、眠る難民に雪が降り積もる。そして難民の顔はみな塑像のようになっていく。

三一、逃散の途上　夜

曲が流れるなか、自動車のヘッドライトが蜿蜒と続く山道に並ぶ塑像を照らす。河南省政府主席の李培基がトラックに乗って、魯山に戻ろうとしている。

雪はますます降りしきる。ヘッドライトの光に照らされ、粉雪は花のように舞いあがる。

三三、トラックの運転室　夜

運転手の横には李培基と馬国琳が座っている。

馬国琳　蒋鼎文はまったく融通のきかないやつだ。——一千万の被災民の命でさえ、あいつの心を動かせやしない。

李培基　あいつは兵を率いて戦う人間だから、当然、国を第一にする。

馬国琳は笑う。

馬国琳　軍隊が兵士の数を水増しをして、経費をだまし取っているのは、誰だって知っている。呉《ウゥ》さんから聞いたことだが、陝西からやって来た鄭三炮の軍には三千以上の欠員があるという。それじゃ、この欠員分の食糧はどこへいったんだい？

李培基　わしらだって、人のことは言えないよ。

そして、コートを引っ張りながらたずねる。

李培基　湖北や陝西から連絡があるかい？

馬国琳　食糧を借りたいと頼む前は、お互いに情報を共有していたが、この話を出したら、電報を打ってから十日も経つのに、全く音沙汰なしだ。両省とも、大慌てで食糧の自由な移出を規制したようだ。まあ、対岸の火事だと見ているのだろう。

李培基は車窓の外に並ぶ雪の塑像を見つめる。

李培基　もし軍糧の徴集を額面通りにすれば、この被災民の首根っこに刀を振りおろすようなものだ。

そして、心を決める。

李培基　すぐに重慶に行かねばならない。蔣介石委員長に面会し、災害の実情を報告しよう！　以前は着任したばかりだったので、ためらったが、今は違う。才も徳もないのは自覚しているが、災害救援の昔話くらいはできる。

馬国琳　被災している県はどれくらいだと報告しますか？

李培基　七十八県だ。隠さない。その通りに報告する。

馬国琳　いいえ。少なめに報告するのではなく、占領された地区を含めると百以上の県になる。報告は百以上としましょう。

李培基は手を振る。

李培基　私は鄭三炮のまねなどしない。大災害の年だろうと、祖先の積んだ遺徳を損なうことなどしない。

馬国琳　しかし、実情しか上に報告しなければ、委員長はまだ二、三十の県が被災していないのに、どうして食糧が調達できないのかと言われますよ。百

李培基　以上だと言えば、委員長の慈悲にすがれるかもしれません。
　真実は虚偽ではなく、虚偽は真実ではない。

馬国林は意味深長に言う。

馬国林　「水至りて清ければ魚なし、人至りて察なければ徒なし」といいます（『前漢書』東方朔など）。去年、湖北の西部が被災したときも、関《クワン》さんは災害を利用してボロもうけしましたよ。

李培基は外を見ながら、ハッと気がつく。

李培基　緊急に警察に通知しろ。被災民を見張っておき、事件を防止しろ。

ため息をつく。

李培基　こんな時に乱が起きれば、まさに泣きっ面に蜂だ。

三四、逃散の途上　昼

道には雪が残っている。馬車には「第一戦区第九巡回法廷」と書かれたダイダイ色の旗が立っている。延津県政府のお抱え炊事夫だった老馬は変身して、第一戦区第九巡回法廷の廷長となっている。老馬は腰にモーゼル（拳銃）をさし、二人の手下、ゴンべとタゴサクは小銃（漢陽造）を背負っている。ゴンべは馬車を走らせ、タゴサクは銃を磨き、老馬はキセルをふかしている。

ゴンベは老馬に声をかける。

ゴンベ　馬《マァ》さんよ。ホント、よかっただなぁ。被災者さぁいるから、お役所が巡回法廷さぁつくっただ。そうでもなけりゃ、おめえもただの炊事夫だぁ。廷長さまになんかなれるわきゃねぇ。

老馬　人手が足りねえ。何しろ人手が足りねえだ。こりゃ、ろくでもねえ役まわりだ。フン、被災者を相手にしたって、うまい汁なんかこれぽっちも吸えやしねえ。ヘッ、誰がやるもんかい！

タゴサク　被災者を相手にするんだから、「被災者巡回法廷」って名前にすりゃよかっただ。なのに、どうして「戦区巡回法廷」ってなっただ？

老馬は言葉につまり、ゴンベが助け船を出す。

ゴンベ　「戦区」って名前にすりゃ、被災者の逃散は日本人のせいになる。日本人がやって来なけりゃ、「戦区」にゃならねえだろ。それに、「戦区法廷」なら、おらたちの法廷のご威光が出るだ。「被災者巡回法廷」なんてみっともねえ。

老馬はキセルでゴンベの頭をポンとはたく。

老馬　そのとおりだ。

そして、気さくに話しかける

老馬　この老馬を叔父貴《おじき》と思って頑張れよ。災害が終われば、おらたちはみんなお役人だぞぉ！

三五、逃散の途上　土廟《トウミャオ》（祖先を祭る村落の廟）　昼

土廟のどまん中に、高くて威厳のある菩薩が安置されている。全身ほこりまみれだが、まなざしは慈悲深い。かたわらには恐ろしい目つきの四大金剛が控えている。大きな印章が机の上に置かれている。老馬はモーゼルでドンと机をたたく。土廟は、老馬の臨時法廷となっている。たくさんの被災者が押しあいへしあいしながら、土廟の入り口にぴたりと貼りつくようにして中をのぞいている。老馬は注目されて得意満面、やる気満々の様子である。

まず菩薩に向かって拝む。

老馬　まことに申し訳ありませんが、菩薩さまのこの場をお借りして、私めが、なり代わりまして、勧善懲悪を行いまする。

そして、割れた瓦で机をたたく。

老馬　第一戦区第九巡回法廷を今から開廷するだ。原告と被告さ、連れてこい。

がんじがらめに縛られた難民がゴンべとタゴサクに連れ出され、机の前に引き据えられ

る。もう一人の難民は、自分から進んでそばにひざまづく。

老馬　おめえら、どうしただ？　言ってみろ！

老いぼれの難民（原告）　昨日の晩、土廟で寝場所を取ろうと、みんなで争いましただ。おら、老いぼれで、負けちまっただ。しょうがねえから、一家みんな、軒下で寝たんだけど、ま夜中に、こん畜生めが、おらのサツマイモさ、七つも盗んで、食っちまいやがった！

がんじがらめに縛られた被告は、か細い声で言う。

がんじがらめの被告　おらがサツマイモを食っただと？　てめえこそ、うちのマントウを盗みやがったくせに。おらがサツマイモを食ったと言うんなら、おらの腹に聞いてみろ。腹が答えてやらあ。

老いぼれの原告　この盗人《ぬすっと》め！

がんじがらめの被告　おら、やってねえ！

老馬は頭にきて瓦を机にたたきつける。

老馬　てめえが盗人じゃねえというのなら、おらが盗人だと言うだか？

そして、老馬は息で歯をシーハ、シーハとさせながら、ゴンベに聞く。

老馬　サツマイモはもう食われちまっただ。この裁きはどうしたら、ええかな？

ゴンベは彼なりの知恵を出す。

ゴンベ　サツマイモを食ったんなら、腹さ、切ってみれば、分かるんべ。
老馬はぽんと膝をたたいて、がんじがらめの被告に言う。
老馬　そうだ。おめえ、サツマイモを盗んで食ってねえなら、腹をかっさばいて見せてみろ。
タゴサクが近づき、銃剣で被告の服を切り始め、腹の皮を刺そうとする。すると、か細い声の被告は、屠殺される豚のような悲鳴をあげる。
がんじがらめの被告　ギャーッ！　馬《マァ》さま。殺さねえでくれ。おら、サツマイモをこっそり食っただアー。腹がぺこぺこで仕方なかっただアー！　でも、おととし、旦那さまの作男になったとき、おら、そこの土廟にアワ二升お供えしただアー！
老馬　アワはアワだ。サツマイモを盗んだのは別だ。こいつを引っ立てて、軍棒で三十回、ひっぱたけ！
タゴサクは、泣き叫ぶ被告を外に引っぱり出す。ただし、原告、つまり老いぼれの難民は不満である。
老いぼれの原告　馬《マァ》さん、軍棒の罰だけじゃだめだ。おらのサツマイモはどうなるだ？　ありゃ、おらのうちの最後の命綱だ。うちにゃぁ、八十のばあさんから二人の病気にかかった孫までいるだ。孫は重病で、もう舌も回らねえ。食べ

　させてやれなかったからだ。

老馬　やつはもう食っちまいやがった。てめえ、おれにつかみ出せっていうのか？
オイ、やつがおめえのサツマイモを食った。だから裁判は、おめえがやつを食えということにする。どうだ、食ってみるか？

老いぼれはポカンとする。そして突然、歯ぎしりして悔しがる。

老いぼれの原告　おら、ほんとに食いてえくらいだ！

老馬　次だ！

ゴンべとタゴサクは、がんじがらめに縛られた栓柱を老馬の前に引き出す。もう一人の若い難民は自らそばにひざまずく。

老馬　おめえらは何だってんだ？　また盗みかよ？

若造の原告　うんだ。でも、サツマイモよりもっと重大だ。

老馬　小麦粉を一升とられたんか？

若造の原告　小麦粉よりもっと重大だ。おらの女房を盗んだだ！

老馬はビックリしたが、すぐさまやる気満々になった。

老馬　被災民の裁判のくせに、しゃれた事件が出てきたな。おれも勉強にならあ。
やっぱ、腹ぺこじゃねえな。でなけりゃ、そんな力など、出やしねえ。

そして、栓柱に問いただす。

栓柱　てめえが盗人か？

栓柱はガンと認めない。

老馬　盗んでねえだ。女もその気があっただ。

若造の原告　だって、てめえは小麦粉を三升くれると言ったじゃねえか。でも、やった後になって出せねえだと。こりゃひでえ詐欺だ。

老馬　詐欺と姦通だ。まさに詐欺と姦通だ！

そして若造を叱りつける。

老馬　おめえの女房もバカなヤツだ。詐欺を見抜けねえなんて。

若造はブツブツ言う。

若造の原告　こいつは銃をぶらさげてたんで、金持ちに見えただ。

老馬は、それを聞いてビックリする。

老馬　何、銃だと？　こりゃ詐欺と姦通よりずっと重大だ。

そして、タゴサクに命じる。

老馬　まず銃を没収しろ。

タゴサクは外に出て、栓柱が背負っていた「漢陽造」を押収してきて、机の上に置く。銃といっしょに地主さまも付いてきて、嘆願する。

地主さま　馬さん。他はともかく、銃は没収しねえでくれ。逃散じゃあ、身を守るために必要だぁ。

老馬は瓦でドンと机をたたく。

老馬　てめえ、誰から身を守るってんだ？　中国人か？　肝っ玉がありゃあ、それで日本人をやっつけろ。

そして、地主さまをにらみつけ、怒鳴りつける。

老馬　詐欺と姦通の事件じゃ、てめえにも責任がある。上の梁が曲がっていりゃ、下の梁も歪むってぇことわざのとおりだ。

地主さまはポカンとする。

老馬は地主さまを指さして宣告する。

老馬　おめえは、ヤツの代わりに小麦粉を三升、差し出せ。そしたら情状酌量してやる。いやの「い」でも言ってみろ。すぐさまこいつを監獄にたたき込んでやる。

地主さまはため息をつく。

地主さま　馬車の中を探すから、少し待ってくれ。小麦粉があったか、どうか……

栓柱は口をはさむ。

栓柱　探さなくてもいいだ。おらを監獄に連れてってくれ。そうなりゃ、逃散しなくてもいいだ。

ゴンベは栓柱をバシッと平手打ちにする。

ゴンベ　てめえなんぞ、監獄でむだ飯を食わせるもんかい。つべこべ言うなら、二里くれえ離れたところへ連れてって、この銃でズドンとやるだど。

栓柱は黙りこむ。

老馬　一件落着。原告に一升半の小麦粉、法廷にも餅《ビン》のために一升半の小麦粉だ。

若造は納得しない。

若造の原告　馬さん、もともとおらたちに小麦粉三升だっただ。

老馬　うんだ。だが、おらが仲裁しなけりゃ、おめえは小麦粉一粒だってもらえなかったぞ！　それに被告だけの罪か？　てめえの女房も罪を受けなきゃならねえ。女郎屋を開いて淫売した罪だ！

若造は何も言えなくなった。

地主さま　ところで、馬さん。おらたちの逃散のこと、お上はご存じだろうかなあ？

老馬は、もう立ちあがって菩薩さまを拝んでいたが、ふり向いて答える。

老馬　知らねえなんてこたあ、ねえだ。知ってるからこそ、おらが派遣されてきただ！

地主さま　一体どういうことになってるだ？　しばらくしても戦《いくさ》が始まらなけりゃ、ふる里に戻りてえ。

老馬　そんなこと、おらに聞くな。日本人に聞け。

三六、重慶の黄山官邸　山をのぼる坂道　朝

黄山官邸は山にそって建てられている。重慶では初冬でも草木は青々としており、その間に桃や椿の花々が色鮮やかに開いている。

河南省政府主席の李培基は、警備部第二室主任の陳布雷に連れられて、蒋介石に謁見するために坂道を急いでいる。

李培基　陳主任、まことにやむを得ないから重慶に来たのです。河南はお粥のようにごちゃごちゃに乱れています。それで……、委員長はご存じでしょうか？

陳布雷　委員長は日々多忙を極めています。たとえお耳に入ったとしても、詳しくは知らないでしょう。今日の午前はマンダレー(4)方面の前戦に向かう予定でしたが、昨晩、あなたが来ることを報告したところ、朝食の陪席を指示されたのです。

李培基は感激する。

李培基　ありがとうございます、陳主任。河南の三千万人が救われます。

三七、黄山官邸の雲岫楼　朝

パジャマを着ている蒋介石の朝食に李培基が陪席している。それぞれの前にはお粥、数枚のトースト、煮たまごがあり、テーブルには数皿のおかずが並んでいる。

蒋介石は李培基にすすめる。

蒋介石　培基、どうぞ、どうぞ。

李培基は恐る恐るお粥をすする。

李培基が口を開かないうちに、蒋介石の機密秘書が来て、手書きの報告書を差し出す。秘書は、朝食のとき、最新の国内外の重大なニュースを報告し、それから蒋介石の指示を記録し、伝達することが慣例となっている。秘書は李培基に申し訳ありませんという風に軽く頭を下げる。李培基はすぐ深々とうなずき、先に話させる。

機密秘書　ビルマ方面より、羅卓英《ルオズオイン》（中国第一路軍の司令長官）の来電がありました。我が軍はマンダレー西方の作戦で惨憺たる損害を蒙る。日本軍は毒ガスを用い、我が軍の死傷者は八百名以上となった。にもかかわらず特に羅は申しあげます。まさに本日、委員長のマンダレー方面への到着を（一九四二年五月一日、マンダレー陥落）。

蒋介石は黙って食事を続ける。

機密秘書　昨夜、日本軍はイェナンヤオを急襲し、イギリス軍一個師団と戦車部隊の七千名余りが包囲されたため、朝、モントゴメリー元帥（連合軍の地上軍最高指揮官。後にアイゼンハワーが総指揮官となる）より来電がありました。マンダレー方面の戦線からイェナンヤオへ兵力を分け、援軍せよ。

蒋介石はだまり続ける。

機密秘書　ルーズベルト大統領の私設秘書、キュリーが重慶に到着し、委員長閣下への謁見を求めていますが、既に委員長閣下はすぐにマンダレー方面に出発すると伝えました。

蒋介石はだまり続ける。

機密秘書　南京方面、周仏海《チョウフウハイ》（親日派の汪兆銘（汪精衛）政権の要人。戦後、漢奸として逮捕、獄死）が密使を派遣してきました。周仏海は汪精衛に反逆、離脱し、自宅に秘密無線を設立するとのことです。昨日、戴笠（軍統）局長が密使と会見しました。どう対処すべきかと聞いています。

蒋介石はだまり続ける。

機密秘書　インド方面、ガンディーの断食は成功しました。ヒンドゥー派とイスラム派の指導者はそれぞれ流血の衝突を停止し、和解に合意しました。

蒋介石は食べるのを止める。

蒋介石　彼は何日断食した？
機密秘書　七日間です。
　また蒋介石はだまり、機密秘書は報告を続ける。
機密秘書　ヒトラーは昨日ムッソリーニと会見し、三日もあればドイツ軍はスターリングラードを制圧できると伝えたが、ソビエト大使館によればスターリングラード攻防戦の情勢は不明であるとのことです。
　蒋介石は秘書の報告を中断する。
蒋介石　駐英大使からインドに伝えさせよ。来月、インドを訪問する時、ガンディーに会うことを希望すると。
　秘書はサッと記録し、また報告を始める。
機密秘書　河南北部の会戦で、蒋鼎文将軍は昨夜来電してきました。我が軍は黄河を渡り指定の場所に到達したが、日本軍の動きは遅々としている……
　蒋介石はまた中断する。
蒋介石　蒋鼎文に伝えよ。時機を見定め、機先を制せよと。ウム、先手必勝。我が軍の軍糧の備蓄は日本軍に及ばぬ！
　機密秘書はサッと記録する。その時、別の秘書が蒋介石に近づく。
別の秘書　マンダレー方面に向かう飛行機の準備が完了しました。何応欽部長たちが飛行場でお待ちしています。なお、もうしばらくすると、敵機が襲来するかもしれません。

蔣介石は立ちあがる。李培基もあわてて立ちあがる。

護衛が来て蔣介石が軍服に着替えるのを手伝う。

たくさんの随員が現れる。その時、突然、蔣介石は何かを思い出したようにして、随員たちの間から、李培基に向かって懇《ねんご》ろに語りかける。

蔣介石　培基さん。よく食べられなかったでしょう。私が出かけてから、どうぞごゆっくりと食事をしてください。はて、ところで、重慶にはどのようなご用事でいらしたのですか？

李培基は呆然とつっ立っていたが、その時、あたかも感電したかのようにハッと反応する。ここで聞いたことの一つひとつは、どれも自分の報告よりも緊急で重大なものである。李培基はどもりながら言う。

李培基　よ、よくいただけました。よくいただけました。な、何もございません。何もございません。

蔣介石　河南では旱魃が起きているそうですが、深刻ですか？

李培基　わ、我々で何とかできます。何とかいたします。

蔣介石は重々しく言う。

蒋介石　河南の責任は重大だから、誰よりもお前を派遣したのですよ。

また、近づく陳布雷に向かって言う。

蒋介石　培基君はお疲れだ。よくおもてなしせよ。

三八、黄山官邸　坂道　朝

李培基は陳布雷に付き添われて坂道をおりる。

陳布雷　委員長にご報告できましたか？

李培基は汗を拭きながら、悔やみ、悩む。

李培基　秘書が委員長にご報告したのはどれも、私のより重大でした。私は圧倒されて、言葉が出ませんでした。重慶に来てもむだでした。

陳布雷　話すべきことを話さなかったのですから、帰ってからご自分で方策を考えることですな。

李培基は両手を広げる。

李培基　河南でなんとかできれば、重慶まで来ませんよ。陳主任、河南に来て、ご覧ください。赤地千里（果てしなく広がるはだかの土）、飢殍遍地（至る所に倒れている餓死者）、災民流徒（被災民の流浪）、嗷嗷待哺（哀願して食べ物を求める）

です。

そしてカバンからぶ厚い文書を取り出す。

李培基　具体的数字をあげた資料です。委員長がビルマから戻られましたら、陳主任から差し出してくれませんか。政府による軍費や実物税の免除と緊急救援のお願いです。

陳布雷はため息をつく。

陳布雷　李主席、報告の時期を逃してしまったのですから、後は待つしかありません。

李培基は汗をふきふき頼む。

李培基　河南の三千万の被災者のことを思って、是非是非お願いします。

三九、隴海鉄道　昼

潼関から洛陽に至る隴海鉄道。

線路の両側には陝西へと逃散する難民の第一陣が移動している。みな疲労困憊し、無表情である。

難民とは逆方向に、『タイム』誌が戦場に派遣した記者、ホワイトは、第一戦区の大佐で軍需担当の董家耀《ドンジャアヤオ》たちが用意した手動の保線用トロッコに乗り、西から東へと向かう。河南の災害の実状を取材するためである。みなモーゼルを腰につけている。

次々に現れる難民の各人各様の顔つきを見ながら、ホワイトと董家耀は話しあう。

董家耀 ホワイトさんは、本来なら、今頃、ニューヨークですよね。

ホワイト ヘンリー・ルース（『タイム』社主）への電報に余計なことを書いてしまって、計画がおじゃんになったのさ。ぼくは戦場記者なのに被災地に行かされることになった。どんな特ダネがあるってんだ。ところが、ルースときたら、恋人とロング・アイランド（ニューヨーク州南東の島）でお楽しみだ。

そして、董家耀にたずねる。

ホワイト でも、ぼくにはよく分からないよ。これだけたくさんの難民が黙々と西に向かって歩いているけれど、目的なんてあるのかい？ 闇雲《やみくも》なのかい？

董家耀 習慣さ。まさに習慣さ。河南の人たちは災害が来ると陝西に逃散するんだ。山東の人たちが災害に見舞われると東北（山海関の北部）に逃げるのと同じだ。

ホワイト どうして線路に沿って歩くんだい？

董家耀 列車が来たら、それにしがみつき、少しでも早く陝西に行こうとしているんだ。難民にとって、この隴海線は、まさしくお釈迦さまの助け船なのさ。

ホワイト　旱魃は一カ所なのに、どうしてこれほど多くの難民が逃げるんだ？

董家耀　イナゴだ。イナゴが来たからだ。今、スターリングラードでは大血戦のまっ最中だけれど、たとえドイツとソ連の武器をみんな集めても、秋のイナゴは全滅させられない。河南省政府秘書長の馬国琳は、そう言っている。

ホワイト　ぼくは、どうも誤解しているように感じるけど。

董家耀　誤解なんかしていない。逃げるのも生きるための手段なんだ。

突然、難民は算を乱して逃げまどう。空に日本機が出現したからである。戦争の幕が切って落とされる。日本機は隴海線に襲いかかり、爆弾を次々に落とす。鉄道は寸断され、難民たちは木っ端みじんに吹き飛ばされる。

ホワイトと董家耀は大急ぎでトロッコから飛びおり、難民といっしょに崖に掘られた窑洞《ヤオトン》に隠れる。難民はあわてふためき、「父ちゃぁーん」、「母ちゃぁーん」などと叫んだり、じいちゃんやばあちゃんを探したりする。ホワイトはその有り様を見て、戦場記者の本能から、董家耀が引き止めるのを振りきり、窑洞から飛び出し、シャッターを押し続ける。

一機がホワイトの頭上をかすめ、山腹を爆撃する。ホワイトは吹き飛ばされながらも、ピストルをぬいて、空に向かいメチャクチャに撃つ。

ホワイト　ＦＵＣＫ（こん畜生）！

爆撃を完了した飛行機は山をかすめて飛び去る。

ホワイトは線路を見て、頭にくる。

ホワイト　ＦＵＣＫ！

トロッコが爆弾で吹っ飛ばされているのである。

四十、逃散の途上　夕方

蜿蜒《えんえん》と数十里も続く山道で、難民たちは野宿している。

花枝は木の皮を叩いてつぶしている。

立ちあがるが、目まいがして、倒れそうになる。

留保　母ちゃん、どうしただ？

瞎鹿　腹がへってるんだ。

花枝はからだを支えながら答える。

花枝　もう心配で、たまらねえ。

瞎鹿の母は高熱で、ボロボロの布がかけられた小屋で寝ている。

瞎鹿はボロ小屋に入り、母の頭をなでる。

瞎鹿　ウワッ。すんげえ熱だ。炭火みてえだ。

母親は苦しみ、ぅめく。

瞎鹿の母　燃やせばいい。燃やせば暖かくなる。
瞎鹿はボロ小屋の前でうずくまり、空を仰《あお》ぎ、ため息をつく。

四一、逃散の途上　ま夜中

風が吹きつける。
寒風がゴーゴーと吹きすさぶなか、瞎鹿は二人の人買いを連れてくる。
三人は小屋の前で立ち止まる。
瞎鹿はぐっすり眠っている鈴铛を抱え上げる。鈴铛は、手にクルミの風車を握っている。

瞎鹿　よく寝てるだ。持ってけ。
二人の人買いは、顔を見あわせ、がっかりする。

人買いのタヌキ　こんなチビかよ。てめえ、ウソつきやがったな！　十歳だと？　三つか四つだ。

瞎鹿　メシさ、食ってねえからだよ。飢えて縮こまっちまっただ。食えば、すぐでかくなるだ。
人買いのムジナは手をもみながら言う。

人買いのムジナ　これじゃ、市《いち》に出しても、売れねえな。買って家に連れてって童養媳《トンヤンシー》

（将来、嫁にするために、幼少時に買い取る女児）にしても、数年はむだ飯を食わせなきゃならねえ。おれたちゃ、てめえを助けるほど暇じゃねえんだ。

瞎鹿は懇願する。

瞎鹿　逃散してから、もうひと月だ。うちじゃあ、十日間、大人も子供もまともなもんは口にしてねえ。毎日、しば草しか食ってねえ。母ちゃんはチフスにかかって、ひでえ熱で、うわごとを言ってるだ。あと何日もつか。

人買いたちは高熱でうなされている母親を見て、それからぐっすりと眠る花枝の顔に目をとめる。

タヌキとムジナ　これならいい。アワ五升で売れる。

瞎鹿は惨《みじ》めな笑い顔を見せる。

瞎鹿　かかあが、おらを売ったらいいだ。でも、おら、かかあを売れやしねえ。うちには年寄りや子供がいて、ゴチャゴチャしてるけんど、かかあが何とかやりくりしてきただ。

ムジナは留保の顔に目をとめる。

ムジナ　息子の方は、何とかならあ。アワ三升だ。

瞎鹿　ご先祖さまに供える線香を絶やさねえための後継ぎだ。

そして鈴铛の方にあごを向ける。

瞎鹿　娘だってかわいくてたまんねえ。生まれたとき、かかあは、乳が出ねえから、おら、毎日、この子を抱いて、あちこち家を回って、もらって育てただ。
タヌキ　アワ二升だ。おめえのために、人助けしてやらあ。
瞎鹿　四升で、どうだか。
ムジナ　それなら止めだ。
瞎鹿　三升なら。
タヌキ　二升半だ。これ以上は出さねえ。今じゃ、何でも値が高《たけ》えが、人間だけは安い。アワ二升半でも、元が取れねえかもしんねえ

瞎鹿はぐっすり眠る鈴铛をタヌキに渡す。

そのとき、花枝が目を覚まし、外の様子に気づく。たちまち何かと察知して、ボロ小屋から飛び出し、めすの野獣のように突進し、鈴铛を抱いている人買いに頭突きを食らわして倒す。

タヌキ　何のまねだ！　この女夜叉め！

そのとき、八歳の留保も目を覚まし、出てきて、タヌキからサッと妹を取り戻す。鈴铛も目が覚めるが、目をパチクリさせるだけで、何がなんだか分からない。

花枝　あんた！　このろくでなし。あたしに隠れて子供を売ろうってんだね！

瞎鹿は頭を抱え、地面にうずくまる。

瞎鹿　おらだって、売りたかねえだ！　でも一人売れば、四人が助かる。母ちゃんは重病だけんど、薬が買える。

そして、スクッと立ちあがり。

瞎鹿　連れてけ。この家の主《あるじ》は、おらだ。

ムジナが鈴铛を取り返そうとする。花枝は地面の天秤棒をつかんで飛びかかる。ムジナは身を守ろうと逃げ出す。花枝は天秤棒を鈴铛の頭に振り落とそうとする。しかし幸いにも、栓柱がパッと進み出て、花枝を引き止めたので、かすっただけで、頭にはあたらなかった。近くの人たちはみんな起きてくる。

花枝はウワーッと大声で泣きだす。

花枝　おら、この娘をたたき殺したって、絶対に連れていかせねえ！　てめえ！　母親の病気を治すために、おらの血を分けた娘《こ》を売ろうってのか。おら、十七歳で嫁に来てから、何の落ち度もなく働いてきただぞォー！　逃散だからガマンしてるが、でなけりゃ、一日だって同じ屋根の下にいたくねえ。

それより死んだ方がましだ。

そのとき、母親も目を覚まし、まわりのいざこざを知って泣き崩れる。病状はさらに悪化し、泣き声はかすれ、か細《ぼそ》くなる。

瞎鹿の母　おらが悪《わり》いだ。今、首さ、くくって、見せてやるだ。

瞎鹿はむしゃくしゃする。

瞎鹿　首くるだと　このオンボロ小屋のどこに（縄をかける）梁がある？

地主さまは馬車の前で繰り広げられる出来事を見ている。馬車の食糧はもう半分しか残っていないのは知っている。思わず、首を横に振り、ため息をつく。

地主さま　ああ、苦肉の策でこんな芝居を見せたいってのかよ！　やってられねえだ。

星星に向かってつぶやく。

地主さま　瞎鹿は鼻歌を唱うくらいの能しかねえと思ってたが、いろいろ考えをめぐらせられるんだなぁ。まわりには貧乏人ばかりで、助けることなんて、できねえけんど。

お椀にアワを入れて、瞎鹿に渡す。

地主さま　子供を売るな。とりあえず、母親にお粥を作ってやれ。この飢饉が終わったら返せよ。

瞎鹿は、いい気になってつけあがる。

瞎鹿　旦那さま、この際、スパッと一斗（十升）どうですかい。これから一々お願《ねげ》えしねえですむだ。

地主さま　うちにも年寄りや子供がいて、嫁は身重だ。それに、これからまだ長《なげ》え。

騒ぎを聞きつけた難民のやじ馬がおおぜい集まってくる。でも、その目は娘を売ろうとした瞎鹿の方に向けられていない。みな、ぼんやりと地主さまの馬車に積まれた食糧を見つめている。地主さまはハッと気づき、背筋がゾッとして、栓柱を責める。

地主さま　銃がねえから、気が気じゃねえ。

栓柱はしょんぼりとうなだれる。

そのとき、東の空からドーン、ドーンと砲声が鳴り響き、次第に近づく。ダダダッと激しい機関銃の音も聞こえる。東方の山の半分が赤々と燃えあがる。河南北方の会戦の開始である。

瞎鹿　何だ、こりゃ。旦那さま。

地主さま　たぶん、おらたちの軍隊と日本軍が東の方で戦ってるだ。

瞎鹿は憤激する。

瞎鹿　やっつけろ、やっつけろー！　あん畜生なんて、やっつけろー。こっちは飢え死にしそうなんだ！

地主さま　勝ってくれよ。勝ったら、ふる里に帰れるから。

四二、延津県政府庁舎の外　昼

延津県の庁舎は蒋鼎文の前戦指揮部となっている。庁舎の外に歩哨がいる。大通りを部隊が通り過ぎる。

アメリカ式のジープが大急ぎで庁舎に向かってくる。

第一戦区参謀長の董英斌が前戦から戻り、バタバタと降りて、庁舎に入る。

四三、延津県政府庁舎の中　昼

庁舎の中は、ピーンとした空気が張りつめている。多くの作戦参謀が息をのんで無線機を見守る。無線機からツーツートントンと通信音が続いている。

机の上に河南北方の会戦の軍用地図が広げられている。第一戦区司令長官の蒋鼎文は、地図の上に身をかがめて考えこんでいる。

董英斌は息せき切ってやって来て、蒋鼎文に近づき、地図を指し示す。

董英斌　長垣封丘作戦は退却の可能性が高い。日本軍は先ほど黄河を渡り、多くの陣地で白兵戦が展開されている。日本軍の死傷者は八百名以上で、我が軍は三千名以上です。鄭三炮は持ちこたえられぬかもしれない。

蒋鼎文は答えず、長垣封丘作戦ではなく、安陽湯陰作戦を指さす。

蒋鼎文　十五集団軍、二八集団軍に命令し、遅くとも明日早朝までに、安陽湯陰の戦場の包囲を完遂し、昼に総攻撃せよ。

　そして拳《こぶし》でドンと机を叩く。

蒋鼎文　何が何でも不意を突くんだ！

その時、作戦参謀が急いで電報を持って来る。

作戦参謀　委員長からの来電です。

蒋鼎文は電報を見ると、ハッと顔色が変わる。

董英斌は、その異様な変わり方を目の当たりにして、尋ねる。

董英斌　どうしたのですか？

蒋鼎文は電報を董英斌に渡す。

蒋鼎文　委員長はビルマから電報をよこした。我が軍は河南から順次撤退せよとの命令だ。

董英斌は電報を読み、呆気《あっけ》にとられる。

董英斌　まちがいでしょう？　戦争は始まったばかりで、我が軍の損失はそれほどではない。どうして、手をこまねいて河南を日本人に渡すのですか？

蒋鼎文は考えこむ。

蒋鼎文　委員長は出発前は開戦の決意を強く固めていた。ところが突然、撤退せよとは……

作戦参謀　まして、河南には多くの被災民がいます。今、戦わずに撤退するなら、被災民を日本人の手に渡すも同然です。

蒋鼎文はため息をつく。

蒋鼎文　もしかしたら、まさにこの大災害のために、委員長はこの下策を決めたのかもしれない。

そして、董英斌に向かって言う。

蒋鼎文　もともと河南北方の会戦は、多くが異議を出していたが、委員長が意見を変えなかった。しかし現在、ビルマ作戦も南方作戦も順調ではなく……国家が貧弱なら、お荷物なんて放り出せばいい。大局的にはこれがいい。

また、作戦参謀に向かって言う。

蒋鼎文　委員長の命令を実行せよ。

作戦参謀　司令長官殿、河南には三千万人もいます。

しかし、自分の発言が不適切だと気づき、小声でブツブツつぶやく。

作戦参謀　おれのふる里は河南なんだが……

蒋鼎文　君はこの電報の重大さを分かってるな。ウム、断じて一言も洩らすな。おそらく李培基も欺《だま》さねばならぬ。

作戦参謀は目に涙を浮かべながら答える。

作戦参謀　ハッ！

四四、逃散の途上　昼

ドカンドカンと砲声が響く。当初は難民と逆方向に、前戦に向かった中国軍の隊列は、今や難民と同じ方向に撤退している。陝西の鄭三炮の部隊がまっ先に退却している。前戦に進軍するときは緊張し、整然と秩序を保っていたが、今やてんやわんやに混乱している。軍服は汚れており、包帯を巻いた負傷兵、さらに担架で運ばれる重傷兵もいる。

第一戦区第九巡回法廷の馬車も軍隊に徴発され、負傷兵を運んでいる。廷長の老馬は二人の手下を連れて馬車を走らせながら、中隊長にブツブツとこぼしている。

老馬　長官さまぁ、おらたちの馬車を取りあげちゃ、いけねえだよ。国家の巡回法廷だすよ。

馬車に乗っている中隊長は、顔が汚れ、頭に包帯を巻いている。

敗走する中隊長　蒋鼎文め、おれたち陝西の兵隊を欺いて、最前線にまわしやがったな。日本の迫撃砲弾がヒューヒューと頭上を飛んで、もう少しで死ぬところだった。てめえ、馬車を出すのが惜しいってのか！

別の兵士も罵倒する。

敗走兵　てめえらのためだぞ。おれたちがいなけりゃ、日本人がやって来るぞ。てめえ、日本人のために裁判するってのかよ！

四五、逃散の途上　昼

難民たちは足を止め、撤退する部隊を見ている。地主さまはわけが分からず、馬に乗っている将校に大声でたずねた。

地主さま　長官さまぁ、おらたちは勝っただか？　負けただか？

将校はぬけぬけと大ぼらを吹く。

敗走する将校　勝ったぞ！

地主さま　勝ったのに、どうして撤退するだか？

敗走する将校　これは迂回作戦だ！

四六、逃散の途上　昼

撤退する中国軍部隊は、突然、大混乱となる。空に日本軍の爆撃機の編隊が現れたからである。難民も大混乱する。

四七、空中　昼

日本機の編隊は地上に果てしなく続く中国軍を発見し、急降下する。しかし、急降下しながらもためらい、無線で交信する。

日本軍飛行士　どうも被災民がいるようだ。本部は、最近、被災民には爆撃するなと命令している。

別の飛行士は中国軍の部隊を指さす。

別の日本軍飛行士　だが中国軍の方が多い。

日本軍機長　軍人が多いなら、爆撃せねばならぬ。一、二、三、投下！

大量の爆弾が空中から次々に落下する。

四八、逃散の途上　昼

爆弾は軍隊と難民がごちゃまぜになった行列に落ち、みな木っ端みじんになる。死者には軍人もいるが、難民の方が多い。

老馬の馬車も爆撃され、負傷した敗残兵や先ほど老馬をどなりつけた陝西の長官は肉のミンチになる。老馬は、禍《わざわい》を転じて福となすとばかり、二人の手下と、頭を抱えて山腹へ一目散に逃げる。

爆撃の下、安西満神父は自転車で逃げまわるが、爆撃され、もうもうと立ちこめる煙やほこりに包まれる。煙やほこりが消えると、自転車はバラバラで、括《くく》りつけていた荷物も飛び散っていることに気がつく。安西満も破片により顔じゅう傷だらけで、血が出ている。近くの敗残兵たちは吹き飛ばされている。安西満はブルブル震えながらポカンとする。

地主さまと瞎鹿の一家は崖下に身を隠している。地主さまは安西満を見つけ、手を振って呼ぶ。

地主様　安ちゃん、安ちゃーん!

安西満は地主さまの呼び声など耳に入らず、直立不動で天を仰ぎ、祈り始める。すると、また爆弾が投下される。瞎鹿は飛びだして、安西満を崖下まで引っぱりこむ。まさに安西満が祈っていたところで爆弾が炸裂し、伝道師は命拾《びろ》いする。

日本軍の爆撃機は去って行く。

ところが、戦場《いくさば》どろぼうが我勝《われが》ちにと掠奪を始める。鄭三炮の敗残兵は、難民の持ち物を手当たり次第に奪う。難民の中で最も値うちのあるのは地主さまの馬車にある衣類や食糧なので、恰好《かっこう》の餌食になる。まず一人の敗残兵が食糧の袋を奪い取ると、別の敗残兵がそれに銃剣をグサッと突き刺す。するとチャリンチャリンと銀貨が何枚も落ちたので、ワッと敗残兵が押し寄せる。

地主さまの嫁はしっかりとおなかを守る。星星も必死にふところを守る。敗残兵はそのふところに金目のものがあると思ってグイッと引き出すと猫なので、頭に来て、地面に投げつける。猫はフギャーと悲惨な声で泣き叫び、星星はサッと飛びついて、無我夢中で抱きかかえる。

地主さまは恐れおののきながら周囲をながめていたが、ハッと我に返り、馬車にしがみつき、死にもの狂いで最後の一袋を守ろうとするが、敗残兵に銃床で殴られ、気を失って倒れる。そのふところから財産の帳簿がすべり落ちる。星星と女房は地主さまを守る。その隙に、別の敗残兵は女房のふところから大切な掛け時計を奪い取る。

安西満はその有り様を目の当たりにして、空を仰ぎ、祈り始める。

安西満　主よ……

その時、日本軍爆撃機の第二陣が飛来し、次々に爆弾を投下する。多くの兵士と難民が爆死するが、却って、これにより難民が救われる。敗残兵は奪ったものを抱えて逃げだしたので、これ以上は取られないからである。

敗残兵が地主さまに近づき、キツネの皮の帽子を奪い、自分の頭にかぶせる。別の敗残兵が星星を拉致しようとする。星星はもがきながら叫ぶ。

星星　栓柱ぅー、助けてぇー。

栓柱は駆けつける。

栓柱　放せ。おらの女房だ！

敗残兵に対して押し切りを振りかざす。別の敗残兵が栓柱に向かって銃を向け、まさに撃とうとする寸前に、安西満は祈りを止め、猛獣のように飛びかかる。このため弾がそれて、栓柱の胸ではなく、腕にあたり、肉をえぐり取る。そのとき、また爆弾が炸裂し、敗残兵は一目散に逃げ出す。

星星は上着の一部を引き裂き、栓柱の傷口をしばり、止血する。

星星　見直したわ。勇気があるのね。

栓柱はようやく手柄を立てられて、鼻高々である。

栓柱　まかせてくだせえ！

他方、瞎鹿はしゃがれた声で叫んでいる。

瞎鹿　おっかあ、おっかあ！

瞎鹿の母は爆弾の破片で死んでいる。ただし、何が起きたのか分からず、驚き恐れているように目を見開いているままである。

四九、逃散の途上　昼

日本機と中国兵が離れ去った後、難民は山道で残っているものを拾い集める。

気絶した地主さまは目を覚ます。キツネ皮の帽子をとられて、はげ頭が丸見えになって、ふる里で難民に襲われた時にできた傷跡があらわになっている。

栓柱　旦那さま、大丈夫だか？

地主さまは星星に支えられてようやく立ちあがり、まわりを探しまくる。まっ先に帳簿を見つけ、大切にふところにしまう。

地主さま　今じゃ、おら、素寒貧《すかんぴん》で、もう地主さまじゃあねえ。これまでは飢饉から一時しのぎで避難するだけだと思ってたが、おらも同じ逃散になっちまった。でも、これでサッパリしただ。

そして、自分のはげ頭を指さす。

地主さま　寒いな。

地面から掛け時計の重りを拾う。

地主さま　重りがなけりゃ、時計だけとっても、役に立たねえのに。

瞎鹿に近寄り、爆弾で死んだ母親を見て、ため息をつきながら言う。

地主さま　昨日は、アワを、一斗、貸してあげればよかったなぁ。

瞎鹿は死んだ母親を抱きながら、日本軍の爆撃機にも中国軍の兵士にも怒る度胸がなく、女房に八つ当たりする。

瞎鹿　おら、手押し車に母ちゃんを乗せて数百里も逃げてきただ。病気でも、飢えでも死ななかったのに、爆弾で死んじまっただ。何てぇこった。フン、でも、おめえはせいせいしただろう。

花枝　花枝もめすの虎のように反撃して、うっぷん晴らしする。

死んだ方がサッパリするだ。フン、おらだって、爆弾に当たって死んじまいてえ！

地主さま　瞎鹿は天秤棒をつかんで殴ろうとするが、地主さまに止められる。

こんな時に止めろ。夫婦ゲンカするより、早く穴を掘って母親を埋めてやれ。

栓柱　栓柱はハッと気がつく。

おや、爆弾で死んだのに、血が一滴も出てねえぞ。

確かに、おでこに丸い穴があいているが、血が出ていない。そして、その下には、驚き恐れて見開いた目がある。

瞎鹿　瞎鹿は母親のふところからご先祖さまの位牌を取り出し、自分のふところに大切にしまいながら、悲痛な声で言う。

母ちゃんは、半月もしば草しか食ってなかっただ。昨日やっとアワのお粥を飲めたけど、まだ血になってなかっただぁ。

瞎鹿　そして、母親の見開いた目を見ながら、安西満に頼む。

かあちゃんは、死んでも目をつぶらねえ。安ちゃん、おめえ、ちょうどこここにいるから、お袋にミサをしてあげてくれ。信じるか、信じねえか、ともかく、唱えてくれたら、お袋は天国に行けるだ。そしたら、もう飢えやしねえ。

安西満　おまえの二胡は？

睹鹿は手押し車の中を探そうとするが、既に爆弾で吹っ飛ばされ、荷物はバラバラに散らばっている。二胡も破片になってしまっている。

睹鹿　もうねえ。おめえ一人でやるしかねえだ。

安西満はちょっと考える。

安西満　それでは、目の前のことに合わせて、〃マリヤさま、わが母よ〃を歌いましょう。

そして、伴奏なしでミサを始める。

マリヤさま、わが母よ
この世の有り様は変わり果て
あちこち死人があふれても、誰もかまわない
家族はバラバラ、死んでしまう
しかも「日本鬼子《リィベングィズ》」は爆撃する

次々に死に、次々に傷つく
マリヤさま、わが母よ
聖母さまの霊験を早く下さい　みんな死んでしまわないうちに
……

安西満はミサを唱えつつ、手のひらで母親のまぶたをなでる。その目は少しずつ閉じていく。
安西満の目から涙があふれる。

五〇、逃散の途上　昼

瞎鹿の母親を埋葬する。寒さで地面は凍りつき、浅くしか掘れないため、掘り起こした黄土で遺体を埋めるだけである。ごま塩の髪の毛が地面から出ている。
瞎鹿は爆撃でバラバラになった母親の糸繰り車の破片を集め、お墓の前に積みあげ、火をつける。赤々と燃えあがる炎の前で、瞎鹿は拝む。

瞎鹿　母ちゃん、寒いか。向こうでたくさん糸を撚《よ》ってくれ。それで服をつくって暖かくしてくれ。

地主さまは安西満にたずねる。

地主さま　安ちゃん。おめえ、主がおらたちを苦しみの海から連れ出してくれると言ったただろう。もう、みんな苦労しすぎてるだ。いったい主はどうしてるんだ？

安西満は目の前の光景を見ながら、顔をまっ赤にする。

安西満　旦那さん。ぼくは福音をうまく宣べ伝えられない。そう問いつめないでください。

五一、洛陽の郊外にあるカトリックの教会　昼

難民が行列をなして遠くの山道を歩いている。教会の前に、中国人の伝道師とロバがいる。ロバの背には食糧や毛布やまぐさが積まれている。

アメリカ人のトマス・ミーガン神父はホワイト記者に言う。

ミーガン神父　これでも精いっぱい努力しました。ロバも差しあげます。でも、重慶に戻った方がいいでしょう。

ホワイト　重慶を出るとき、飢饉が起きたと聞いていましたが、これほどひどいとは思いもよりませんでした。

ミーガン神父　まだ来たばかりですよ。私たちは慣れてしまいました。毎日毎日、死者

ホワイト　であふれています。死者にはそれほど悩みません。悩むのは、どうしてこうなっているのか分からないからです。被災民が次から次へと倒れていくのに、政府は一向に救済も援助もしているように見えません。

ミーガン神父　ここにはアメリカ人もいれば、イタリア人もいます。アメリカとイタリアはヨーロッパの戦場ではお互いに戦いあっていますが、中国の被災民の前では同じ立場です。私もあなたと同様に理解できません。中国政府の役人たちは口をそろえて戦争のために救援できないと言いますが……。河南北方の戦場はめちゃくちゃで、まもなく日本人のものになるでしょう。あなたが被災地区に入り続けるならば、その結果は二つでしょう。第一は来年度のピュリッツァー賞の受賞。第二は日本人の俘虜。

ホワイト　ぼくはただ真相を知りたいだけなのです。このような状況の背後には、何らかの原因がある。

そして、山道を進む難民の行列をながめる。

ホワイト　被災民たちは黙々と歩いています。中国の委員長（蒋介石）は一体どう考えているのでしょうか？

五二、黄山官邸　昼

国民党中央宣伝部長の張道藩は蔣介石の執務室に入ってくる。蔣介石は机に向かって文書を処理しているが、張道藩を見ると、机の上の「大公報」を指さして言う。

蔣介石　宣伝は君の管轄だ。この河南に関する社説を、よく読んでみたまえ。

張道藩は新聞を手に取り、左側にある、王芸生の書いた社説「重慶を見て、中原を思う」を読みあげる。

昨日、本紙に載せられた「豫災実録」を、もう読者のみなさんはお読みになったことと思う。あのリポートを読めば、どんなに涙腺の固い輩《やから》でも、きっと涙を流したことだろう。河南にひどい災害があり、人民が悲惨な被害に遭遇したことについては、みなさんは、もうご存じだろう。しかし、そのひどさがどの程度なのか、惨状がどの程度なのか、みなさんははっきりとは知るよしもない。あの三千万の同胞が、飢餓地獄に陥ろうとは、誰が知りえただろう。骨が浮き出て、肉の削げ落ちた餓死者。老人を助け、子供の手を引いてのろのろと歩み、逃散する難民。妻子との離散、黒山の人だかり、こん棒での殴り合い。このような状況であっても、必ずしも救済委員会の登録証がもらえるとは限らない。

雑草を食う者は毒にあたって死に、樹皮を噛む者は喉を突き刺す痛みと、腸のよじれる苦しみに耐えられない。妻や娘をロバに乗せて、遠くの人肉市場へ連れて行っても、どれほどの穀物に換えられるか分からない。この世のものとは思えぬこの惨状は、読むに忍びないものがある。

とりわけ耐え難いのは、災害がこのような状況にあるのに、実物税の取り立てが従来通りであることである。役人に捕らえられ、納税を迫られる。飢えた腹で穀物を納め、畑を売って税を納める。かつて、杜甫の「石壕吏」を読み、巻を閉じ、ただ溜め息をついたものだが、思いがけなくも、この詩には今日の真実が見え隠れするのである。

本日の紙面に中央社魯山電が掲載されている。「河南省三十一年度の食糧税の徴収は、厳しい災害のもとにあって極めて順調である」。また「省の農地管理所責任者によると、税の徴収状況は極めて良好、各地の人民はすべて残らず国家に貢献した」。この「すべて残らず」という文字は、実に多くの血と涙の筆によって書かれたものである。

張道藩

張道藩は最後まで読めず、あわてて自己批判する。

私の監督不行き届きでした。昨夜、広西から戻ってきたばかりで……

蒋介石は筆を置いて、たずねる。

蒋介石　王芸生は「大公報」の編集長かね？

張道藩　そうです。

蒋介石は怒りを爆発させる。

蒋介石　王芸生は人心を惑わした。「大公報」を停刊させ、綱紀粛正だ。

張道藩はあわてて言う。

張道藩　王芸生はアメリカ国務省戦時情報局の招聘で、二日後に訪米の予定です。この時期に「大公報」を停刊させると……

蒋介石　この時期に、アメリカへは行かなくてもいい。

張道藩はあわただしく話題を変える。

張道藩　外では河南北方の会戦のことで、あれこれ議論が出ています。政府は河南を放棄し、被災民を見捨てて、日本人に手渡すというのは公然の秘密だと、みな言ってます……

蒋介石　でたらめだ。政府は河南を放棄していない。「中央日報」に誤りを正す社説を掲載させろ。

張道藩は口を半開きにして、何か言おうとするが、できない。そのとき、宋美齢が入ってきて、蒋介石に話す。

宋美齢　ボーイ・スカウト、ガール・スカウトが来て、お会いしたいそうですよ。
　そして、口調を改める。
宋美齢　この子たちは烈士の遺児です。
　蔣介石は怒りを抑える。
蔣介石　烈士の孤児か。会おう、会おう。
　張道藩はひたいの汗を拭きながら、そそくさと同調する。
張道藩　そうです。そうですとも。委員長はスカウトの総裁ですから。
　そして続ける。
張道藩　それでは、これで退室させていただきます。
　張道藩が出ていくと、宋美齢は蔣介石の首にスカウトのネッカチーフを巻きはじめる。すると、陳布雷が入ってくる。
陳布雷　スティルウエルが来ました。
蔣介石　明日という約束だぞ。
陳布雷　どんどん闖入《ちんにゅう》してきたのです。

五三、黄山官邸　昼

スティルウェルは怒りを爆発させる。

スティルウェル　おじゃまして申し訳ない。ビルマから帰ったばかりでお疲れだろうが、これ以上はガマンならない。今、直ちに、軍を改編しなければならない。マンダレー作戦ではめちゃくちゃだった。将軍たちはみな自分の兵力を温存するだけだ。杜聿明《ドウリィミン》と戴安瀾《ダイアンラン》は指揮を拒否した。やつらはわしが長官だってことを忘れている。そして、やつらの後ろには、あなたがいるぞうじゃないか！

蒋介石は子供のネッカチーフを首に巻きながら言う。

蒋介石　スティルウェルさん。そんなことはあり得ません。

スティルウェル　蒋鼎文将軍の軍隊は、河南に進攻する日本軍に対してまともな戦いもせずに、一週間で全防衛戦から退却したそうだな。あなたは暗黙のうちに軍隊を撤退させて、河南を日本人に差し出したという話だぞ。

蒋介石　それは絶対にデマです。蒋鼎文将軍の軍隊は今も有効に抗戦しています。

スティルウェル　連合国が援助する戦略物資の分配では、軍隊の作戦能力を前提としている。そして国家ではなく、個人に忠誠を求める軍閥などには配分できない。あなたは戦後の世界と中国の再編成を考えていると聞いているが、現在、個人の打算や目論見《もくろみ》で戦争をしていては、おれたちはみな日本人の捕虜収容所に入れられて、戦後なんて関係なくなるんだぞ。

蒋介石は頭に来る。

蒋介石　スティルウェル将軍。あなたは誰に対して教えを垂れているか、お分かりですか。私は連合軍の中国戦区の総司令官で、あなたは私の参謀長です。いいですか、あなたは中国の事情を分かっていない！

スティルウェル　これまで何人もそんな理由で言い逃れしたが、中国の事情とはいったい何だ。私は、この状況をルーズベルト大統領に報告する。ルーズベルトもスターリンも、あなたたちの軍隊のやり方には賛成しないだろう。そして、我々の援助物資の戦略的な分配に影響を及ぼすだろう。

蒋介石は激怒して、サッと立ちあがる。

蒋介石　中国への援助物資で私を脅してはならない！　私もルーズヴェルト大統領に報告する。あなたは参謀長の職にふさわしくないと！

そのとき、宋美齢は大変なことになりそうな状況をなだめようと、美しいほほ笑みを見せる。

宋美齢　まあまあ、お二人とも親しいお友だちではありませんか。中国のことを話しだすと、そんなにご立腹になるのですから……

そして、スティルウェルに向かって英語で話す。

宋美齢　将軍。委員長は中国人で、まちがいなく、あなたと同じように中国のことを心配していますわ。

さらに、まだ腹を立てているスティルウェルの手をとる。

宋美齢　外では子供たちがお待ちかねです。スカウトの閲兵式に参りましょう。

五四、黄山官邸　昼

黄山官邸の階段の前、蒋介石、宋美齢、スティルウェルは前列にいて、その後ろには陳布雷たちが並ぶ。

スカウトの制服を着た八、九歳の子供たちが隊列を組み、階段の前を通過する。旗を持つのは痩せて弱々しい少女である。子供たちは元気そうに見せているが、足並みはバラバラである。

宋美齢は蒋介石に言う。

宋美齢　集まったばかりですから、足並みがまだキチンとしていないのです。

しかし、このバラバラな足並みが、蒋介石の心をなごませる。スティルウェルもほほえむ。

蒋介石は中国の戦争という心配事から解放され、優しい口調で言う。

蒋介石　すばらしい。すばらしい。

宋美齢は旗手の少女を呼び寄せ、蒋介石に説明する。

宋美齢　この子は孫放吾《スンファンウゥ》烈士のお嬢さまです。

そして声を低める。

宋美齢　孫将軍は九六師団の副師団長で、先頃、ビルマ戦線で壮烈な戦死を遂げました。

蒋介石は前に進み、少女に語りかける。

蒋介石　あなたのお父さまは偉大な軍人でした。

少女の目に涙があふれ出すが、少女はサッと敬礼する。

蒋介石も感動し、少女に手を下ろさせて、語りかける。

蒋介石　年越しのとき、我が家に来なさい。おじいちゃんがお年玉をあげよう。

そして、子供たち全員に向かって言う。

蒋介石　君たちのお父さまは、みな偉大な軍人です。

五五、開封の駅　昼

日本兵は整然とした隊列で列車に乗っている。遠くに開封寺塔が見える。

ホームは日本兵だらけである。

北支方面軍司令官の岡村寧次大将と軍団司令官である高橋次郎中将がホームを歩きながら言葉を交わしている。

高橋中将　司令長官殿。大本営の命令で、急遽ここからかくも多くの兵力を引き出すということは、河南北方の会戦を全面的に放棄せよということでありますか？

岡村大将　河南では果てしなく赤土が広がっている。至る所に難民と死人がいる。ウム、だが、それは進攻を放棄する理由にはならない。帝国は太平洋方面の戦争に備えねばならない。蒋介石は河南をお荷物だと置き去りにして、我々に押しつけた。しかし、我が軍はそれを逆手に取り、進攻を停止し、ここから兵力を抽出するわけだ。

高橋中将　なるほど。明日から開始します。空軍に爆撃の停止を命令します。

岡村寧次は頭を横にふる。

岡村大将　いや。地上の進攻は停止するが、空軍の爆撃は止めない。そうだ。引き続き行い、重慶に我々の意図を分からせないようにする。

高橋中将　引き続きやるとしても、瀕死の難民を相手にぐずぐずしてはなりません。戦争における利という点から言えば、重慶のように、足手まといなど切り捨てた方が得策です。

岡村大将　最初は私もそう思ったが、その後、山田参謀総長から教えられた。その国の民衆を引き寄せれば、その国も引き寄せることができる。

汽笛が長く鳴り響く。日本兵を満載した列車が出発する。列車の煙が駅にたちこめる。

五六、逃散の途上　夕方

ホワイトはロバに乗り、難民たちとは逆に東に進む。

山道の曲がり角を越えると、土まんじゅうが乱雑に広がる光景を目にする。

野犬が土まんじゅうから死体を引きずり出して食べている。

ホワイトはロバから降りて、一九四二年製のライカのカメラを取り出し、この現実に向けてシャッターを押す。

五七、逃散の途上　夕方

花枝、星星、地主さまの女房たちは道ばたで雑草を取っている。

地主さま、栓柱、瞎鹿は道ばたの木の皮をはいでいる。

沿道の木々は、難民たちが皮をはぎ取ってしまったためツルツルである。

瞎鹿は木に手をかけ、留保を肩にのせ、上の方に残っている木の皮を鎌ではがせている。

五八、逃散の途上　夜

数十里も続く山道で、難民たちは地面を掘ってかまどを作り、食べ物を作る。
地主さまはすっかり難民になりきって、瞎鹿一家と同じ雑草や木の皮を煮ている。女房は、地主さま、身重の嫁、星星、栓柱にそのスープを盛りつけている。地主さま一家は、もう人目を気にせず、瞎鹿一家といっしょに食べている。
地主さまはお椀を持ちながら感無量にため息をつく。

地主さま　長く生きると、ろくなことはねえ。しば草を食うなんて夢にも思わなかった。毎日これを食ってるから、からだがしびれてきた。

そして、口を開けて、瞎鹿に聞く。

地主さま　おらの口を嗅いでみろ。どんな臭いがする。

瞎鹿　しなくても分かるだ。苦え臭いだ。

地主さまは、突如、頭に来る。

地主さま　昔は餃子と中華饅《まん》の臭いだったんだ！

ホワイトがロバを引いて難民のそばを通りかかる。後ろからボロを来た難民の子供たちが付いている。その中には留保と鈴鐺がいる。ホワイトが一人ずつビスケットをあげると、子供たちはサッと呑みこむ。大人たちも、恥や外聞などおかまいなしに、手を差しのばす。ビスケットはアッという間になくなるが、難民たちは収まらず混乱が起きる。ホワイトは慌てて足を速め、難民の群から逃れようとするが、必死に追いかける難民たちに取り囲まれる。危険を感じたホワイトはピストルを取り出し、空に向けてズドンと撃つ。難民たちはワッと逃げ出す。

五九、逃散の途上　夜

ホワイトは難民から逃れて、小高い丘の裏に行き、ロバから丸めた毛布、残った食糧、飼い葉をおろし、難民と同じように野宿の準備をする。風をよけられるところに毛布を敷き、ロバに飼い葉をやり、皮の帽子の耳おおいをおろし、毛布にくるまり、ビスケットを一枚一枚と口に入れる。そして星空を見あげると、心に強い思いがこみ上げてくる。

六〇、逃散の途上　深夜

蜿蜒と続く山道に難民が眠っている。

瞎鹿一家は廃墟となった芝居小屋の舞台裏で寝ている。夜風が寒い。花枝は留保を抱き、瞎鹿は鈴铛を抱いて眠る。

手が伸びてきて、ぐっすり寝ている瞎鹿をたたく。瞎鹿は目を覚まし、栓柱だと気がつく。

瞎鹿は不機嫌に言う。

瞎鹿　何だぁ？

栓柱　旦那さまがお呼びだど。

瞎鹿　何だってんだぁ？

栓柱は瞎鹿の耳もとでささやく。瞎鹿は少し身震《ぶる》いして、ちょっと考える。そして、鈴铛を地面におろし、身を起こす。鈴铛は目を覚ます。

鈴铛　父ちゃん、どうしたの？

瞎鹿　待ってるだ。父ちゃんが食いもんを持ってきてやるから。

六一、逃散の途上　深夜

丘の裏手、連日の疲労が積み重なり、ホワイトは熟睡している。カメラを首にかけ、ピストルを枕の下に置き、わずかに残った食糧も枕の下に押し込んでいる。ロバは草をくわえながらそばに横たわっている。

夜陰に乗じて、地主さま、栓柱、瞎鹿がこっそりと丘の裏手に忍びよる。地主さまは、数カ月前に自分が難民にやられたように、今度はホワイトから掠奪しようとたくらんでいる。

瞎鹿はひそひそ声でいう。

瞎鹿　やつのを取っちまうだか？

地主さま　まず、このロバだ。

旦那さまはロバを指さす。

瞎鹿　やつが目を覚ましたら？

地主さま　やっちまえ。

栓柱は少し怖じ気づく。

栓柱　やつにはピストルがあるだ。

地主さまは栓柱を睨みつける。

地主さま　こっちだって銃があったんだ。それなのに、おめえのドジで、なくなっちまっただ。

栓柱は気合いを入れ、そっとはい上がり、ホワイトに近づき、まずピストルを探す。細心の注意を払い、少しずつ枕の下から引きずり出す。それに続いて瞎鹿もはい上がり、こっそりとロバを盗み出す。

栓柱はホワイトがぐっすり眠りこんでいるのを見て、枕の下からそっと食べ物を引き出す。また少し考えてから、気を引き締めて、ふところから牛刀を取り出し、ホワイトの首に近づけ、カメラのひもを切って、盗む。

六二、逃散の途上　深夜

三人はロバを連れて丘の前に着く。

瞎鹿　ロバを盗めたけんど、どこで売るんだ?

地主さま　もう七日間もまともなもんを食ってねえ。誰もいねえところへ行って、サッサと屠《ほふ》って、煮て、食っちまおう!

六三、逃散の途上　深夜

山のくぼ地で、瞎鹿はロバの頭を抱えている。栓柱はふところから牛刀を取り出し、ロバの首に突き刺す。しかし、急所をはずしたため、ロバは死なず、激痛のためヒヒーンと鳴いて、蹴飛《けと》ばし、首を血だらけにしながら暗闇の中に逃げ去る。

地主さまは地団駄を踏む。

地主さま　ヒモでぐっと絞め殺せばよかっただ。何で牛刀で突き刺しただアー!?

ロバのいななきで、ホワイトは目を覚まし、声のする方に向かって追いかける。すると栓柱を見つけ、彼が自分のものを身につけているので、パッと飛びかかって倒す。二人は上になったり下になったりと取っ組みあうが、やはり、ホワイトの方が数日も食っていない栓柱より体力があり、次第に圧倒する。栓柱は追いつめられ、無我夢中で牛刀をつかみホワイトを刺そうとするが、ホワイトはひじでたたき落とす。すると栓柱はカメラを拾い、ホワイトの頭に向けて振りあげるが、ホワイトはあわてて後退する。

ホワイト　ビスケットもロバもやるから、カメラを返せ。それは食えない。

栓柱も、瞎鹿もポカンとする。

地主さまはまた地団駄を踏む。

地主さま　ポカンとしてるな！　ロバを追いかけろ。

六四、逃散の途上　深夜

栓柱と瞎鹿はロバを追いかけていき、地主さまとホワイトは山の斜面に坐っている。ホワイトはよれよれのタバコを一本取り出し、地主さまに差し出す。

地主さまはブルブルふるえながら、一口吸う。

地主さま　一カ月も吸ってねえ。タバコでもすきっ腹《ぱら》の足しになるなんて思っても見なかったわい。

ホワイトも、ようやく恐怖を感じるようになる。

ホワイト　もう少しで殺されるところだった。ぼくをひどい目にあわせるのは、戦争でも、日本人でもなくて、被災民だなんて思っても見なかったよ。

地主さま　おらぁ泣きわめきたい。おらの範家は先祖代々、盗みなどしたことなんてねえ。

そして、ホワイトにたずねる。

地主さま　おらが逃げるのは運命だが、おめえは外国人だろう。何でこんなところに来たんだ？

ホワイト　真相を知って、あなたたちの政府に報告するためだよ。

地主さまはスクッと立ちあがる。

地主さま　おらたちのためにいいことをしてくれるのか。それならロバは殺さねえ。ロバは、捕まえてきたら、返すよ。

六五、逃散の途上　深夜

栓柱と瞎鹿はロバを探している。しかし、まっ暗やみでロバがどこに逃げたのか分からない。分かれ道に突きあたり、二人は思案する。

栓柱　おめえは東へ行け。おらは西だ。

六六、逃散の途上　夜明け

夜が明けはじめる。瞎鹿は逃げたロバを見つける。しかし、傷ついたロバは山の裏手にいた別の難民たちに捕まえられていた。日本軍の爆撃で破壊されたトラックのかたわらで、難民たちはロバを殺し、大きな肉のかたまりを廃棄された行軍用の鍋で煮こんでいる。ロバの頭と血まみれの皮がそばに投げすてられている。鍋のなかはぐつぐつと泡立っている。

瞎鹿はうまそうな匂いに引き寄せられ、鍋の肉を指さしていう。

瞎鹿　おらのロバだ。

まぶたが傷あとで引きつれている難民が言い返す。

傷あとのある難民　ウソつけ。てめえも難民だろ。ロバさ、持ってるぐれえなら、腹ぺこで目玉がへこんでたりしねえ。

瞎鹿　おらが取っただ。

別の難民　てめえが取れたんだから、おらだって取れる。

言い争いになり、瞎鹿はエイヤッとばかりに手を伸ばし、鍋から大きな肉をつかみ取る。

熱くてやけどしたが、しっかりと胸に抱える。これで難民たちはカッと殺気立ち、まぶたが引きつれた難民は、エイッと棒を振りかぶり、ガツンと瞎鹿の頭に打ちおろす。瞎鹿は肉の鍋にバタリと倒れる。

殺人だ。

難民たちはポカンとしている。

六七、洛陽郊外のカトリック教会　夜

三日月が西の夜空に傾いている。

誰かが教会のドアをたたく。

会堂のなかは静まりかえって、誰も答えない。

繰り返し繰り返しドアをたたき続ける音がする。

会堂のなかで明かりがつく。トーマス・ミーガン神父の声がひびく。

ミーガン神父　どなたですか？

ドアをたたく人

安西満　神父さま。私です。安西満です。

六八、教会の食堂　夜

テーブルにあり合わせのおかずと数個のマントーがある。安西満はぱくぱくとたいらげる。

ミーガン神父は興奮した口調で語る。

ミーガン神父　安よ。あなたは主の期待に背かず、逃散する被災民に福音を宣べ伝えました。主のみ業《わざ》は必ずやあなたを光り輝かせます。

安西満は食べながらいう。

安西満　神父さま。私は脱走兵です。私は敗残兵のトラックに乗って、ここまで逃げてきたのです。

ミーガン神父は少しポカンとするが、すぐに理解する。

ミーガン神父　それではしばらくここで休みなさい。路上で飢え死にしては、福音を広げることはできないから。

六九、教会の居室　夜

安西満の顔には凍傷がある。ミーガン神父はそこに軟こうを塗っている。

安西満　神父さま。私がここに来たのは、一つおたずねしたいことがあるからです。
ここで起きたこと全てを、主はご存じなのでしょうか。
ミーガン神父はうなずく。
安西満　ご存じなのに、どうして何もなさらないのでしょうか？
ミーガン神父は口を開けようとしたが、言葉に詰まる。
また安西満はたずねる。
安西満　この世に起きたこと全ては、主のみ旨《むね》なのでしょうか？
ミーガン神父はまたうなずく。
安西満　そうであれば、この地で起きたこと全ても主のみ旨なのでしょうか？　もし主のみ旨なら、主のお考えは何でしょうか？　この地の庶民はみな誠実です。どうして飢饉や戦争で死ななければならないのでしょうか？
ミーガン神父　それは主のみ旨ではありません。サタンのしわざです。
安西満　なぜ主はサタンに打ち勝たないのでしょうか？　サタンに勝たない主を信じても、役に立たないでしょう。
次々に発せられる質問にハラハラしながら、ミーガン神父は緊張する。
安西満は泣き崩れる。
安西満　大事なときなのに、主が見えないのです。難民が私の命を救ってくれたのです。

ミーガン神父　安よ。あなたは疲れている。

そして声を低めていう。

ミーガン神父　神を疑ってはいけません。

安西満はミーガン神父の胸にすがりつく。

安西満　神父さま。サタンが私のからだに入り込んだような感じです。

ミーガン神父はため息をつく。

ミーガン神父　主を待ち望みましょう。あなたのために祈ります。

七〇、逃散の途上　朝

新しい一日が始まる。難民たちは野宿を切りあげ、荷物を手押し車や天秤棒にまとめて、再び歩きはじめる。

しかし、地主さま一家と花枝一家は途方に暮れている。

栓柱　もう三日目だ。これ以上は待てねえ。手遅れになるどころか、待ち続けたまま飢え死にしちまうだ。

花枝は聞かない。

花枝　うちの人はどこに行ったのよ。

地主さま　山のこっちもあっちも探したけれど、人影さえ見えねえだ。

花枝に向かっていう。

地主さま　花枝よ。旦那さまの話を聞きたくないだろうが、今は逃散の途中だから……。

花枝

花枝は突然爆発し、飛びあがって地主さまに食ってかかる。

あの日、あんたら、ロバを盗もうと誘ったろう。ロバは盗めねえで、うちの人がいなくなった。あんたら、賠償しろ。

地主さま

地主さまは手で手をたたく（中国の庶民が悔しいときにする動作）。

こんなことになっちまうなんて……あの日、外国人から盗まなきゃよかっただ。

ため息をつく。

地主さま　でも、行方《ゆくえ》が分からねえで、どうやって賠償するだ？

また、ため息をつく。

地主さま　おらの土地にいれば、三十ムー（一ムーは六・六六七アール）で賠償してもいいだ。ところが、今じゃにっちもさっちも行かねえ。おらも飢え死に寸前だ。

栓柱は冷淡な目つきでいう。

栓柱　逃散の道のりじゃ、毎日毎日、人が死んでいく。別に珍しいことでもねえだ。
花枝　他の人は死んでも死体が見える。うちの人は、生身だろうが、死体だろうが、何も見えねえ。あんたら、絶対に見捨てるなぁ。
　そして、ペタンと地面にしゃがみ込み、大声で泣きだす。
花枝　あんたアー。どこで死んだんだよオー。父《てて》なし子や、やもめは、人にいじめられるよオー。
　留保と鈴铛も泣きはじめる。
　地主さまは歯をシーハ、シーハさせるだけで、なすすべもない。

七一、重慶の大通り　昼

　でこぼこした山あいにある重慶に色とりどりの旗が風に翻《ひるがえ》っている。大通りの両側にはアメリカの国旗と中国の国旗を手にした民衆がひしめきあっている。がやがやとした喧噪が静まりかえり、国民党中央宣伝部の中年の局長が話を始める。
中年の局長　すべて私の合図に従うこと。スローガンを叫ぶのは、早すぎてもダメ、遅すぎてもダメ。ご来賓の自動車の車列がここから一五〇メートル先まで来たら、いっせいに叫ぶように。よく分かったか？

みなは山を震わせるばかりに大声で答える。

民衆　分かりました！

中年の局長　リハーサルをする。各単位（勤務先や所属する機関、団体など）、各学校、各工場、各商工会はよく練習したか？　気を引き締めて、車列が来て、一五〇メートルの距離になったら（手を頭上からサッと振り下ろす）叫べ！

民衆は一斉に大声を張りあげる。

民衆　ウ、ウェルカムゥ〜！

いろいろなところからかき集めた民衆は玉石混淆で、やはり声がそろわない。学校のチームはよくできたが、小商人《こあきんど》は英語に慣れていなく、発音はあいまいで、語気は弱くて、違う言葉に聞こえるほどであった。厳しい寒さの冬空の下で、中年の局長は急に頭から汗を噴き出し、眉にしわを寄せて、重慶市政府の若い職員を叱りつける。

中年の局長　全然ダメだ！　おまえら市政府はどう組織したんだ！

若い職員はしょんぼりする。

若い職員　では、外国語ではなくて、「ようこそ、ようこそ」としてはいかがでしょうか。

中年の局長は腹を立てる。

中年の局長　これは言葉の問題じゃない。外交上の重大問題だ。

七二、アメリカ大使館　昼

ホワイトはあわただしく大使館に駆けこもうとするが、スタッフに止められる。

スタッフ　申し訳ありません。大使は今お時間がありません。

二階からガウス大使が降りてくるのを見て、ホワイトは叫ぶ。

ホワイト　ガウス大使、重要で緊急なのだ。

ガウス大使　私のも重要で緊急だ。空港まで行き、大統領の特使を出迎えねばならない。

ホワイト　五分だけでいい。

七三、アメリカ大使館の前　昼

ジム（ソ連製の自動車）のドアをガウス大使は開けながら言う。

ガウス　君の言うことは、まるでアラビアンナイトのように聞こえる。

ホワイト　もし、たまたま中国軍の通信兵に出会わなかったら、とっくに被災民のなかで餓死していたよ！

ガウス　それを『タイム』で発表したらいい。絶対にビッグ・ニュースだ。

ホワイト　中国の高官に会いたい。仲介していただきたい。彼らは実状を全く知らないのだ。

大使は肩をすくめる。

ガウス　これは中国の内政問題になる。

ホワイト　神はどのようにされるか考えよう。

大使は車にすべり込みながらホワイトを見つめる。

ガウス　君が河南で命を落とす寸前だったことを考えたらいい。

七四、江北空港　昼

赤い絨毯が飛行機のタラップから敷かれている。

絨毯の前には、中国政府の高官が並び、先頭には外交部長の宋子文と国民党中央宣伝部長の張道藩が立っている。

その背後には大勢の群衆が手に手にアメリカや中国の国旗を持ってひかえている。

張道藩　江水空港に着陸するはずだったが、どうして急に江北空港に変えたのでしょうか？

宋子文　河川の水位が上がっていて、委員長は安全を考慮されたのです。

張道藩は背後で歓迎するのに待ちくたびれた大群衆を見ながら言う。

張道藩　大統領の特使くらいで、三十万人も動員するなど、外交儀礼としても、やりすぎではないでしょうか。

宋子文　この方は普通の特使ではありません。民主党の次期大統領候補者です。もしかしたら、二年後にはアメリカの大統領になります！

そして声を低める。

宋子文　委員長の深謀遠慮です。

ガウス大使の車が大急ぎで空港に入ってくる。

七五、江北空港　昼

アメリカ大統領特使、ウェンデル・ウィルキーの専用機が赤い絨毯の前に着く。

ウィルキーは満面に笑みをたたえて降りてくる。

空港は歓呼の声であふれる。

宋子文はウィルキーと握手しながら英語で挨拶をかわす。

宋子文　蒋介石委員長は今、宜昌の前戦の視察中で、三日後に戻られます。特使のお出迎えは、私と張部長に任せられています。

ウィルキー　宋部長、この前、ニューヨークで、私に鳳凰の足をごちそうしてくれるとおっしゃいましたが、果たしてどうでしょうか。どのようにして鳳凰を捕まえるのですか？

宋子文　中国人は根っからの客好きな民族です。今晩のパーティでお分かりになるでしょう。

張道藩たちはドッと笑う。

一行は向きを変えて車列の方に歩きはじめる。そのとき、ガウス大使が一歩進み出て、小声で宋子文に言う。

ガウス　宋部長、一分だけお耳を拝借したいのですが。

宋子文は立ち止まる。

ガウス　ホワイトが河南から戻りました。河南の実状を貴国政府にご報告したいとのことです……

七六、逃散の途上　昼

地主さま一家と栓柱は、花枝と二人の子供を連れて、逃散する難民と逆方向に動きはじめる。地主さまは逃散に心の底から絶望し、敵が占領していようが、ふる里に帰ることにしたのである。

戦区巡回法廷の老馬は二人の手下を連れて難民の行列のそばを通り過ぎる。馬車は敗残兵に奪われてない。三人はぼろぼろの服に小銃を背負い、顔つきは難民と同じになっている。

老馬は、逆方向に歩く地主さまを見つけてビックリする。

老馬　どういうつもりだ？　逆戻りするなんて！

地主さまは身重の嫁を指さす。

地主さま　老馬よ。しば草さえ食いつくしちまった。それなのに嫁はもうすぐ出産だ。

また花枝を指さす。

地主さま　あいつの亭主は行方知れずになっちまった。老いぼれやチビばかりで、もう逃散なんてできねえ。家に帰るしかねえ。

老馬　戦争に負けたんだ。そんなところに帰れば亡国の徒になっちまうぞ。

地主さま　亡国の徒になっても、飢え死にするよりましだ。おら、日本人なんか怖くねえ。

老馬　日本人が怖くねえだと。よく言うぜ。延津は日本軍の爆撃で何も残っちゃいねえ。帰っても飢え死にするだけだ。

延津が焼け野原になり、帰ってもムダだと聞いて、地主さまはヘナヘナと地面に坐り込み、胸をたたいて嘆き悲しむ。

地主さま　もうおしまいだぁ！

老馬　おらだっておしまいだぁ。お抱えの炊事夫でいりゃよかっただ。ところが、クソ食らえの廷長にさせられて、このザマだ。主席さまにお食事を作っていれば、食いっぱぐれることなんてなかっただ。

栓柱はふる里が焼け野原になったと聞いて、歯ぎしりしながら低い声でつぶやく。

栓柱　クソッタレが！　おらもおしまいだぁ。おら、ふる里に宝物さ、埋めといたのに！

また、星星をギラつかせた目つきで見つめて、歯ぎしりする。

栓柱　これからもっと前に進んで、何もかもなくなっちまうなんて、まっぴらゴメンだぜ。

地主さま　あの老白《ラオバイ》（ホワイト）っていう、外国人の野郎は詐欺師だ。重慶に戻ったら助けてやると言ったくせに、おらたちのことなど忘れちまったんだぁ。

七七、重慶　宋慶齢の官邸　昼

官邸の中の閑静で清潔な庭園。木もれ日が花壇や魚の泳ぐ池を照らしている。宋慶齢は籐の椅子に座り、『タイム』誌のホワイトを接見している。召使いがコーヒーを持ってくる。

宋慶齢　ホワイトさん、于右任《ユウヨウレン》院長のお手紙を拝見しました。ところで、あなたは

ホワイト　どうやって于院長にお会いできたのですか？宋夫人、まさに河南の災害の状況は深刻です。確かです。私はこの実状を政府に報告したいのです。ところが、こんなに難しくなるなんて思ってもみませんでした。河南に行く前は、政府の役人に会うのは簡単でした。ところが、帰って来たら、まるで疫病神のようになってしまいました。宋子文部長にも、張道藩部長にも会えません。ガウス大使が頼んでもだめです。そのため、アメリカ軍の連絡官を通して、軍事委員会の商震《シャンチェン》将軍に面会できましたが、将軍は私の報告を信じませんでした。また、アメリカ大使館のサーヴィス（外交官）を通して、四川省政府の主席に会いましたが、主席は河南は管轄外だと言いました。四川省主席を通して、立法院の孫科《スンク》院長に会いましたが、院長は私の話を聞いた後に、蒋介石委員長が口を開かないかぎり、中国の大地では何も起きないと言いました。最後に、私は監察院の于右任院長をたずね、あなたを紹介していただき、あなたの影響力で蒋介石委員長に会うようにしたらいいと言われました。ほんとに、宋夫人、この数日間、私はハエみたいに飛び回っていたようです！

ホワイトは話し疲れ、宋慶齢はほほえむ。

宋慶齢　蒋委員長は宜昌の前戦から帰ったばかりです。長時間の軍事視察で、とてもお疲れのようです。それに重慶では、既に貴国の大統領特使がお待ちかねです。でも、お電話をかけてみます。

ホワイト　ありがとうございます。どれくらいお時間がかかるでしょうか？

宋慶齢　五日か、十日か、もしかしたら会えないかもしれません。

ホワイトは焦る。

ホワイト　宋夫人、河南では日増しに人が死んでいくのです。老範《ラオファン》という友人がいますが、おそらく彼も持ちこたえられないでしょう。

宋慶齢は優雅に指をくちびるにあてる。

宋慶齢　耐えることですわ。それがとても大切です。

ホワイトはもう自棄《やけ》になる。

ホワイト　実を言えば、これは私には無関係なのです。十日お待ちします。十日後はアメリカに帰国します。

宋慶齢　そうしたら、河南の旅がむだになりますわよ。

七八、逃散の途上　夜

名月が夜空にぽっかりと浮かんでいる。その下で難民は野宿している。

栓柱は星星を窰洞《ヤオトン》まで連れ出し、ホワイトから奪ったビスケットをふところから取り出す。

栓柱　食いてえか？

星星はビスケットを見て、飢え渇いた眼をぎらぎらさせながら、うなづく。栓柱が渡すと、星星は狼のようにつかみ取って食べる。

栓柱　もっと食いてえか？

星星はまたうなづく。

栓柱　あの男子生徒の写真をくれ

星星は何も考えず学生カバンから写真を取り出し、栓柱に渡す。栓柱は写真を口に入れて、ちょっと噛み、プッと吐き出す。

栓柱　フン、食えやしねえ。

そして、自分の顔を指さす。

栓柱　キスさ、してけれ。

星星はためらうが、口づけする。栓柱は勢いに乗って星星を抱きしめ、服を脱がせようとする。

星星　待って。飢饉が終わってから。

栓柱　もう待てねえ。

星星は怒り、手を挙げてビンタを食らわして、逃げる。

七九、窑洞　夜

栓柱と星星のやりとりを、こっそりと後をつけてきた花枝は見ている。星星が逃げ去ると、花枝は窑洞に入る。

花枝　うまくやれたかよぉ！　教えてやらぁ。墨汁を飲めば、飼い馴らせねえ狼になるってもんだ（墨で勉強をすると、女性は男性の言いなりにならなくなるという喩え）

栓柱はちょっと恥ずかしそうに目をしばたたかせ、顔をそむけて出ていこうとするが、花枝に捕まえられ、壁に押しつけられる。

花枝　ビスケットさ、くれ。おらが寝てやる。

花枝は自分から服を脱ぎはじめるが、栓柱は尻ごみする。

栓柱　ねえ。もうねえだ。

栓柱は必死にもがいて逃げようとする。

花枝は狂ったように栓柱のからだを探しまわりながら、怒りを爆発させる。

花枝　よこせ！　てめえと地主さまがうちの人を殺しただ。賠償しろ。

二人は取っ組みあってゴロゴロ転げまわる。ついに花枝は最後の二枚のビスケットを探し出す。

花枝　一人の命の値段が、たった二枚のビスケットだなんて……。

花枝は出ていく。栓柱は壁に寄りかかりながらズルズルと崩れ落ちる。悔しくて自分の頬をはたく。

栓柱　おら、クソったれのクズだ。もうすぐ飢え死にするってのに、何を考えてるだ！

八〇、逃散の途上、黄河のほとり　昼

逃散の行列は黄河のほとりに着く。

数枚のボロボロの衣服でこしらえた目隠しの中で、若旦那の嫁が出産している。

目隠しの奥から陣痛のうめき声が長く、短く続いているが、体力が不足しているので、弱々しい。

地主さまの女房と花枝が目隠しの中で助けている。奥から花枝の声が聞こえてくる。

花枝　力さ、入れるだ。力を。ほーら、頭が出て来た。

若旦那の嫁　もう死ぬ。力なんて出ない。もうダメ。

地主さまは杖をつきながら、外でやきもきしている。

地主さま　お天道《てんと》さま。おらの範家は代々男の家系ですだ。おらにタネ（跡取り）を授けてくだせえ。

星星は鍋でお湯を沸かしている。そばには骨と皮だけに痩せこけた猫がいる。飢えてまぶたが垂れさがり元気がない。

「オギャー」と、ボロボロの目隠しの中から赤ちゃんの泣き声がする。生まれたのだ。地主さまの女房は両手を血だらけにしてお湯をとりに出てくる。地主さまは息せき切って見る。

地主さまの女房　男の子だ。月足らずだが、生きてる。

地主さまはホッと一息つく。

地主さま　ご先祖さまが守ってくださっただ。そうだ。父親は死んだけど、きっとこの子は生まれ変わりだ。

花枝が目隠しから出てくる。

花枝　早く名前をつけてやるだ。名前で呼んでやりゃ、この子だって生きやすい。

地主さま　縁起のいいのにしよう。留成《リュウチエン》がいい。留成、そう留成だ。こんなことになってなけりゃ若旦那のはずだ。でも、今は逃散の身の上だなぁ……

目隠しの奥から嫁の苦しげなうめき声がする。

若旦那の嫁　その子を絞め殺してぇ。逃散で、お乳なんて出やしない。育てられないからぁ……

赤ちゃんは泣きやむ。

地主さまはあわてる。

地主さま　そんな、絞め殺すだなんて。洛陽に着くまで待つだ。そこまで行けば、おらの着ている毛皮の上着を売り払って、温《あった》けえスープを作ってやるから。

若旦那の嫁　今すぐスープを……もうすぐ死ぬから……

八一、逃散の途上　昼

「フギャーッ」と痛ましい悲鳴がする。栓柱が牛刀で星星の猫を殺したのだ。ガリガリに痩せこけた猫から血がドクドク出ている。

地主さま　子供が生まれたので、猫のスープを飲むしかねえ。

星星に向かって言う。

地主さま　星星ちゃん、悪いことをした。ずっと一緒に連れて来たのに、とうとう殺してしまったぁ。

ところが、この悲惨な有り様を見ても、星星は少しも心を痛めていない。学生カバンの中から本を取り出し、一枚一枚破いては火の中に入れて、思いもよらないことを言う。

星星　お父ちゃん。私も猫のスープ、飲みたい。

八二、重慶、国防委員会の廊下　昼

ホワイトは陳布雷の案内で蒋介石の執務室に向かっている。

陳布雷　委員長は貴国の特使を見送るためにまもなく空港に出発しますので、時間は十五分だけです。

ホワイトは緊張しながらうなずく。

二人は迷宮のように曲がりくねっている長い廊下を通り抜ける。

八三、蒋介石の執務室　昼

蒋介石はとても大きなデスクで文書に目を通し、処理している。機密秘書が説明しながら報告書を提出する。

機密秘書　これは我々が入手した、スティルウェルのルーズヴェルト大統領への報告です。河南北方の作戦の責任を追及するように求めています。何応欽部長は、ルーズヴェルトが目にする前に蒋鼎文司令長官を免職することを提案しています。

蒋介石は何も言わない。

八四、国防委員会の廊下　昼

曲がりくねる廊下を過ぎ、陳布雷とホワイトは蒋介石の執務室の前に着く。ドアの両側には中山服（孫中山（孫文）が日本の学生服からヒントを得てデザインさせたと伝えられる）を着た警護が二人いる。彼らは陳布雷にゆっくりとうなづき、無言でドアを開ける。

八五、蒋介石の執務室　昼

陳布雷とホワイトが入ってくるのを見て、機密秘書は退室する。蒋介石は立ちあがり、手を伸ばしてホワイトと握手する。

蒋介石　ホワイトさん、あなたのことは聞いています。

ホワイトは感激してうなずき、そばの椅子に腰かける。

ホワイト　尊敬する委員長、私が報告したいことは、河南の三千万人が食べるという問題に直面しているということです。逃散する難民は毎日餓死しています。

蔣介石は何も言わない。

ホワイトは続ける。

ホワイト 明らかに、貴国政府はこの状況を知っていません。何故なら、貴国政府は難民に何も支援をしていないからです。一部の役人は、そこが戦場だからだと説明しましたが、私の見る限りですが、日本人はまだ河南への侵攻を始めていません。

蔣介石は立ちあがり、行ったり来たりする。

蔣介石 ホワイトさん、私も被災地に調査員を派遣したが、私が受けた報告は、あなたのとは異なります。河南に災害はあるかもしれないが、それほど深刻ではないはずです。

ホワイトはいらだつ。

ホワイト 委員長、私は被災地では人が人を喰うという状況さえあるということを聞きました。

蔣介石はからだをふるわせる。

蔣介石 セオドア・ホワイト君、人喰いなど中国では絶対にありえない！

ホワイトは反論する。

ホワイト　私は、この目で犬が路上で人々を喰らうのを見たのです！

蒋介石　そんなことはありえない！

ホワイトは皮のカバンからぶ厚い写真の束をサッと取り出し、蒋介石の目の前に並べる。そこには様々な被災民の表情や行動、逃散の状況、鍋で煮られている食べ物が写されている。さらに、数匹の野犬が土まんじゅうから引きずり出した死体に群がっているのがはっきりと写されているのもある。夕陽が野犬を照らしている。

蒋介石は顔面をヒクヒクと引きつらせ、両膝を小刻みにふるわせはじめる。一介の外国人記者によって窮地に陥らされたのだ。しかし、戦略をめぐらし、すぐさま態度を百八十度大転換させる。

蒋介石　ホワイトさん、あなたは我が政府の派遣したいかなる調査員よりも優れていることが確かに分かりました。このような状況だとは知りませんでした。河南の災害がこのように重大であるとすれば、たとえ戦時で救援が困難であろうとも、政府は断じて傍観してはなりません。

陳布雷に向かって指示する。

蒋介石　明日、特別に救援対策会議を開くように手配せよ。

陳布雷は記録しながら「ハッ」と答える。

蒋介石はホワイトに向かって言う。

蒋介石　この他に、詳細な報告を提供してください。また、被災状況のごまかしや無能な役人の名前を、陳布雷に提供してください。政府は厳正に処罰します。

そしてホワイトと握手して、送り出す。

八六、蒋介石の執務室

蒋介石は椅子にもたれて、しばらく口を開かない。

陳布雷　外国人の独りよがりのお節介です。

蒋介石は窓に近づき、ため息をつく。

蒋介石　彼らはただ何をやるべきかを知ってるだけで、我々には何ができないかなど知らないのだ。

ちょうどその時、窓の外で空襲警報が鳴り響き、警護たちがドッと入ってくる。

警護のトップ　日本機が襲来。委員長は防空壕に避難を。

蒋介石は動かない。

蒋介石　彼らは日本人ほど賢くない。日本人は中国を見抜いたからこそ、このような勢いで攻撃してくるのだ。

八七、重慶の大通り　昼

日本軍爆撃隊がイナゴの大群のように重慶上空に飛来する。
次々に爆弾が投下される。
重慶はたちまち火の海になる。

八八、重慶の大通り　昼

河の両岸は爆撃によって瓦礫の山となっている。廃墟の中には炎が見え、煙があがっている。

ボーイ・スカウト、ガール・スカウトの鼓笛隊が、遠くからドラムをたたき、トランペットを吹き鳴らして近づいてくる。隊列は整然として、かけ声は明瞭になっている。先頭で率いるのは、あの弱々しかった少女、孫放吾烈士の娘である。今や彼女は厳かで凛々しくなっている。

大通りの両側では、相変わらず人の山、人の海である。アメリカの国旗や中国の国旗を振りあげながら、「歓送、歓送、熱烈歓送!」と大声で叫んでいる。

スカウトの隊列の後から長い車列が続いている。まず憲兵の先導車で、次はウィルキー・

アメリカ大統領特使の車が続いている。ウィルキーは煙がたちこめる廃墟の中の民衆を見て心を打たれ、からだを伸ばし、手を振る。その後に蒋介石の車、外交部長など高官の車が続いている。

八九、蒋介石の車内　昼

陳布雷が蒋介石に最新の情報を報告している。

陳布雷　状況は予測よりも厄介になっています。駐米大使館から電報が届きました。『タイム』誌はホワイトの書いた河南被災地区の記事を掲載しました。

蒋介石は驚く。

蒋介石　張道藩に聞け。その記事はどうやって外に持ち出せたのだ。

陳布雷　私は既に張部長に電話しました。中央宣伝部の検閲部門はこの原稿には接していません。彼らの調査によれば、ホワイトは洛陽の商業無線を通してニューヨークに送ったのです。

蒋介石は怒る。

蒋介石　どの電報局か探し出し、局長の首を切れ！

陳布雷　我が国に入ってくる『タイム』誌は全て没収しますか？

蔣介石は窓の外を見ながら聞く。

蔣介石　日本について、陳立夫《チエンリィフウ》（国民党の特務機関のＣＣ団の指導者）は何と言っている？

陳布雷　軍の情報では、日本軍は目下のところ河南へは進攻せず、太平洋の戦場での増強のため、密かに兵力を移しているとのことです。

蔣介石　李培基は？

陳布雷　彼は実物税の免除と緊急救援の報告書を立て続けに五つも出しました。

蔣介石　『タイム』を多めに買え。外交部に翻訳させ、部長と省長の全員に一冊ずつ配れ。

陳布雷は困惑する。

陳布雷　それは……

蔣介石　日本軍が来なければ、我々が救援しなければならない。でなければ、全世界はどう見る？　我々は民衆の苦しみを顧みない腐敗した政府だなどと思わせてはならない。作戦だ、救援だと、各省はそれぞれ勝手にやっているが、今こそ目にもの見せてやる。

少し考えて、付け加える。

蔣介石　李培基のいくつもの報告も付けるように。

陳布雷は蒋介石の意図を理解し、サッとメモをとりながら、「ハッ」と答える。

蒋介石　閻錫山《ヤンシィシャン》（山西省の軍閥）にも知らせろ。山西作戦をしばらく見合わせ、山西に送る軍糧の一部を被災地に回せ。

陳布雷はメモしながら、「ハッ」と答える。

蒋介石　張道藩に指示して、全国に災害救援募金を呼びかけさせろ。また、王芸生にも知らせろ。次の『大公報』でどう書くか。

陳布雷はすばやくメモする。

陳布雷　ハッ。それに、空港に着きましたら、救援活動を決定したことをウィルキーに伝えましょう。もしかしたら、ワシントンDCに着陸し、『タイム』を目にしてからルーズヴェルトに会うかもしれませんから。

蒋介石は窓の外のもうもうとした煙に包まれる廃墟をながめる。

蒋介石　この世界には、羨《うらや》ましいのが二人いる。一人はガンディーで、もう一人は毛沢東だ。

陳布雷は蒋介石を見る。

蒋介石はため息をつく。

蒋介石　やつらには重荷がないから、思う存分、民衆の側に立てる。

九〇、隴海鉄道　昼

食糧を満載した列車が次々に陝西から河南に向かって走る。
麻袋は一つひとつ、まっ赤な文字で「災害救援」と印刷されている。
列車の上には高射機関砲が設置されている。
長い列車がゴーッという轟音とともにトンネルに入る。

九一、トンネル

トンネルの暗闇の中で、列車の車輪がレールにぶつかり、「ガタン、ゴトン」と鳴る。
スクリーンには、電報が一文字ずつ出てくる。

尊敬するホワイト様
うれしいニュースです。今朝、突然、隴海鉄道に数台の食糧を積んだ列車が現れました。きっと、あなたが被災地区を訪れ、その責任を問いただしたからでしょう。あなたは中国政府を覚醒させ、その責務を果たさせました。あなたはアメリカに帰りましたが、民衆は永遠にあなたのことを心に刻むでしょう。

神父　トーマス・ミーガン
一九四三年一月　河南

九二、隴海鉄道の沿線　昼

山の斜面にミーガン神父と安西満が立っている。
ミーガン神父は隴海鉄道を走る列車を指さして言う。

ミーガン神父　ご覧なさい。神は彼らに民を救わせます。
安西満は首を横に振る。

安西満　神父さまは先ほどの電報ではホワイトの功績を讃えました。ホワイトは神ではありません。
ミーガン神父はため息をつきながら安西満を見る。

ミーガン神父　安よ。被災民には救いがあるが、あなたには救いがない。
また、ため息をつく。

ミーガン神父　生きている人には救いがあるが、至る所に死体があり、誰も埋葬しない。私たちは何か方法を考えましょう。

九三、逃散の途上　昼

難民の漢方医が地主さまの嫁の脈をとっている。嫁は瀕死の状態で、稲わらの上に横たわり、ボロボロのふとんをかけられている。地主さまは漢方医に感謝する。

地主さま　周《チョウ》先生。今日、先生に出会えたことは、まさに救いの星のおかげです。でも、男系で先祖代々続いた名門の漢方医でさえ逃散したとは、思いもよりませんでした。うちの嫁は子供を産んでから十日もこのような状態です。何はともあれ、地元のお薬（原文は「土薬」、民間療法で薬効が知られている）を調合して、命を救ってください。一人が助かれば、二人を助けることになります。

漢方医は厳粛な態度のまま、地主さまには答えず、じっと脈をとっている。そして、軽く手をたたき、ゆっくりとした口調で言う。

漢方医　出産の時の出血が大量で、その上、寒さにやられておる。

そして、声を低める。

漢方医　ご亭主、恨まれることを承知で、敢えて申しあげますが、逃散の旅路で、もう脈が弱り果てています。

そして、身を起こし、去ろうとする。

地主さま　周先生、どうか見捨てないでください。治してください。逃散から戻ったら、十ムーの土地を差しあげますから。

漢方医　ご亭主、この病気は治りやすいものじゃ。ただ食べさせればいいのじゃ。でも、実は、わしの母親も孫も、この二日の間に飢え死にしたのじゃ。わしだって、足がふらついておる。

地主さまはポカンとして立ちつくし、漢方医がヨロヨロと歩いて行くのを見送る。嫁は頭をガクンと落とし、息を引きとる。赤ちゃんが「オギャー、オギャー」と大声で泣きはじめる。

地主さま　よくできた嫁だった。おらの家に嫁いでから、年寄りに口答えしたことなどなかった。ああ、それなのに、おらに付いてきて道中で死んじまった。ご実家に合わせる顔がねえ。

地主さまの女房は「オギャー、オギャー」と泣く赤ちゃんを抱きながら、嫁の胸元を開こうとする。地主さまはびっくりする。

地主さま　何のまねだ?

地主さまの女房　まだからだは温けえ。赤ちゃんにお乳を一口でも飲ませてやる。

地主さま　ああ、お天道《てんと》さま。嫁は五日も食っていねえ。からだはガリガリで、乾ききった薪《たきぎ》のようだ。お乳なんてありゃしねえ!　だから栓柱にサッサと穴を掘らせて埋めてやろう。

九四、駅　昼

救援物資を満載した列車がホームに停車している。

食糧をつめた袋が列車からおろされ、トラックや馬車に積みこまれている。

トラックや馬車は次々に出発する。

駅の周囲には鉄条網が張りめぐらされ、その外には、泣き叫びながら食べ物を求める難民が押しあいへしあいしている。

駅の中は実弾で武装した警官が強大な敵に向かうかのように立ちはだかっている。

九五、河南の魯山　省政府の会議室　昼

河南省主席の李培基は災害救援対策会議を招集する。出席者は、省政府秘書長の馬国琳、民政庁庁長の方策《ファンチェ》、建設庁庁長の張広輿《チャングァンユウ》、教育庁庁長の魯蕩平《ルウダンピン》、警察署長の羅震《ルオチエン》たち十数名の官僚である。

李培基　省政府の広範囲にわたる切実な訴えにより、中央政府は河南の災害救援を始めた。今月より、中央政府は備蓄した軍糧から八千万斤を調達し、次々に配給することになった。

馬国琳　これはみな李主席が民衆の苦しみを念じ、官職を失うことを恐れず、命を惜しまずお上に諫言したおかげです。

コホンと咳払いする。

馬国琳　自ら重慶に赴いただけでなく、上奏書を六つも提出しました。河南の民衆は世々代々、李主席の恩情を心に銘記するでしょう。

李培基は手を振り馬国琳を止めさせる。

李培基　それでは、救援物資の分配について検討することにしよう。

民政庁長の方策はものすごいデブで、周りを見回しながら発言する。

方策　災害救援対策会議なのに、食糧庁の庁長や財政庁の庁長がいなくていいのか？

馬国琳　食糧庁の盧《ルウ》さんや財政庁の彭《ペン》さんは洛陽で被災状況を視察している。救援は緊急だから、待てない。

方策はブツブツ不満を言う。

方策　何だ。長々と時間をかけて、八千万斤だと？　去年、湖北省西部の災害じゃ、政府は二億斤も出したぞ。おれたち河南人をバカにしてる。八千万斤で何ができるってんだ。河南には三千万もいる。一人に二斤半として、三日分にしかならねえ。三日過ぎたら、どうするんだ？

李培基　八千万斤をもらえるのだ。何はともあれ、八千万斤の徴集よりはましだろう。そして八千万を渡したら、我々はまた要求する。八千万でも急場はしのげる。もしかしたら、餓死者を数十万人は減らせるだろう。本日の会議では、まず被災地の区分をしなければならない。

方策は納得しない。

方策　被災地の区分だって？　河南全域が被災地だ。

馬国琳　お布施に比べて坊さんが多すぎる。大盤振《ぶ》る舞いなんてできないから、重点地区を選び出さねばならない。

ガリガリにやせ細っている建設庁長の張広輿が発言する。

張広輿　私は賛成です。ただし、前の災害では重点地区を農村だけにして、都市を見落としていた。その結果、暴動が都市で起きてしまった。これは私の管轄が都市だからというわけではない。しばらく前の黄河の大洪水(5)で、民衆が省政府を打ち壊したことを教訓としなければならない。

教育庁長の魯蕩平は張広輿に冷たい目つきで言う。

魯蕩平　重点地区を選び出すと言っても、単一の地域を区分することなどできない。むしろ、業種について考慮しなければならない。こう言うのは、私の管轄が教育だからではない。前々から教育で国を救えと、蔣介石委員長に提起してきたが、ここで、もし被災者のことばかり考えて、特別なグループ、つまり教員や学生を配慮せずに飢え死にさせてしまったら、我々には未来がなくなる。

羅震

警察署長の羅震も口を開く。

重点という話になれば、わしも警察署長として、十数万の危険にさらされている警官たちのために声をあげねばならない。何故なら、彼らはずっと重要な任務に忙殺されているからである。暴動が起きれば、駆けつけなければならない。ここで敢えて言わせてもらえば、もしも十数万の警官がすきっ腹をガマンして治安を維持しなければ、河南ではとっくに洪秀全（一八五一年に起きた太平天国の乱の指導者）や李自成（明末の農民反乱の指導者）が現れたぞ。そうなっていたら、わしらは今ごろどうなっていることやら。

李培基

李培基は机をたたいて、怒りを爆発させる。

政府が救援しなければ、君らは毎日あれこれ文句を言う。いざ救援となったら、言い争いだ。こうなると知っていたら、八千斤の食糧などもらわなければよかった。今すぐ中央に電報を送って、食糧を返してもいいのだ。

馬国琳

秘書長の馬国琳は立ちあがり、まあまあとその場を丸く収める。

各部門はそれぞれの窮状を強調し、みな筋が通っている。ですから、誰が被災民で、誰が被災民ではないかという区別について、また検討しましょう。私が強調したい点は、それぞれに応じて食糧を配分することなど絶対にできないから、いずれ省政府の統一した指導の下で進めるということです。

みなは顔を見あわせる。その時、方策は爆弾発言をする。

方策　こうなるのなら、何でおれたちを集めたんだ。二人が内輪で決めれば済んだろう。

李培基はまた怒りを爆発させようとするが、その時、秘書が大あわてで会議室に入ってきて、一通の電報を差し出す。李培基は電報を読み終えると、一同をグッと睨みつけながら、電報を馬国琳に渡す。馬国琳は受けとりながら、焦ってたずねる。

馬国琳　何か問題が起きたのですか？　中央は発表した決定をくつがえしたのですか？

李培基　君たちのザマを見ればいい！　どうだ！　中央は決定を撤回してないが、蒋鼎文が我々を追っかけてきたぞ。我々はあいつにまだ三千万斤の軍糧を払っていない。やつは食糧庁の盧さんや財政庁の彭さんを洛陽で人質にして、取り引きしてきた。おまえらは口が達者だろう。おい、誰が蒋鼎文に会いに行く？

みな顔を見あわせる。

九六、逃散の途上　昼

道ばたの草や柴などで作った掘っ立て小屋がある。その前に、粥の炊き出し所ができていて、かまどでは火が燃えさかっている。

安西満は前掛け姿で大きなシャベルを持ち、鍋の中のお粥をかきまぜている。

掘っ立て小屋のまわりには逃散した難民があふれかえっている。地主さま一家、栓柱、花枝と二人の子供も、その中でもがいている。

ミーガン神父は机の上に立ち、難民に説明する。

ミーガン神父　みなさーん、押しあわないでください。ちゃんと全員の分があります。でも、野原には死体がたくさんです。一人、埋葬したら、お粥を一杯、あげまーす。埋葬しなければ、冬になると、悪い病気がはやりまーす。

ところが、難民たちはミーガン神父の話など聞かず、どんどん前に押し寄せる。神父の足もとの机がガタガタと揺さぶられる。神父は慌てて叫ぶ。

ミーガン神父　自分の親族をちゃんと埋葬しましたかー？

難民は相変わらず前へと突き進んできて、神父の机はひっくり返される。そして、みんなでお粥を奪いあう。栓柱や花枝も同じように奪いあう。

掘っ立て小屋はドドーッと倒される。ミーガン神父は群衆の外に押し出され、鍋でお粥をかきまぜていた安西満も小屋の裏に押しやられる。

地主さまは奪いあう群衆には入らず、孫を抱いて、大騒ぎをすり抜け、小屋の裏で安西満を見つける。

地主さま　安ちゃん、ここで会えるなんて思わなかったよ。

安西満は激しく争う群衆を見て、緊張した面持《おもも》ちになっている。

地主さま　この前、日本人が爆撃したとき、おらたちはおめえを助けた。今度はおらたちを助けてくれ。

安西満は頭がおかしくなり、ただボーッと地主さまを見ているだけである。

地主さまは抱いている赤ちゃんを安西満の手に渡しながら言う。

地主さま　この子が生まれてすぐ、母親は死んじまっただ。おらは前に進めるが、この子はだめだ。

そして、くどくどと訴える。

地主さま　息子は死んじまったから、後継ぎはこの孫だけだ。

なおもくどくど訴える。

地主さま　他なら心配だが、あんたなら安心だ。主は人を救うから、あんたは食いつなげるし、孫も死なねえ。

さらにくどくど続ける。

地主さま　ずっと迷惑をかけるつもりはねえだ。短くて半年、長くても一年だ。この年寄りが落ちつけるようになったら、引き取りに来るから。

まだくどくどと、

地主さま　あんたは教会にいるから、見つけやすい。おらを助けてくれたら、今ここでキリスト教に入ってもいいだ。

安西満はふところの赤ちゃんをボーッと見ながら、目から涙があふれだす。

九七、逃散の途上　昼

凄まじい群衆から逃れて、安西満は地主さまをミーガン神父のところへ連れて行き、赤ちゃんを神父に渡そうとする。だが、神父は受けとらず、狂ったようにお粥を奪いあう難民を指さす。

ミーガン神父　それ、できません。一人の赤ちゃん、受けとれば、千人の赤ちゃん、届けられます。

そして、ジェスチャーをする。

ミーガン神父　中国、こんなにも大きい。私、こんなにも小さい。

また、地主さまを慰める。

ミーガン神父　中国政府、救援、始めました。あなたたちも、すぐ救援されます。

九八、逃散の途上　昼

李培基は馬国琳とともに大型トラックに乗り、難民の行列と同じ方向に進む。洛陽で第一戦区司令長官の蒋鼎文と会見するためである。トラックには大きなトランクが積みこまれ、その上に武装警官が座っている。

運転席で李培基は口を開く。

李培基　蒋鼎文が前線に赴くとき、私は頼み込んだ。蒋鼎文の撤退のときも頼み込んだ。ほんとに、被災者と言うなら、私だって被災者だよ！

馬国琳　私の同級生が軍政部に勤めていますが、彼によると、河南北方の会戦では、全く戦闘をしなかったということです。意図的に撤退したのです。どうしてでしょうか？

李培基　大災害のときなのに、我々は蒋鼎文にこんな贈り物をする。いいのだろうか？

馬国琳　蔣鼎文にはこの手しかありません。まあ、三百万斤の食糧という贈り物で、人質と交換できて、さらに、もしかしたら、あの三千万斤の軍糧も免除してもらえるかもしれません。河南の民衆にとっても、これほどいいことはありません。

そして、声をひそめる。

馬国琳　私はパッと六百万斤を金の延べ棒に替えましたよ。

李培基はポカンとする。

李培基　バカなことするな！　何と！　どうして前もって相談しなかったんだ。

馬国琳　あんな会議をしたのに、まだ分からないのですか？　あなたは食糧を均等で公正に分配しようとしましたが、誰もあなたを善人だとは思わなかった。しかも、逆に面倒なことを引き起こしてしまったのです。

李培基　あの方策《ファンチェ》は、会議のたびに無鉄砲なことを言う。一体どういうつもりなんだ？

馬国琳　彼はずっと民政庁長をやってきて、李主席が着任する前、行政院は彼を主席に内定していたのですが、委員長が変えさせたようです。

李培基　私はすぐに辞表を委員長に出す。彼に着任してもらい、蔣鼎文のところに行ってもらおう！

馬国琳　まあまあ。教育庁の魯さんは、舞陽（地名）でタバコ工場を経営している。六百万斤を金に換えることなんて、朝めし前ですよ。また中央に食糧を要求しましょう。そうすれば重慶に行けますしぃ（中央とのコネも作れる）。

李培基は窓の外の難民をながめながら言う。

李培基　こんな官界には、もういられない。官職を辞して帰郷すべきだ。ここから洛陽まで、あとどれくらいだ？

馬国琳は意味深長に答える。

馬国琳　もし私たちが官職を辞して帰郷したら、本物の被災民になるかもしれませんよ。

そして、窓の外を見て言う。

馬国琳　あと百五十里で着きます。

九九、洛陽の城門　昼

スクリーンに「洛陽」と大きな文字が現れ、カメラが後退し、洛陽の城門が現れる。ゾロゾロと年寄りを助けたり、子供の手を引いたりする難民たちはやっと洛陽にたどり着く。しかし、驚くことに、城門や城壁には憲兵が幾重にも防備を固めている。そして、城

放送　門に据え付けられた大音響のスピーカーから厳《おごそ》かに公告が放送される。
今ここに、第一戦区政治部と洛陽市政府は共同で公告を放送する。抗戦の大業のため、軍備と防衛のため、スパイに厳重に対処し、市内を整然とするため、洛陽市民でない者の入城は認めない。これを無視して違反した者は国民政府戦時都市管理条例第九条第三項の規定に従い厳重に処罰する……

難民はドッと城内になだれ込もうとするが、憲兵は押し返す。あたりは混乱し、わき上がるほこりの中で無数の頭がうごめく。地主さま一家、栓柱、花枝と二人の子供もいる。地主さまは孫を抱いている。やつれ果て、歪んだ難民の顔がひしめきあっている。阿鼻叫喚の中、家族を探す大声が飛びかっている。

ダダダッと、空に向けて機関銃が火をふく。難民は混乱して、あちこちに逃げまどう。

地主さまは逃げずに、歩哨に立っている年寄りの警官に質問する。

地主さま　お上《かみ》は災害救援を始めたっていうでねえか。どうして、一粒の食糧も見えねえんだ。この老いぼれは何十日もしば草しか食ってねえから、顔はしびれて、このザマだ。

年寄りの警官　政府は北部と南部を被災地区にしたんだ。おまえは、今、洛陽にいるから被災民には認定されない。

地主さま　それじゃあ、どうしたら被災民にしてもらえるだ？
年寄りの警官　おまえの地元はどこだ？
地主さま　延津だ
年寄りの警官　延津は北部の範囲内だ。また二カ月かけて帰郷したらいい。

地主さまの女房はこれを聞いて、心の支えがプツンと切れる。

地主さまの女房　ちょ、逃散なんてぇ、ム、ムダだったぁ……

そして、頭をガクンと落とし、口から酸っぱいよだれを垂らし、飢え死にする。

地主さまは悲しんだりはしない。

地主さま　死んじまったか。死んだら、もう苦しまねえさ。それに、早く死ねば、早く生まれ変わるだ。

酸っぱい思いがこみ上げる。

地主さま　生まれ変わっても、こんなところにゃ、生まれるんじゃねえぞ。

一〇〇、葦子坑（地名）昼

葦子坑は洛陽の郊外にあるとてつもなく広いくぼ地で、臭い水がたまっている。その傍には無縁仏を葬る墓地があったが、今は難民が集まっている。たまり水は臭いけれど、土地は肥えているので、至る所に葦が生い茂っている。冬で枯れていても、勢いはありありとみなぎっている。

悪臭のただよう葦原の前に数百名の女性が並んでいる。シーンと静まりかえって、人買いが来るのを待っている。礼帽をかぶった人買いが行ったり来たりして、品定めをしている。そして、第一戦区第九巡回法廷の老馬が人買いの後につき、その後ろには、銃を背負った二人の手下が従っている。

みな痩せ衰えて、難民と同じになっている。

老馬　おれは立派な第一戦区巡回法廷の廷長だったのに、今じゃあ人買いの手伝いだ。

礼帽をかぶった人買い　そう言うなよ。おれだって、政府の呼びかけに応えて救援活動をしてるんだぜ。おい、おめえはこんなにゾロゾロと集めやがったが、おれは十人しか選ばねえからな。

老馬　救済だ。救済だろ。だから、もっと選んで、女たちに生きる道をあげてやれよ。

地主さま一家、栓柱、花枝と二人の子供も葦子坑へと追いやられてきて、くぼみに座りこむ。

人買いは高いところに立って声をあげる。

礼帽をかぶった人買い　よく聞け。わしは洛陽戦区織物工場の社長じゃ。選抜された者には食事と宿舎を提供し、それにアワ五升も出すぞ。

これを聞き、ゾロゾロ並んでいた女性たちはピョンピョン飛びあがって大喜びする。そばの難民も身内の女性が選ばれるのを願う。人身売買の市場でも競争が熾烈を極めていて、我《われ》こそはと争って混乱が起きる。

その時、星星はくぼ地のはずれで立ちあがる。

星星　お父ちゃん、私を売って。

地主さま　地主さまはびっくり仰天する。

星星ちゃん、死んでもいいから一緒にいよう。わが範家は、人を買ったことはあるけど、売ったことなどないよ。

星星は怒りを爆発させる。

星星　お父ちゃん、もうガマンできないから売って。家《うち》にはもうしば草さえないのよ。私を逃がして、生きのびさせてよ。

花枝もこれを聞き、大急ぎでボロボロの荷物から赤い花嫁衣装を引っぱり出し、つぎはぎだらけの服と取り替える。そして、バタバタと二人の子供を引き連れて、身売りしようとする女性の行列に加わる。

一〇一、身売りの行列の前　昼

人買いは女性の行列に沿って歩いたり、立ち止まったりする。じろじろ品定めして、甚だしくは、口をグイッと開けてチェックする。それを見つめる女性たちはみな、ハラハラドキドキしながら並んでいる。

人買いは五、六人を行列から引っぱり出す。星星と花枝は後から来たので、列の後ろのため、気が気でない。見守る地主さまも、自分の家族を売ることなど忘れ、市場で競いあう気になってしまい、つい歯をシーハ、シーハさせている。

その時、花枝の花嫁衣装が威力を発揮して、人買いの目を引く。人買いは数人の女性を飛ばして、スス一ッと花枝の前に行く。花枝は大急ぎで手に唾《つば》を吐いて、顔を洗う。髪はボサボサで、顔は垢だらけだが、まだ女のあでやかさを保っている。人買いは花枝を引っぱり出す。すると、花枝の袖をギュッと握りしめている二人の子供が現れる。留保と鈴铛である。人買いは二人を見て、尋ねる。

礼帽をかぶった人買い　何だ、こりゃ？

花枝　大きいのを買うと、小さいのがおまけで付いてくるだ。お兄さん、得するわよ。

人買いは何とも言えない顔つきになる。

礼帽をかぶった人買い　おれが買うのは口一つだ。三つじゃねえ（三人も食べさせない）。

おれをバカにするなよ。

そして、花枝をパッと押し戻し、星星の前に行く。星星はブルブルふるえている。人買いは星星をチラッと見て、通り過ぎる。星星も、難民の中の地主さまもがっかりする。でも、星星は頭巾をとって長いお下げ髪と容貌を見せて、言う。

星星　私、字が読めます。

人買いはビックリして戻り、星星をジロジロ見る。ハッと星星の美貌や他とは違う育ちの良さに気がつき、行列から引っぱり出す。星星は花枝をちょっと見て、また頭巾をかぶる。

地主さまの顔に喜びがあふれだす。

地主さま　ご先祖さまのおかげだ。ご先祖さまのおかげだ。

しかし、ふと気がつき、悲しみで胸がいっぱいになり、自分を平手打ちにする。

地主さま　おらぁ、人でなしだ！

一〇二、葦子坑　昼

人買いはタバコを口にくわえ、選んだ女性を連れて行こうとする。老馬と二人の手下は、女性の家族に渡すアワを量り始める。その時、星星は振り返る。

星星　お父ちゃん、今日は大みそかだよ。

地主さま　地主さまはハッと気がつき、頭をひっぱたく。

飢えに苦しんで忘れちまった。ああ、わが範家が、大みそかの日に実の娘を身売りに出すなんて、何てこったぁ！

星星　お父ちゃん、もう私のことなんて忘れて。十七年前に生まれたとき、（間引きで）絞め殺したことにしてね。

地主さま　地主さまは孫を抱きながら、老いの涙で顔じゅうクシャクシャにする。

星星ちゃん、ほんとうはおまえを売らずに、おらを売るべきなんだ。でも、こんな老いぼれ、誰も買いやしねえ。

地主さま　そして、地団駄を踏みながら自分を責める。

もともとおまえを逃散させるんじゃなかった。前戦に行かせればよかった。戦わせて、人を殺させた方がましだったただぁ！

人買いは女性たちを連れて歩き出すが、栓柱がずっと星星のそばにいるのに気がつく。

人買いは栓柱を押しのける。

礼帽をかぶった人買い　てめえ、どういうまねだ。

栓柱　この子はおらの妹だ。妹を買うなら、おらも買ってくれ。

人買いは栓柱の頭をぶん殴る。

礼帽をかぶった人買い　このスットコドッコイめ。たとえてめえの女房だとしても、今はおれのものだ。

栓柱は人買いに殴りかかろうとしたが、老馬が秩序維持だと駆けつけ、栓柱を取り押さえる。

老馬　オッ、おめえかよ。オイ、また騒ぎをおこしてみろ。もう一回がんじがらめに縛りあげてやるだ。

栓柱は老馬と銃を持つ二人の手下を見て、歯向かうほどの勇気はないので、向きを変えて、そばの石ころを拾い、地主さまにぶつけようとする。

栓柱　てめえ、言っただろう。おらに、嫁がせるって。

地主さま　あぁ、おら、ろくでなしだ。そりゃ、娘を嫁がせたいのは山々だ。でも、てめえみてえなのに嫁がせたら、飢え死にさせるのがオチってもんだ。

栓柱は石ころをぽとりと落とす。

栓柱　おらぁ、誰かぶち殺してえ！

すると、花枝は前に出る。

花枝　栓柱、おら、おめえのところに行ってやる。飢え死にする前に、嫁を持たせてやる。

花枝は胸を開いて、栓柱の頭を抱きしめる。しばらくして、栓柱が顔をあげると、目はまっ赤で、涙があふれている。

一〇三、ある軍用倉庫の中　昼

食糧を詰めた麻袋が山のように積みあげられている。さらに、兵士たちは手押し車で軍糧を運び入れている。第一戦区軍需官の董家耀は大佐の軍服を着て、悪徳商人の羅武《ラオウ》とブラブラ歩いている。

董家耀　あの李培基は、まったくの能なしだ。中央が救援の食糧を送ったのに、あいつのおかげでメチャクチャだ。

羅武　やつの目はふし穴ですよ。被災民は西に逃げたのに、やつは救援地区を北と南に決めちまった。

董家耀　ふし穴じゃあない。ここから陝西の近くへと追い出して、厄介な荷物を陝西に押しつけたいのさ。だが、陝西の老熊《ラオション》は、それほどバカかなぁ？

羅武　都合がいいのは、河南人は人がいいから、中間であちこち曲がりくねっていることとなんて思いもしねえ。まあ、知らぬが仏ってえもんでさ。死んでも心残りがねえ。

董家耀は山積みされた食糧を指さす。

董家耀　だからこそ、我が司令官は民衆の苦しみを思い、軍糧の一部を放出し、廉価で売りさばき、民衆を苦境から救い出そうというのだ。ふむ、そして、わしはこの重大な任務をおまえに任せるのだから、よーく考えよ！　国難のときに、投機など許さぬぞ。

羅武は胸をポンとたたいてみせる。

羅武　軍需官殿、ご安心を。この羅武は一介の商人ですが、ご立派な政府のお役人より良心的でございます。

そして、声を低める。

羅武　アニキに、いささかご提案を。やっぱり直接土地を買い占めた方がいいですぜ。今じゃ、一ムーがアワ五升の安値。この大災害が過ぎてから売り出せば、どれくらい……

董家耀は羅武を止める。

董家耀　そういう商売のことは、わしには分からんなぁ。ふむ、まあ、君に任せるよ。

一〇四、洛陽の城内　馬家菜園（妓楼）　夜

いくつもの路地に妓楼が建ち並ぶ。ハデな灯りの中、歌曲が流れている。人々が行きかう

街頭で、妓女が客引きをしている。
大きな赤ちょうちんに「暢春書寓[6]」の文字が浮かぶ。
私服の董家耀は酔いつぶれ、羅武ともう一人の男に支えられて暢春書寓に入る。

羅武　今日、ここは新しいひよっこ娘が何人か入りました。その中の一番かわいいのをお選びして、軍需官さまにご提供いたします。

董家耀はろれつの回らない口調でつぶやく。

董家耀　おれをだまそうってんだろう。みんな難民のくせに。

そして、腕をはらう。

董家耀　大災害のときに、これをやるなんて、ぜいたくだぞ！

羅武　難民を哀れと思ってください。これも救援でございますよ。

一〇五、暢春書寓の一室　夜

赤ちょうちんが高くあげられ、幔幕《まんまく》が低く垂れている。ベッドをぐるりと囲む帷《とばり》には春画が刺繍されている。第一戦区大佐・軍需官の董家耀は酔っぱらってとろんとした目つきで横になっている。

星星は見ちがえる身なりで、ビクビクしながら入ってくる。新しい衣装や赤いひもでおさげに束ねた艶のある黒髪は、星星のみめ麗しさを引き立たせている。

董家耀はぼんやりした目つきでたずねる。

董家耀　どこの娘《こ》だ？

星星はドキドキする胸をおさえながら答える。

星星　延津です。

董家耀は寝返りをうち、星星をジッと見つめて、ビックリする。難民のなかにこんなにきれいな美少女が隠れていたなんて、想像をはるかに超えている。

董家耀は、鯉が水面から飛び跳ねるようにピョンと身を起こす。すっかり酔いは醒め、近寄って星星のおさげ髪をなでながら、優しくたずねる。

董家耀　いくつだい？

星星　十七です。

董家耀　十七かぁ。よし、よし。

そして部屋の装飾を指さす。

董家耀　こんなすばらしいの、見たことないだろう。

星星　うちもお金持ちでした。

董家耀はまたビックリする。

董家耀　金持ちさえ逃散したのか？　ほんとうに大災害だ。それで、学校は？

星星　高校です。

董家耀　彼氏はいるの？

星星はうなずく。

董家耀　何ていう名前？

星星　栓柱……。

董家耀　夜になったら、何をするのか言ってごらん。

星星　お父ちゃんはオンドルに上がるとき、いつもまず足を洗ってました。

董家耀は面はゆい。

董家耀　よし、それじゃあ、足を洗ってね。

そして、また横になり、床に足を伸ばす。星星はたらいにお湯を入れて、両手で持ってきて、床に置こうとするが、何度しても、うまくいかない。

董家耀はまた身を起こす。

董家耀　どうしたんだい。わしの足が汚いので嫌なのかい？　わしは水虫なんかじゃないよ。

すると星星は堰《せき》を切ったように熱い涙をあふれさせる。

星星　おじさん。足が汚いからじゃないの。食べ過ぎて、腰をおろせないの。

一〇六、洛陽の城壁の真下　夜

パンパンパンと年越しの爆竹の音が城内から響いてくる。

地主さまは栓柱と花枝の結婚式を執り行っている。

地主さま　お天道さま、憐れんでください。旅路に出てから、おらたち二つの家族から、何人もいなくなった。みんな絶望のどん底だ。でも、おまえらがいっしょになれば、助けあえる。

さらに言う。

地主さま　おまえらには、父ちゃんも母ちゃんもいねえが、他人さまの年越しの爆竹でお祝いして、天と地と自分を拝むだ。

栓柱と花枝は天と地を拝む。

一〇七、洛陽の城壁の真下　夜

数枚のボロボロの敷布で作った目隠しの中で、栓柱と花枝は新婚の床入りをする。栓柱は花枝を抱いて長い間やってみたが、うまくできない。

花枝　腹ぺこだからよ。ほら上から下まで触ってみて。

栓柱は花枝のからだを上から下までさわりまくる。

花枝　何でおまえに嫁いだか、分かる?

栓柱は素直に答える。

栓柱　旦那さまが言ったとおり、いっしょに助けあう。

花枝　あんたが女房を持てば、明日、女房を売ることができるだろ。

栓柱はポカンとする。

栓柱　おらが女房を持てるのは、たった一日だけかよ。

花枝　売って。あたしを売ってよ。そしたら食べ物をもらえる。あたしも生きられ、あんたも生きられる。子連れだから売れなかったけど、父ちゃんができたから、売れる。それに、売られても、安心だ。

栓柱はポカンとする。

一〇八、洛陽の城壁の真下　夜

地主さまは孫を抱き、留保と鈴铛といっしょに城壁の下で野宿している。寒風がヒューヒューと吹きすさぶ。

地主さまは、たき火で寒さをしのいでいる。娘を売って手に入れたアワを少しだけ使って重湯《おもゆ》を作り、不器用に赤ちゃんの口元まで持っていき食べさせようとする。赤ちゃんは熱が出て、苦しそうに咳こみながら泣いていて、食べようとしない。

地主さま　ご先祖さまぁ。これは娘を売って手に入れたアワだぁ。だから、ほら、食べてよぉ。

何と、これを聞いた赤ちゃんは泣きやみ、地主さまをジッと見つめ、重湯を食べ始める。

地主さまは食べさせながら、涙をポロポロとこぼす。

地主さま　お天道さまぁ。霊験が現れましただぁ。

赤ちゃんはおなかがいっぱいになり、地主さまのふところですやすやと眠る。地主さまは残った重湯を口に入れようとするが、留保と鈴铛が哀願するように見ているのに気がつく。地主さまはため息をつき、お椀を二人にあげる。二人はパッと受けとって食べ始める。

一〇九、洛陽の城壁の真下　夜

たき火は灰になっている。地主さまは孫を抱き、そばに留保と鈴铛がいる。みなぐっすり寝ている。

栓柱は二人の人買いを連れて来て、留保と鈴铛を指さす。

栓柱　この二人だ。

人買いのキツネは、見るなり腹を立てる。

キツネ　てめえ、人を売るって言ったが、子供じゃねえか。

栓柱　チビだって、大きくなるだ。

キツネ　おれたちがチビどもを買えば、育てなけりゃならねえ。そんなことしてりゃ、おれたちだって飢え死にだ。母ちゃんはどうした。飢え死にか？

栓柱は頭を横に振り、目隠しを垂らしているところを指さし、低い声でいう。

栓柱　いいや。寝てるだ。

キツネ　売れよ。一カ月前なら子供も売れたが、今じゃ大人だけだ。

栓柱は頭を振る。

栓柱　女房は売りたかねえ。子供を売りてえんだ。

二人の人買いは立ち去ろうとするが、栓柱に引き止められる。

栓柱　うちは安くていいだ。チビ二人で、アワ三升。

人買いたちは足を止め、また留保と鈴铛を品定めし、ひそひそと相談する。

キツネ　おめえが飢え死にしそうだから、助けてやろう。一升半だ。

栓柱　二升で、どうだ。

栓柱は駆け引きする。

イタチ　もう出せねえ。この一升半のアワだって、アニキ（キツネを指す）の身の破滅になるかもしれねえんだ。

そして、向きを変えて立ち去ろうとする。

栓柱はドンと地団駄を踏んでいう。

栓柱　一升半、一升半でいい。持ってけ！

そして、二人の人買いは子供を抱きあげようとする。まさにその時、花枝は目を覚まし、目隠しの裏から飛びだし、栓柱に頭突きを食らわして倒す。

花枝　クソったれめ！　まじめそうだから、嫁いでやったのに、結婚したとたん、おらの目を盗んで、うちの子を売るなんて！

そして、花枝は栓柱に飛びかかり、顔じゅう引っかいて傷だらけにする。

一一〇、葦子坑　昼

人身売買の市場で、花枝と地主さまは、どのように花枝を売ろうかと計画を練っている。顔じゅう傷だらけの栓柱は、そばでしゃがんでいる。花枝はまっ赤な花嫁衣装を着て、顔をきれいに洗っている。市場は大にぎわいである。五十過ぎのはげ頭が来て、花枝の顔を引っぱって品定めをする。

はげ頭　アワ三升だ。

地主さま　冗談じゃねえ。昨日、五升というのがいたが、売らなかった。

はげ頭　おめえ、この女は何《なん》なんだ？

地主さまはため息をつきながら言う。

地主さま　恥ずかしながら、娘だ。

はげ頭　おめえの娘が十六なら、五升で売れるが、一体いくつだよ。

そして、はげ頭は背を向けて立ち去ろうとするが、花枝は裾をつかんでグイッと引き止める。

花枝　おらを買ったら、どこへ売り飛ばそうってんだ？

はげ頭は花枝をジロジロ見る。

はげ頭　おら、人買いじゃねえ。牛買いだ。人助けだと思って買おうって言うんだ。もし、おらによく尽くしてくれるなら、売り飛ばしたりしねえ。おらの女房にするだ。

花枝はきっぱりと言い切る。

花枝　アワ四升でいい。おら、おめえに付いていくぞ！

二一一、葦子坑　昼

花枝は、はげ頭の牛買いに連れて行かれようとする。そのとき、留保と鈴铛はやっと気がつき、「いやだいやだ」と花枝の裾を引っぱって放さない。

留保と鈴铛　母ちゃん、いかないでぇ。おなかなんかすいてないよぉ。

花枝は二人の頭をなでながら言い聞かせる。

花枝　父ちゃんがいなくなったけど、おまえたちを生かさなきゃならねえ。四升のアワがありゃ、あと半月は生きられる。もしかしたら、汽車をつかまえて、陝西にたどりつけるかもしれねえ。

そして、ご先祖さまの位牌をふところから取りだし、留保のふところに入れる。

花枝　よく覚えておくだ。ふる里は延津だぁ。

栓柱は頭を抱えてうずくまり、一言も発しない。

二一二、葦子坑　昼

花枝は、はげ頭の牛買いに連れて行かれ、次第に遠ざかる。突然、花枝は何か思い出したように振り返り、大声で叫ぶ。

花枝　栓柱ぅ、こっち来てぇ！

栓柱は立ちあがり、近づく。

花枝　おらを売ったけど、子供は絶対に、たとえ飢え死にしても、売るなよ。

栓柱は傷だらけの顔を涙でぐしゃぐしゃにして、力を込めてうなずく。

花枝　おらの綿入れのズボンの方がちょっとはましだ。交換しよう。

新婚夫婦は寒い風が吹きすさぶなかでズボンを取りかえる。明るい陽光の下、痩せて骨と皮になっているお尻が丸出しになる。

一一三、西安城の北門　昼

西安の一部の大通りに戒厳令が敷かれている。憲兵と地元の警官が大通りを埋め尽くして見張っている。

いくつもの車輌がすごい速さで北の城門を通り抜ける。

一一四、西安の氷窖巷（地名）**張鈁**《チャンファン》（陝西に流入した難民の救援で河南同郷会長として尽力し「老郷長」と呼ばれた）**の寓居　昼**

蒋介石は礼服を着て、礼帽をかぶり、ステッキを持ち、国民党宣伝部長の張道藩と第一戦区司令長官の蒋鼎文たちを従えて、軍事参議院副議長で実業家の張鈁のもとを訪れる。蒋介石と張鈁は保定軍校の同期生であった。

張鈁　日々ご多忙を極める委員長が、西安の軍務を視察するなかで、わざわざお時間をさいて拙宅までお越しくださり、小生は感激の至りでございます。

蒋介石　君に会うばかりか、ご尊母のご機嫌をうかがわせていただきたいのです。

張鈁はいよいよ感激する。

張鈁　どうぞ、こちらへ。

一一五、張鈁宅の奥の庭　母親の部屋　昼

張鈁の母親は室内でお香を焚き、本堂に安置した菩薩さまを拝んでいる。室内には大きなオンドルがある。

老いた母親は農婦の習慣を変えられず、オンドルの上に糸繰り車を置いている。

母親はオンドルの上に座り、蒋介石は縁《へり》に座る。張鈁、張道藩、蒋鼎文はそばに立っている。

召使いが、蒋介石、張道藩、蒋鼎文に、お茶をさし出す。

蒋介石　去年ご機嫌うかがいに来たときは、目の治療中でしたが、今は治りました

か？

張鈁の母親は耳を傾けて、うなずく。

張鈁の母　目の前を蚊が飛びまわっているけど、糸繰りはできますだ。

そして、耳を指さす。

張鈁の母　今度はここがだめですだ。

そして、張鈁を指さす。

張鈁の母　せがれたちは、私と話すのが大変だ。

蒋介石はほほえみ、大きな声で話す。

蒋介石　私の母親も、生前は目が悪かったですが、目をつぶっても糸繰りができましたよ。食は進んでますか？

張鈁の母　一度にマントーを二つ食べられますだ。しばらくは死なないよ。

また、張鈁を指さす。

張鈁の母　せがれたちには、もう少し待たせてやりますだ。

そして、ふり向いてたずねる。

張鈁の母　委員長さま。この老いぼれの話を、一つ聞いてくださいますか。

蒋介石　どうぞ、お話しください。

張鈁の母　おら、河南のものでごぜえます。河南じゃ、大災害で、たくさん飢え死にしたのでござえますか？

蒋介石　政府は現在救援しています。汽車で食糧を被災地に送り、また被災民を陝西に避難させています。

張鈁の母　南無阿弥陀仏。これでふる里のものが救われますだ。

二一六、張鈁宅の応接室　昼

大きな旧式のテーブルとひじ掛けいすがある。

蒋介石と張鈁は座り、張道藩と蒋鼎文は下座《しもざ》で陪席している。召使いがお茶を淹《い》れて出す。

蒋介石　張鈁学兄、このたび訪問したのは、お借りしたいものがあるからです。

張鈁は自分の首をたたいて言う。

張鈁　まさか、この頭ではないでしょうな。

みな笑う。

張道藩　河南ではいよいよ戦争になります。委員長は参議長から食糧をお借りしたいのです。

張鈁　昨日、委員長が来られるとの通知をいただいたときから、これはろくなことではないなと思ってましたよ。

みなまた笑う。

張道藩 日本軍は河南への侵攻を放棄したのではないですか？

張鈁 一旦は放棄したが、またやって来たのです。先月、連合軍は日本の本土への空爆を開始しました。そのため、日本軍は浙江省や江西省の空軍基地を破壊しようとして、まず華北に手をつけようとしています。今、開封から濮陽までのルートに兵力を再び集結させています。

張鈁は謎めいた笑顔を見せて言う。

張鈁 お尋ねしたいのじゃが、今度は本気で戦うのかい？　やっぱりポーズじゃないのかい？

蒋介石 前も本気で、今回も本気です。

そして、蒋鼎文に言う。

蒋介石 前は三十万の兵力だったが、今度は四十万を与える。目下のところ、河南の日本軍は兵力が不足している。明日、帰り、しっかりと布陣せよ。

蒋鼎文はサッと起立する。

蒋鼎文 ハッ！

張道藩は張鈁に言う。

張道藩 今回の河南北方の会戦の意義は尋常ではありません。アメリカ、イギリス、ロシアは、今、秘密裏に会議を開き、戦後の世界秩序について議論しようとしています。

張鈁　張鈁はようやく納得して、うなずく。

この重大な時局において、わしらは国際社会に対して立派なところを見せつけねばならんのじゃな。

張道藩　この抗戦の大業をしっかりと果たすために、委員長は先週から食事のおかずを二品も減らしているのです。

張鈁は毅然として立ちあがる。

張鈁　小生は政見に関して委員長といささか異なるところがあるが、民族の危急存亡の時には、我が家の財産の半分を献納し、河南作戦を支援いたそう。

蒋介石はステッキで床をトンとついて立ちあがり、張鈁と握手する。

蒋介石　張鈁学兄、感謝する。君は実業界と商工界によい手本を示してくれた。

そして、張道藩を示しながら言う。

蒋介石　これで、彼らは手を打ちやすくなる。

張鈁　用心すべきは、献納したものを、地元の役人が着服することじゃよ。

蒋介石は厳粛に言う。

蒋介石　既に監察院に責任をもって被災地の調査をさせています。これから、どしどし処刑したり、投獄して、しっかりと見せしめにしましょう。

一一七、洛陽の駅前広場　夜明け

薄暗い夜明け前、誰かの手が、一つひとつの机の上に鑑札と丸い印章を置いている。鑑札には「洛陽被災者登録所」と書かれている。

人影のない広場の周りには、憲兵が隙間なく歩哨に立っている。警戒線の外では、数千、数万の汚れきった身なりの飢餓難民がひしめきあいながら、首を長くして待っている。厳寒の長い夜を耐えるため、多くは頭を手ぬぐいで覆《おお》い、からだに毛布を巻きつけていて、見えるのはどんよりとした目だけである。

一一八、洛陽の駅前広場　夜明け

警察の部隊が広場の机に座り始める。そして、分厚い束になっている白い布に判を押し始める。

憲兵が広場の柵を開ける。難民がどっとなだれ込み、広場を埋めつくす。机の前は、我も我もと押し寄せる難民で大混乱になる。子供をカゴに入れて担ぐ者、丸めた布団を肩にかける者、母親を背負う者、父親を一輪車に乗せた者などがいる。

そのような難民がごった返している中を、年老いた地主さまがよろよろ歩いている。腕で孫を抱きかかえ、背中には荷物と娘を売って手に入れたアワをしょっている。その後ろには栓柱がついている。大きなボロボロの荷物をしょって、首から女房を売って手に入れたアワをぶら下げ、左手で留保を、右手で鈴铛を引いている。ところが、ちょっと目を離した隙に、鈴铛が人ごみのなかに見えなくなる。栓柱は振り返り、呼びながら群衆の中を縫うように歩いて探しまわる。ようやく見つけて、大きな声で叱りつける。

そこに戦区巡回法廷の老馬も出現する。二人の手下と一緒に、秩序を維持する憲兵の手助けをしている。地主さまは人ごみをかき分けて、老馬に近づき、声をかけようとしたが、あっという間に老馬は難民の流れの中に消えてしまう。

ラッパが高らかに鳴り響き、厳かな声で放送が始まる。

放送　第一戦区軍務部、河南省民政庁、隴海鉄道局の連名による公告である。抗戦の大業のため、戦時鉄道管制のため、スパイやその協力者への防衛のため、難民は地元の駅で登録しなければならない。身分が証明できたら、乗車は無料になる。本規定を無視して勝手に汽車に乗ったり、しがみついたりする者は、戦時治安管理条例の第五条第八項に従い厳罰に処す。……

放送が流れるなか、机に向かって座っている警官も押し合いへし合いする難民に対して大声でどなる。

警官　よく聞け。汽車は場所が狭いから、荷物は持ち込むな！

周りの警官は、難民に残された最後の持ち物、わずかな食糧、丸めた布団、手押し車、天秤棒などを次々に取りあげる。取り戻そうとする者がいるが、乱暴に奪われる。着の身着のままでスッカラカンになった難民が手にしたのは、「救済」の二文字に救済委員会の判が押された白い布だけだった。

一一九、洛陽の駅前広場　明け方

難民は、白い布を受けとると、あわてて自分の胸で結んでつける。赤ちゃんを抱き、丸めた布団と娘を売って得たアワを背負う地主さまは、群衆の流れから身を引く。顔じゅう汗だらけの栓柱も、女房を売って手に入れたアワと二人の子供の手を引きながら後ろにさがる。

地主さま　家族を売って掴《つか》んだ命の綱の食い物《もん》だ。やつらなんかに渡せるもんかい。

二二〇、洛陽の城内、昼

洛陽の大通りに黒山の人だかりができている。汚職で摘発された董家耀と数人の罪人ががんじがらめに縛られて軍用トラックに乗せられ、街じゅうを引き回されている。動員された民衆が汚職犯の厳罰を見物している。トラックの拡声器から、政府が下した判決が流されている。

拡声器　董家耀、男、現在四十歳、元第一戦区軍需部大佐、軍需官。在任中抗戦の大業を顧みず、政府の救済の緊急性を考えず、腐敗汚職が習い性となり、投機に手を染めて巨額な取引を行った。処刑せねば、民の憤激は収まらない。中華民国刑法第八章第七条第四項に照らし、極刑に処し、即時執行する。李富寛《リフウクワン》、男、四五歳、元河南省民政庁救済部部長、在任中……

激昂した群衆は董家耀たちに土くれ、石、レンガのかけらなどを投げつけ、つばを遠くまで吐き飛ばす。顔じゅう血だらけの董家耀は必死にもがいて何か叫ぼうとするが、首が細い麻縄で縛られているため、口を苦しそうにゆがめて、アア、アアという声しか出せない。

二二一、洛陽の城内にある教会の医院、昼

ミーガン神父は、頭がおかしくなった安西満を連れて来院する。診察が終わり、院長が二人を外まで見送ると、ちょうど、汚職犯の引き回しが通りかかる。三人は群衆の流れに押されて、医院の階段まで後戻りする。安西満はどんよりした目つきをしている。ミーガン神父は、首を締めつけられて苦しそうにもがく董家耀の様子を見ながら言う。

ミーガン神父　もっと早く処刑したら、被災民の死者は少なくなったのに。

院長　これはお芝居ですよ。見物人を動員して、見せしめにしているのです。まあ、政府はまもなく河南北方で戦争を始めるので、人心を静めなければなりません。

そして、声をひそめる。

院長　それに、これは一部にすぎません。秘密裏に処刑された者もいます。洛陽電報局の局長のように……。ホワイトの原稿をアメリカに送ったためだそうです。

安西満はトラックに乗せられた犯人たちを見て、間の抜けた顔つきで言う。

安西満　私たちは彼らと同じだ。

ミーガン神父は驚いて安西満を見る。

安西満　私たちは災害につけ込んで宣教する。彼らは災害につけ込んで私腹を肥やす。

ミーガン神父は泣き笑いの表情になる。

ミーガン神父　同じではありませんよ。

そして、院長に向かって言う。

ミーガン神父　やっぱり重症です。

院長　薬をしっかりと飲ませてください。

一二二、葦子坑　昼

女たちが売られたところである。臭い水たまりの周りに枯れた葦がビッシリと茂っている。董家耀たちはここまで連れてこられて処刑される。見物に動員された難民のなかには、駅から抜け出した地主さまや栓柱たちもまざっている。女たちが売られた時はにぎやかだったが、死刑執行となると、見物人はまばらである。

憲兵は、董家耀たちを臭い水たまりと葦の前にひざまづかせる。後ろにはアメリカ式の軍服を着て、カービン銃を持つ憲兵が厳《いか》めしく並んでいる。憲兵の一人が罪人の首に巻かれた縄を解く。そして、洛陽市政府の役人が河南省政府の役人に、おうかがいをたてる。

洛陽市の役人　林部長、始めますか？

林部長　さっき民衆に見せしめたのに比べて、難民の集まりが少ないぞ。もっともっと集めなけりゃならない。洛陽市はどういうふうに動員したんだ。

洛陽市の役人　難民は汽車にしがみつこうと必死で、なかなか集まりません。こいつらを代表にすれば十分です。

林部長　多い、少ないの問題ではない。宣伝の効果が十分でなければ、政治的な大問題になるんだ。

そして、嫌《いや》そうな顔つきで手を振る。監察官は死刑執行の旗をあげる。その時、李富寛は縄を解かれた首を揺らしながら、董家耀に尋ねる。

李富寛　董さん、さっき何て叫ぼうとしたんだ？

董家耀　え、えん罪だ。

李富寛は惨《みじ》めな笑いを浮かべる。一斉に銃声が鳴り響く。葦の密集するくぼ地から、カモメがガアー、ガアーと鳴いて、高く飛び立つ。

栓柱　旦那さま、殺されただ。もしかしたら救済が始まるかもしれねえ。陝西まで行かなくてもすむかもしれねえ。

地主さまは首を横に振る。

地主さま　やつらが何をしたって、おらぁ、もう信じねえだ。

そして、続ける。

地主さま　ほら、兵隊さんが通ってるだ。河南でまた戦争が始まる。栓柱、いよいよせっぱ詰まってきたぞ。土なべは一突きで割れるもんだ。今のうちに陝西に行かにゃならねえ。まあ、陝西で落ち着けたら、まだ見込みはある。

ふところから帳簿を取り出して、指をさす。

地主さま　おら、どうすりゃ貧乏人から金持ちになれるか分かってる。十年も経たねえうちに、おめえの旦那さまは、また地主さまになるぞ。そしたら、星星と花枝は家に帰れるんだ。

栓柱は、このすばらしいビジョンに引きつけられる。

栓柱　旦那さま、そしたら、おら、また旦那さまの作男になりてえだ。

地主さま　家族は死んだり、売られたりしちまった。今じゃ、おらたちだけだから、もう家族だ。その時になったら、二人で地主さまになろう。

これを聞き、栓柱はますます感動し、突然、手で顔を隠して告白する。

栓柱　旦那さま、すんません。

地主さま　何だ？

栓柱　逃散するってぇ時、若奥さまの首飾りの箱を盗んだのは、おらだ。あの家の槐《えんじゅ》の木の下に埋めただ。

地主さまは帳簿をふところに戻しながらため息をつく。

地主さま　おめえが持って来たら、飢え死にするのが少しは減っただろうになぁ。

そして、栓柱を慰める。

地主さま　おめえも、地主さまになれば、もう盗人になんかならねえよ。

一二三、洛陽駅のホーム　夜

難民を西に運ぶ有蓋の貨車が停車している。駅の周囲には鉄条網が張りめぐらされている。貨車には「救済」の白い布をつけた難民がすし詰めになっている。屋根の上もたくさんの難民であふれている。

駅のまん中にある監視塔にはサーチライトがあり、周囲をサーッと照らし回り、貨車の上の難民や鉄条網を明るく映しだしている。

駅長はランプをぶら下げ、警察署長と鉄条網の前を巡回している。

署長　どうして発車しないのだ？　警報がまだ解除されてないのか？

駅長　いや、解除されてるが、兵隊を運ぶ列車の通過を待っているのだ。

署長　河南はまた戦場になるぞ。

そして、フワーッとあくびをする。

署長　眠くてたまらん。この手ごわいやつら（難民）を片づけるために、三日三晩、一睡もしていない。

二人が通り過ぎると、「救済」の白い布を持っていない難民の群れがそっと鉄条網を破り、くぐり抜け、汽車に乗り込もうとする。その中には地主さまと赤ちゃん、栓柱と二人の子供もいる。みな押し黙って、音を立てずに行動している。鉄条網をくぐり抜けるとき、鈴铛が風車を落としてしまう。鈴铛は拾うために戻ろうとするが、栓柱はパンとたたいて止めさせる。そして自分で戻り、風車を拾って、胸に押し込み、またくぐり抜けて戻る。

まことに幸運なことに、プラットホームの警官には気づかれない。警官たちは、連日連夜、次から次に押し寄せる難民への対処で疲労困憊し、多くはプラットホームのベンチにごろ寝している。

難民たちが無法にも汽車に近づいた、まさにその時、思いもよらないことに、地主さまの背中で揺らされた赤ちゃんが「オギャー、オギャー」と泣きだし、静まりかえった深夜に響き渡る。プラットホームの警官は驚いて目を覚まし、遠く離れた駅長や署長も振り返る。署長はすぐさま呼子笛をピピーッと吹き鳴らす。サーチライトの光も向けられる。大勢の警官が猛獣のように襲いかかる。難民たちは蜘蛛の子を散らすように逃げまわり、必死になって汽車にしがみつこうとする。地主さまと栓柱は難民に激しくもまれるうちに離ればなれになる。

鉄条網の外からますます難民たちが押し寄せてくる。駅長は力いっぱい信号灯を振り回し、時刻を繰りあげ、汽車を発車させる。

ポーッと汽笛が鳴り響き、ゴトンと音を立てる。難民たちはなおもしがみつこうとするが、汽車は動き出す。

一二四、汽車の屋根　夜

汽車は徐々に速度を上げる。「救済」の白い布をもらっていない難民は懸命に車両の屋根にのぼろうとする。しかし、既にそこを占拠している難民は、自分の居場所を守るために、死にものぐるいで下に押し戻そうとする。そのため、たくさんの難民が列車から振り落とされる。その中には、汽車が巻き起こす風圧に吸い込まれて、ひき殺される者もいる。汽車の車輪は、ガチャンガチャンと、その上を走って行く。

一二五、汽車の屋根の上　夜

汽車はますますスピードをアップし、原野を走りぬけていく。その屋根の上では混乱が起きている。難民たちは必死で自分のいるところを確保しようと、屋根にへばりつきながら争っている。髪の毛は風にあおられて逆立っている。

まことに驚くべきことに、六十代の地主さまは強靭な意志と気迫で汽車にしがみついている。今や、荷物もアワも肩からおろしている。
別の列車の屋根では、栓柱が留保と鈴铛を連れて、しがみついている。

二二六、汽車の屋根　夜明け

夜が明けて、朝もやがたちこめている。その中を、難民を満載した汽車はヒューッと走り続ける。一晩中、寒風に吹きさらされて、屋根の難民たちは凍えきっている。しかし、くたくたに疲れきってしまい、多くの難民は寒さに震えながら眠ってしまう。
向こうから大砲、軍需物資、兵士を乗せた汽車が近づき、すれ違う。栓柱はハッと目が覚め、そばに留保と鈴铛がいないのに気がつく。彼はガバッと立ちあがり、あたりを探す。屋根は難民であふれているが、二人は見当たらない。栓柱は狂ったように「留保、鈴铛」と呼びながら、次から次へと別の車両に移動する。でも、二人はいない。だが、地主さまを見つける。
栓柱は焦りながら大声でたずねる。

栓柱　旦那さまぁ、留保と鈴铛、知らねえだかー？

地主さまも大声で答える。

地主さま　おめえと一緒じゃねえのかー？

栓柱　おしめえだぁ。寝てる間に、押されて落とされちまっただ。おら、降りて、探さなきゃならねえ！

地主さまは引き止めようとするが、間に合わず、栓柱はピョーンと飛び降りる。子供たちが落とされたんだと激怒したのが幸いして、栓柱は大きく飛びあがったため、車輪には吸い込まれない。しかし、彼はハッと気がつく。荷物もアワも汽車に置き忘れていたのだ。「おらの布団、おらのアワァ」と叫びながら、必死に列車を追いかける。しかし、汽車はどんどん遠ざかる。栓柱はまだ暗い原野に取り残され、次第に小さくなる尾灯を呆然と見ながら、涙を流す。

栓柱　ありゃ、おらの女房を売ったアワだ。

そして、怒りを爆発させる。

栓柱　コン畜生の汽車め！　てめえの母ちゃん、やったるぞー！（英語のFuck your mother）

一二七、汽車の屋根　夜明け

難民をぎゅうぎゅう詰めにした汽車は快速で走る。地主さまは抱きかかえている孫を見て感無量である。

地主さま　留成ちゃん。どんな苦労があっても、おじいちゃんと二人で陝西に行けるんだ。ご先祖さまの功徳のおかげだよ。

一二八、汽車の屋根　夜明け

朝もやのなか、相変わらず難民を満載した汽車は走り続ける。また、大砲、軍需物資、兵隊をのせた汽車が逆方向から来て、すれ違う。

まっ赤な朝日が昇る。汽車はトンネルに向かって走る。その入り口の上には、大きく「潼関」の文字が見える。

地主さまの表情にパッと喜びが表れる。満面に笑みと希望をあふれさせ、抱いている赤ちゃんに語りかける。

地主さま　留成ちゃん、陝西だよー。

ところが、汽車はトンネルを出ると、速度を落とし、停車する。

線路の前方には、たくさんの枕木や石が積みあげられ、その後ろには陝西省の軍隊がずらりと配置されている。

一二九、潼関の西部の鉄道

陝西省と河南省の境界に沿って陝西省の軍隊がずらりと見張っている。将校のような軍人がピストルを持って、汽車の運転士に命令する。

軍人　戻れ。

運転士は一枚の紙切れを取り出して言う。

運転士　命令で、被災民を陝西省に運んでいるのです。

軍人は紙切れをパッと取りあげ、破り捨てる。

軍人　おれも命令されている。陝西まで逃散してきた難民は、もう数百万になっている。その上さらに運ばれたら、陝西は被災地区になる。

運転士は粘り強く頼む。

運転士　戻れないです。戻ったら、おれが処罰される。

軍人は、バーンとピストルを撃ち、汽車のバック・ミラーを破壊して、銃口を運転士の頭に向ける。

軍人　戻らなければ、今すぐ処罰するぞ。

運転士は震えあがり、汽笛を鳴らし、後退し始める。陝西にたどり着けば生き延びられると信じていた難民たちは、蜘蛛の子を散らすようにワーッと汽車から飛び降り、四方八方に走り出し、陝西にもぐり込もうと走る。地主さまも孫を抱いて全力で走る。陝西軍は、難民を威嚇するため、空中に発砲する。銃弾をよけようと難民たちはドッと地面に身を伏せる。地主さまも同じようにしたので、孫が押しつぶされる。しかし、立て続けに発砲が繰り返されるため、地主さまは頭をあげる勇気などなく、ただしっかりと孫を抱きしめている。

ようやく銃声は止《や》み、地主さまは身を起こし、孫を見る。すると、何と圧死させていたのである。地主さまは絶望し、悲痛な声で叫び、両手で地面をたたく。

地主さま　ウォォー！　留成、留成ちゃぁん！　やっと陝西にたどりついたのに、おら、殺してしまっただぁ！

一三〇、河南の魯山、省政府主席・李培基の執務室　昼

まっ黒な粒とまっ白な粒が数十個、李培基の執務机の上に並べられている。

李培基は、もはや精神的に疲れ果て、その容貌は難民のようになっている。彼と机をはさんで、延津県から苦労を重ねてやってきた県長の老岳と国民党支部書記の小韓が立っている。

老岳はまっ黒な粒を指さして説明する。

老岳　これは簡易な救荒の丸薬で、一粒飲めば、一日飢えません。

次にまっ白な粒を指さして言う。

老岳　これは効き目が長い救荒丸で、一粒飲めば、七日ももちます。

李培基は、汚らしいもののように疑い深い目で見る。老岳に付き従う小韓は、李培基に向かって期待に満ちた顔つきでペコペコしている。

老岳は小韓を紹介する。

老岳　小韓は何日も家に閉じこもり研究し、いくつもの成分を調合して、これを発明しました。ですから、政府が特別に資金を配分して生産し、全力で普及させ、死線をさまよう河南の民衆を救い出しましょう。

李培基　どのような材料を調合したのか？

小韓　か、家伝、家伝の秘法で、ちょ、調合しました。

李培基　もし、君の言うように家伝なら、中国では秦の時代から餓死者は出なかったはずだ。

李培基は頭を振る。

老岳　でも、本当に効きます。おととい私は一粒飲みましたが、今でもおなかはすかず、喉も渇いてません。

李培基　それなら、どうして昨年これを知らせなかったのだ？　そうしたら、河南の餓死者はこれほど多くはならなかったろう。私は君を直ちに糧政局長に

老岳　任命し、県長は他にやらせたはずだ。去年はまだ発明できなかったのです。で、でも、今から生産しても遅くはありません。『亡羊補牢』（羊を失って柵を補修する。「戦国策・楚策」より）というように、まだ間にあいますから……

その時、李培基の秘書が入ってくる。

秘書　主席、車の修理ができました。

李培基は立ちあがる。

李培基　私はこれから洛陽で開かれる軍政食糧会議に出なければならない。みなさんとおつきあいできないが、お許し願いたい。そう、戦争が迫っている。救荒丸のお話しは、また改めてということで。

老岳もあわてて立ちあがる。

老岳　実は、今日、ここに来ましたのは、救荒丸のことではなく……、河南の北方に軍隊が集まっていて、また県では餓死者と逃散者が九割に達していて……、もうこれ以上は無理ですから、どうか南方の県に転任させていただけないでしょうか。

李培基　県長さん、もうすぐ大きな戦争です。省政府も即刻移転せねばならぬ。もし省や県がまだあるとすればだが……。唯一の希望は、戦争に勝つことだ。

老岳は呆然とする。

老岳　それは……。

一三二、空中　昼

日本機が一機、河南の上空を飛行している。

飛行機から見下ろすと、山道に沿って、人々の流れが二つ続いている。一つは難民の行列で、西に向かって見渡す限り蜿蜒と続いている。もう一つは、それと逆方向に進む中国軍の隊列で、やはり見渡す限り蜿蜒と続いている。様々な馬に引っぱられる砲車や軍用トラックもあり、北方の前線に向かっている。

飛行機の中の机には、日本語で書かれた河南の地図が広げられている。河南全体を隅々まで一目瞭然に見ることができる。日本軍の北支那方面軍司令官・岡村大将と軍団の司令官・高橋中将が、身をかがめて地図をじっくり見ている。周りには数人の参謀が立っている。

岡村大将は地図を見終えると、身を起こし、窓に近づき、地上の二つの流れを見下ろす。

岡村大将　高橋君、目下のところ、兵力はどのくらい集結したかね。

高橋中将も身を起こす。

高橋中将　三個師団と五個混成旅団で、約六万であります。

岡村大将　河南に集結した支那軍は、どれくらいだ。

高橋中将　情報機関によれば、蒋鼎文には八個集団軍があり、蒋介石は一個集団軍を増派しており、七十万と虚勢を張っていますが、実際は四十万であります。

岡村大将は机に戻り、コップを手にして、水を飲み、地図を見ながら熟考する。

高橋中将　陸軍の一号作戦綱要は、実は数人の参謀が東京で地図を見ながら作ったものであります。河南で久しく対峙してきて、戦うべき時に戦わず、戦うべきではない時に戦うという、まあ、米軍の東京爆撃に慌てふためき、浙江や江西の空軍基地を破壊するため、華北の作戦に着手し……

岡村大将　大規模な作戦の前に、後方を強固にするのは戦略的に重要だよ。

片手でコップを持ち、片手で地図を指す。

岡村大将　平漢線（華北と華南を結ぶ京漢線）、隴海線は、まさに中国の二つの大動脈だ。……明後日の朝から開始する。開封の西より、また濮陽の南から、この二つを結ぶ長大な戦線で総攻撃をかける。新郷を制圧したら、黄河を渡り南進し、鄭州、許昌、漯河を攻略し、さらに一個師団を平漢線にそって南へ展開させつつ、主力は迅速に西方に進撃し、洛陽、三門峡、潼関を攻め落とし、西安に迫る勢いを作り出す。

高橋中将　司令長官殿、今年は去年と同じではありませんが……。去年、蒋鼎文は三十万を率いていましたが、今年は四十万であります。我が軍は、去年は十五万でしたが、今年は六万で、兵力の差は極めて大でありますが……。

岡村大将はうなずきながら、また地図から身を起こす。

岡村大将　私も、君に四十万の兵力を与えよう。

高橋中将は驚いて目を見開く。

高橋中将　太平洋方面の作戦のため、中国戦区から少なからぬ部隊が移動いたしました。司令長官殿、どこから部隊を集めるのでありますか？

岡村大将はまた窓に近づく。

岡村大将　新たな兵力は既に調達ずみだ。それは食糧だ。

高橋中将は怪訝《けげん》そうにたずねる。

高橋中将　食糧とは？

岡村大将　河南は旱魃に見舞われてから、毎日餓死者が出ておる。中国政府の救済は不十分だ。君が進攻する経路には、被災民が逃散している。もし、君が軍糧を放出したら、被災民はどうするかね？　そう、君に協力し、前線のための後方支援もするだろう。さらに戦闘に直接加わり、支那軍を武装解除するだろう。

高橋中将　司令長官殿、しかし、やつらは支那人でありますが……。

岡村大将は頭を横に振る。

岡村大将　いや、まず何より人間だよ。

そして、また言葉を続ける。

岡村大将　敵を愛することを学ぼう。これはガンディーの言葉だ。ウム、ガンディーと言えば、蒋介石が世界で最も敬愛する人物だそうだぞ。

飛行機は上昇し、遙か彼方へ飛び去る。

一三二、戦場

爆弾が鋭く長い音を響かせて落下する。

(戦場だが戦闘の場面は映さない。激しい砲声、飛行機の爆音、人々の阿鼻叫喚、そして粉々に吹き飛ばされる場面。スクリーンには、一九四〇年代のタイプライターで、次のような一文字一文字が映しだされる。)

一九四四年四月、日本軍は河南作戦を開始する。頑強な抵抗に遭遇するが、日本軍は六万の兵力をもって、鄭州、許昌、漯河、駐馬店、南陽、鞏義、洛陽など二八の都市を次々に攻略し、三十万の国民党軍を全滅させた。

一三三、洛陽の城門　昼

城門の楼閣に「洛陽」の二文字が見える。

しばらく前まで、難民であふれかえっていた城門の前で、日本軍は入城式を挙行する。戦車や部隊が隊列を整え、分列行進で堂々と城門を通過する。

一三四、洛陽城　昼

しばらく前に、董家耀たち汚職犯ががんじがらめに縛りあげられて引き回された大通りを、日本軍は整然と行進し、その隊列は見渡す限り延々と続いている。

一三五、洛陽の近郊　昼

物音　ドン、ドン、ドン、ドン
誰かが教会の大きなドアをたたいている。安西満がドアを開けると、日本軍の将校と中国人の通訳、その後ろに武装した兵士が立っている。
通訳　神父さまにお伝えください。皇軍の宣撫官・茅野中佐が来訪しましたと。

安西満はまだ半分おかしく、ボーッとして、何も話さない。

一三六、会堂の中　昼

ミーガン神父と茅野中佐がテーブルを挟んで座り、英語で話している。

茅野中佐　河南では餓死者が至る所にいますが、神父さまは教会でお粥の炊き出し所を開き、救援活動に尽力しているとうかがっています。まことに敬服いたします。

ミーガン神父　主のみ旨《むね》です。

茅野中佐　天皇陛下のみ旨でもあります。皇軍も救援しています。神父さまと手を取りあい、共同で河南の民衆を水火の苦しみから救うことを望みます。

ミーガン神父はポカンとする。

ミーガン神父　手を取りあう？

茅野中佐は穏やかに言う。

茅野中佐　そうです。天皇陛下と主が手を取りあい、河南の民衆に希望を賜ります。

ミーガン神父は茅野中佐の意図を理解して、立ちあがる。

ミーガン神父　つまり、救援活動を通して、私たちに、主があなたたちの側に立っておられると表明させるということですね。

茅野中佐もまた立ちあがり、ほほえむ。

茅野中佐　主と天皇陛下がともに大東亜共栄圏を建設するのです。

ミーガン神父はあわてて言う。

ミーガン神父　ミスター茅野、同じ難民救済ですが、私たちのすることと、あなたたちのでは、違います。

茅野中佐はきっぱりとした口調で言う。

茅野中佐　同じです。

その時、窓の外では、日本軍が教会の敷地内に食糧を運び入れ始める。茅野中佐はほほえみながら言う。

茅野中佐　明日午前から、私たちはいっしょに、教会の外で粥の炊き出しを始めましょう。

そして、聖母マリアの肖像の前へ進み、胸で十字架を描き、振り返って、ミーガン神父に言う。

茅野中佐　神父さまに申し上げますが、私もカトリック信徒です。

茅野中佐は、通訳と兵士を連れて去って行く。

一三七、会堂の外　夜

会堂の大きなドアを、武装した日本兵が見張りについている。
会堂の周囲を、日本兵がパトロールしている。

一三八、会堂の中　夜

会堂の入り口の廊下には袋詰めされた食糧が山積みされている。
ミーガン神父は安西満を連れてでこぼこに積みあげられた食糧の間を通っている。安西満は手にランプを持ち、ぼんやりした顔つきに薄笑いを浮かべている。
ミーガン神父はため息をつく。

ミーガン神父　彼らは主を利用して、民心を買いあげようとしている。
安西満は薄笑いをしながら言う。

安西満　食べる？　食べない？
ミーガン神父はつぶやく。

ミーガン神父　主よ、侵略者に協力などできません。
安西満は薄笑いをしながら言う。

安西満　食べる？　食べない？
ミーガン神父　我らは主を冒涜できない。
外の日本軍を指さす。
ミーガン神父　まして、彼らに主を冒涜させることなどできはしない。
安西満は薄笑いをしながら言う。
安西満　食べる？　食べない？

一三九、ミーガン神父の寝室　教会の廊下　夜

ミーガン神父は聖母マリアの肖像の前で祈っている。

軽いノックの音がする。安西満が声を低めて言う。

安西満　神父さま、神父さま！

ミーガン神父はドアを開ける。手提げランプを持つ安西満がそっと言う。

安西満　神父さま、ぼくはやっとサタンが誰だか分かりました。

ミーガン神父　誰？

安西満は神秘的な雰囲気でミーガン神父を連れ出し、廊下へと歩いて行く。廊下に着くと、
安西満は一袋一袋の食糧を指さして言う。

安西満　これです！

その時、ミーガン神父は山積みされた食糧から石油がしたたり落ちているのに気がつく。その下には石油の入ったバケツが置かれている。ミーガン神父はハッと察知して、安西満を止めようとするが、安西満はランプを食糧袋に投げつける。パッと大きな炎が燃えあがる。安西満は天を仰ぎ、大声でどなる。

安西満　主はついにサタンに勝利した！

ミーガン神父は大あわてで叫ぶ。

ミーガン神父　教会が、教会がー！

と同時に、僧衣を脱いで火を消そうとする。しかし、安西満はミーガン神父を押しのけるので、二人は転がりながら争う。安西満はミーガン神父を抑えながら、吼《ほ》える。

安西満　地獄の炎で、このサタンを焼き尽くせえー！

その時、バーンという銃声がして、安西満はミーガン神父の上に倒れる。銃を持った日本兵が教会に突入し、消火を開始する。

ミーガン神父は血まみれになって立ちあがり、安西満を抱き起こす。目には涙があふれている。

ミーガン神父　君に悪いことをしたよ。大飢饉の年に宣教などさせてはいけなかったのだ。

一四〇、湖のほとり　昼

ズドン、ズドン、ズドン、ズドンと爆発音がして、湖面に水柱があがる。

日本軍が氷を爆破し、魚を捕まえているのである。

湖のほとりには、芦が群生している。

お昼になり、洛陽を越えて西に向かって進撃する日本軍部隊は休息し、野営で食事の準備を始める。その中には中国人の人夫も混ざっていて、軍馬にエサをやったり、鍋をしつらえたりしている。

数人の日本兵がワハハと笑いながら、氷に開けた穴から捕った魚を行軍用の容器に入れて、鍋の前まで持ってくる。

そこでは巡回法廷の老馬が前掛けをして、地面にしゃがみ、魚を切り開き、鱗をこすり落としている。両手は霜焼《しもや》けで痛々しい。

日本人の炊事夫がおもしろそうに軍刀で刺身を作っている。別の炊事夫はわさびと醤油を飯ごうに入れている。

老馬はうつむいてブツブツつぶやく。

老馬　これじゃもったいねえだ。鯉魚焙面（きつね色に揚げた鯉）にするのが一番だってのに……。

山から吹きおろす風の当たらないところで、中隊長が砲弾の箱に座り、食事をとっている。目の前に別の砲弾箱があり、そこには刺身、開けた缶詰、おにぎり、マントー、湯気のたつ味噌汁が置かれている。暖を取るため、そばにはうず高く積まれた薪《たきぎ》が燃やされている。その近くには軍馬が繋がれている。

二人の日本兵が一人の中国人を中隊長の前まで連行してくる。彼は綿がはみ出た花柄模様のズボンをはき、綿入れの上着をきて、頭には国民党兵士の綿入れの帽子をかぶって、手には子供の風車を持っている。

日本兵　中隊長に報告します。支那兵を捕まえました。

この中国人は栓柱である。彼は日本語は分からないが、自分のことを言ってることに気がつき、あわてて自分の帽子を指さして説明する。

栓柱　拾っただ。道で拾っただ。

老馬は遠くで栓柱を見つけ、急いで魚を置いて走ってくる。

老馬　栓柱じゃねえか？

栓柱もビックリする。

栓柱　老馬じゃねえか？

そして、老馬の身なりを見て言う。

栓柱　何で日本人の炊事夫になってるだ？

老馬は頭を揺らす。

老馬　腹ぺこだぁ。政府もなくなっちまったぁ。河南もなくなちまったぁ。まず生きなきゃならねえ。でも、そんなこたあ、後で話そう。

栓柱は周りを見渡して言う。

栓柱　二人の手下は？

老馬　一人は撃ち殺され、もう一人は飢え死にだぁ。

日本人は二人が何を話しているのか分からない。中隊長は栓柱を指さしながら、老馬に質問する。

中隊長　おまえらは知りあいか？

老馬はうなずく。

中隊長は栓柱の帽子を指さす。

中隊長　こいつは軍人か？

老馬はそばで馬を手で画くような仕草を見せる。

老馬　いや、違うだ。兵隊じゃねえ、家畜を飼えるし、馬車もできるだ。

中隊長はうなずく。

中隊長　よし、わが軍のために、馬飼いにする。

栓柱はその意味が分かり、あわてて頭を振る。

栓柱　できねえだ。

そして、手にした風車を揺らす。

栓柱　おら、子供を探さなきゃならねえ。

日本兵は怒ろうとするので、老馬はあわてて栓柱を引きとめる。

老馬　おめえ、飢えてヘナヘナになってるのに、子供を探そうってのか？　まず生きなきゃならねえ。話はその次だ。

中隊長は栓柱の手から風車を取りあげ、糸を引っぱり、トルルルーと回し、おもしろがって、笑う。そして、風車を指さしながら、栓柱に言う。

中隊長　おれにくれ。

栓柱は頭を振る。

栓柱　そりゃ、もっとできねえ。もし子供が見つからなけりゃ、これしか形見がねえ。

中隊長は栓柱のクソまじめさに気がつき、砲弾箱からマントーを取りあげ、手まねをする。

中隊長　これで交換だ。

栓柱は頭を振り、マントーを押しのけ、風車を取りもどそうとする。ところが何と、マントーは地面に落ち、馬の小便のたまっているところに転がった。中隊長は恥をかかされたと激怒し、風車をそばのたき火に投げこむ。風車は火の中で燃え、栓柱は飛び出して風車をすくい出そうとするが、二人の日本兵が両側から捕まえ、もとの場所に引き戻す。

中隊長はスラリと軍刀を抜き、馬の小便のなかのマントーに突き刺し、栓柱に差し出し、

中隊長　食え！

と命じる。

老馬は恐ろしさの余りボーッとしていたが、あわてて栓柱をたしなめる。

老馬　栓柱、まず命が何よりだ。

しかし、驚くことに、栓柱は頭にきて、中隊長の顔に向かって唾を吐きつけて、悪態をつく。

栓柱　小日本《シャオリィベン》め。娘のおもちゃを焼きやがって。てめえの母ちゃん、やったるぞー！

中隊長は軍刀を栓柱の口にブスッと突き刺す。

栓柱はその音とともに倒れる。老馬はブルブル震えている。

すると、鍋の前の日本人炊事夫が老馬に手招きする。

日本人炊事夫　馬《マー》さん、来い。

老馬はブルブル震えながら鍋の前に戻る。炊事夫はナイフを刺身に突き刺し、飯ごうの中のわさびをつけて、老馬の顔の前に突き出す。

日本人炊事夫　馬《マー》さん、食え。

老馬は食わないという勇気などなく、口をさし出して食う。

日本人炊事夫　うめえか？

老馬はむせて、目に涙をいっぱいためながら答える。

老馬　からいだ。

二人の日本人炊事夫はウワッハッハと大笑いする。

一四一、重慶の黄山官邸　山道　朝　雨

李培基は陳布雷について山道の階段をのぼる。二人とも傘をさしている。

李培基　陳主任、お電話すべきかどうか、ずっとためらっていましたが、河南のことでは諸説紛々で、私も無念で、やりきれないことばかりです。聞くところでは、河南を失ったことを、私のせいにして、とがめている。河南の人々のせいにして、とがめるばかりか、さらには漢奸（売国奴）の罪をなすりつけるのまでいるのです。私は実情を委員長に報告しなければなりませんよ。

陳布雷　委員長は、今日の午前に、衡陽の前線へ視察に出る予定です。昨夜、あなたが来ることを報告すると、朝食に招待することにしたのです。

李培基は感激する。

李培基　ありがとうございます。陳主任。

一四二、黄山官邸の雲岫楼　食堂　朝　雨

蔣介石と李培基がいっしょに食事をしている。それぞれの前には、お粥、数枚のトースト、煮卵一個がある。また、数皿の漬け物が並んでいる。

蔣介石はテーブルの料理をすすめる。

蔣介石　培基、どうぞ、どうぞ。

李培基は恐縮しながらお粥を口にする。

蔣介石　培基、重慶まで来られたのは、辛い思いを訴えるためでしょう?

李培基はすぐさま立ちあがり、辛い思いを訴えるどころか、別のことを話す。

李培基　私めが重慶に参りましたのは、罪をおわびするためです。在職中、民衆に塗炭の苦しみをなめさせ、今や国土を失いました。国に対しても、民に対しても、私めは立場がございません。委員長による懲戒をお願い申し上げます。

蔣介石は手を動かし、李培基を座らせる。

蔣介石　河南を失ったのは、君の責任ではない。蔣鼎文の責任だ。四十万でも六万

に勝てなかった。もし、このような戦いが続くなら、我々はまもなく国を失い、子孫は滅びる。既に蒋鼎文は解任処分とした。

李培基はホッとして席についたが、話す勇気はなかった。

蒋介石 初め、君は忠実で温厚だから河南に派遣したが、今になってみると、君に悪いことをした。

李培基はあわてて立ちあがる。

李培基 私こそ、委員長の信任にお応えできませんでした。

蒋介石 蒋鼎文がすさまじい苦戦を強いられたことも知っている。しかし、日本軍の河南進攻の手段がこれほど悪辣だったとは、思いもよらなかった。被災者に軍糧を放出するとは。

陳布雷 昨日、イギリスの『タイムズ』が、河南の会戦で、多くの被災者が日本軍のために中国軍の武装解除を助けたという記事を報道しました。

李培基はあわてて弁解する。

李培基 それは絶対にデマで、我々を離間させるためです。

蒋介石は、別の方面で癇癪《かんしゃく》を起こす。

蒋介石 こういう文章が、どうして発表できたのだ？　人心の向背は、国家の威信に関わる。ただちに張道藩に談話を発表させ、誤りを正すことだ。大多数の民衆は政府の側にある。紂（古代中国の殷朝最後の王で暴君）のために悪事を働くようなやつなど、汪精衛の類《たぐ》いだ。

陳布雷　ハッ。

蒋介石は李培基にたずねる。

蒋介石　この河南の旱魃で、死者はどれくらいか？

李培基　政府の統計によれば、一〇六二人です。

そして、声を低める。

李培基　実際は、去年から今年までで、およそ三〇〇万人です。

蒋介石は大きな身震いをして、両膝を小刻みにゆすりはじめる。

蒋介石　どうして、それほど多くなったのか？

李培基はどもりながら説明する。

李培基　大旱魃の後に暴雨に見舞われました。暴雨の後は脳膜炎がはやりました。

蒋介石は立ちあがり、窓辺まで歩き、軒から落ちる雨の滴《しずく》を見ながら、陳布雷にたずねる。

蒋介石　国際世論はどうなっている。また私を独裁者で民衆の敵だと非難しているのか？

陳布雷　新聞はまだ河南について報道していますが、各国政府は現在、スターリングラードの攻防戦と連合軍がヨーロッパの西部戦線を突破することに関心を向けています。

蒋介石はフーッと長いため息をつく。

陳布雷は続ける。

陳布雷　ルーズベルト、チャーチル、スターリンは、カイロ、あるいはテヘランで会議を開き、戦後の世界秩序について話しあおうとしています。宋部長はわが国も参加するために精力的に活動していますが、ルーズベルトはチャーチルとスターリンが同意しないと伝えてきました。

蒋介石はまた癇癪を起こす。

蒋介石　彼らが同意すれば、私は参加する。同意しなければ、衣食を切りつめ精進する。

そして、李培基にたずねる。

蒋介石　日本軍はどこまで進攻したか？

李培基　現在、潼関に迫っています。

蒋介石　何応欽に伝えよ。潼関は絶対にとられるなと。日本軍が陝西を占領すれば、君たちがカイロの会議に行けるようにしても、私は面子を失ってしまう！

一四三、山道　昼

日本軍は隴海線に沿って、潼関へと進撃している。その隊列は延々と果てしなく続いている。

サイドカー付きのオートバイが進軍する隊列と逆方向に疾走してくる。ゴーグルをかけた通信兵が二人乗っている。

オートバイは軍用ジープの前に停車する。

一人が降りて、ジープに向かい敬礼する。

通信兵　連隊長に報告します。先頭部隊が函谷関で支那軍と遭遇しました。

ジープに乗っている少将は、太陽を観察し、次に腕時計を見て、命令する。

連隊長　部隊に命じよ。前進を速めろと。

日本軍は進軍をスピード・アップする。

一四四、山道　昼

日本軍のサイドカー付きオートバイが山道を回り、崖の前で停車する。二人の日本兵がぴょんと降りて、ぺちゃくちゃおしゃべりしながら、崖に向かって小便をする。

突然、坂道の草の茂みがガサガサと揺れる。二人の日本兵はビックリして、あわててピストルを取り出す。

日本兵A　誰だ！

坂道の草むらからぼろぼろの服を着て、顔がまっ黒に汚れたロートルがノソッと出てくる。背中にぼろぼろの荷物をかついでいる。地主さまである。

日本兵A　スパイか？

日本兵Bは地主さまを崖に引きずり、取り調べを始める。丸めた荷物の中にはぼろぼろの服があり、中には赤ちゃんの帽子もある。どんどん投げ捨て、次に地主さまのからだを調べ、ふところから帳簿を探し出す。開いてみると、人の名前と借金の数字がビッシリと書かれている。日本兵Bは見ても分からないので、破り捨てようとするが、地主さまは飛びつく。

地主さま　こりゃ、わが家の帳簿だ。破っちゃならねえ。おらの命だ。

日本兵Bは意味が分からないが、飛びついてきた地主さまを見て、帳簿を日本兵Aに投げる。すると地主さまは日本兵Aの方に飛びつこうとする。二人の日本兵は帳簿をボールのように投げあい、地主さまは行ったり来たりする。すると、投げるのに失敗し、帳簿は崖からはるか下に落ちていって、見えなくなる。

地主さまは絶望する。

地主さま　もうおしまいだぁ。帳簿がなくなっちまっただぁ。何もかもおしまいだぁ。

日本兵はワハハと大笑いする。日本兵Aは地主さまを蹴飛ばして、ののしる。

日本兵A　支那の難民め。あっち行け。

日本兵Bは意地悪く、足を広げて命令する。

日本兵B　股《また》をくぐれ。

地主さまは日本兵を見つめ、泣こうとするが、涙も涸れ果てている。

地主さま　おら、ご先祖さまに恥をかかせちまう。

そして、日本兵の股のしたを呆然とくぐり抜け、よろよろと歩いて、離れていく。

一四五、山道　昼

地主さまは難民が逃散するのとは反対方向に歩き、ふる里に戻ろうとしている。まだ多くの難民が疲れ果てて、腰を折り曲げ、陝西へと逃げ続けている。ある中年の難民が逆に歩く地主さまを見て、尋ねる。

中年の難民　アニキイ、陝西から下って来たんですかい。

地主さまはうなずく。

中年の難民　どうして戻るんですかい。陝西でも生きていけねえんですかぁ？

地主さま　陝西じゃ、生きてけるだろうが、でも、おらにゃぁ、できねえだ。

中年の難民　戻ったら、死ぬだけだよ。

地主さま　おらぁ、死にてえ。ただ、少しでもふる里に近いところで死にてえだ。

一四六、坂道　昼

地主さまは坂道を曲がると、別の日本軍が潼関へと進攻しているのを見る。軍事物資を運ぶ車や馬の隊列は、先頭も後尾も見えないほどずっと続いている。太陽が鉄かぶとに反射してまぶしい。日本軍の将校は駿馬に乗り、意気軒昂に隊列の中央を進んでいる。進軍する隊列の両側には無数の死体が横たわっている。兵士たちは全く無関心に通り過ぎる。

六、七歳の小娘がいる。一人の死体にすがって泣いている。鈴铛に似ているが、別人である。

途切れ途切れに難民が通りがかるが、やはり無関心である。

地主さまは小娘のそばに立ち止まり、腰をかがめる。

地主さま　ねえ、誰なんだい？

小娘　あたいのお母ちゃん。

地主さまはからだに触れる。

地主さま　もう冷たくなってるよ。ほら、泣かないで。

小娘　うちはみんな死んじゃったぁ。あたいの知ってる人はもういないよぉ。

この一言は地主さまの胸にグッと突き刺さる。地主さまはくちびるを震わせながらいう。

地主さま　それじゃぁ、わしをおじいちゃんと呼んでみな。そしたら、おじいちゃんと孫娘になれるよ。

小娘は顔をあげ、か細い声で呼ぶ。

小娘　おじいちゃん。

地主さまは小娘の手をとり、見渡す限り延々と続いている日本軍とは逆方向に坂道を下る。

春の日ざしが訪れる。坂道の下は日当たりがよく、野にも山にも桃の花が色あざやかに咲き乱れている。

一四七、美しく咲き乱れる花を背景にした字幕

尊敬する蒋介石委員長閣下

私は二、三日以内に北アフリカに向かい、二一日にカイロに着き、チャーチルと会談する予定です。その後、二六日、或いは二七日頃、チャーチルとともにペルシャでスターリンと会談するつもりです。そのため、閣下とチャーチルと私が、まず先に話しあうことを希望します。閣下が十一月二二日にカイロに着くよう、お願いします。

フランクリン・デラノ・ルーズベルト

一四八、美しく咲き乱れる花を背景にした字幕

六年後、蒋介石は中国本土を失い、台湾に退き、そこを拠点とする。

一四九、美しく咲き乱れる花を背景にした字幕

十五年後、あの小娘はぼくの母親になる。ぼくが記憶する限り、母が涙を流したり、お肉を食べたりしたことは、見たことがない。

一五〇、美しく咲き乱れる花を背景にした字幕

七〇年後、ぼくは文章を書くために一九四二年のことをたずねると、母は何のことか分からない様子で、こう答えた。

母（かつての小娘）　一九四二年？　飢え死にが出た年はたくさんありすぎるんでね、いったいどの年のことをいってるんだい？

一五一、字幕

花が美しく咲き乱れるスクリーンが黒く変わり、文字が現れる。
東周以来（紀元前七七〇年以後）、河南で起きた旱害
　桓王三年、大旱魃。民、大飢饉。
元鼎三年、大旱魃。大飢饉、民、相い喰らう。
地黄三年、激甚の大旱魃。春の二月に、人、相い喰らう。
建武二年、旱魃。大飢饉。
建武五年、大旱魃。飢饉。
永初三年、大旱魃。大飢饉、人、相い喰らう。
興平元年、旱魃。大飢饉、穀物が一斗で五十万銭。
太和二年、大旱魃。飢饉。
泰始九年、大旱魃。飢饉。
義熙四年、大旱魃。飢饉。
延昌二年、大旱魃。飢饉。
天平四年、大旱魃。飢饉。
武徳九年、大旱魃。飢饉。

貞観元年、大旱魃。米一斗が千銭、道端に餓死者続出。
永隆元年、旱魃。冬に大飢饉。
大和六年、旱魃。大飢饉。
咸通二年、旱魃。飢饉。
咸通三年、大旱魃。大飢饉。
天福八年、大旱魃。大飢饉。
建隆三年、大旱魃。大飢饉。
淳化元年、大旱魃。大飢饉。
景徳二年、大旱魃。大飢饉。
大中祥符二年、大旱魃。大飢饉、人、相い喰らう。
元祐二年、大旱魃。大飢饉、人、相い喰らう。
元祐七年、大旱魃。大飢饉。
定宗七年、大旱魃。大飢饉。
大徳五年、大旱魃。大飢饉。
延祐七年、大旱魃。民、大飢饉。
天歴元年、激甚の大旱魃。大飢饉、人、相い喰らう。
天歴二年、激甚の大旱魃。大飢饉、人、相い喰らう。

至順元年、大旱魃。三年連続の大旱魃。
元統二年、大旱魃。大飢饉、人、相い喰らう。
至正三年、大旱魃。大飢饉、人、相い喰らう。
至正十二年、大旱魃。大飢饉、人、相い喰らう。
至正十八年、大旱魃。大飢饉、人、相い喰らう。
至正十九年、大旱魃。大飢饉、人、相い喰らう。
洪武四年、大旱魃。
洪武五年、激甚の大旱魃。
洪熙元年、旱魃。
正統二年、旱魃。
成化二十年、激甚の大旱魃。大飢饉、人、相い喰らい、餓死者続出。
成化二十一年、旱魃。
嘉靖七年、激甚の大旱魃。大飢饉、人、相い喰らう。
隆慶六年、大旱魃。飢饉、人、相い喰らう。
万歴四十七年、激甚の大旱魃。野原に草木は絶え、人、相い喰らう。
天啓七年、旱魃。大飢饉。
崇禎七年、大旱魃。通年の飢饉。

崇禎八年、大旱魃。

崇禎九年、旱魃。

崇禎十年、旱魃。

崇禎十一年、大旱魃。

崇禎十二年、大旱魃。

崇禎十三年、激甚の大旱魃。七年連続の大旱魃で、野原に草木は絶え、米一斗が銀二両九千。樹皮、白土、大雁の糞で飢えを満たし、骨肉、相い喰らい、餓死者続出。十戸に九戸は絶える。

康熙四年、旱魃。飢饉。

康熙六年、大旱魃。飢饉、人、相い喰らう。

康熙十二年、旱魃。

康熙十七年、大旱魃。

康熙十八年、大旱魃。死者続出。

康熙二十八年、大旱魃。

康熙二十九年、大旱魃。

康熙三十年、激甚の大旱魃。三年連続の大旱魃で大飢饉となり、民、半数以上が逃散。

康熙三十六年、旱魃。

康熙六十年、激甚の大旱魃。米一斗が五百五十銭。

康熙六十一年、旱魃。

乾隆八年、大旱魃。

乾隆四十九年、旱魃。

乾隆五十年、大旱魃。

乾隆五十一年、旱魃。三年連続の大旱魃。

嘉慶十九年、激甚の大旱魃。

道光十三年、旱魃。

道光二十七年、大旱魃。

光緒元年、大旱魃。七月に大旱魃。作物の苗は枯死し、冬に降雪なく、赤地千里（果てしなく広がるはだかの土）。

光緒二年、旱魃。

光緒三年、激甚の大旱魃。大飢饉。米一斗が千から五千、草根木皮を喰らい尽くし、父子、相い喰らい、村落は廃墟となる。

光緒二十七年、大旱魃。秋に収穫なし。

民国二年、旱魃。麦の収穫なし。

民国五年、旱魃。
民国九年、大旱魃。人、相い喰らう。
民国十年、旱魃。
民国十一年、旱魃。
民国十二年、旱魃。
民国十三年、旱魃。
民国十八年、激甚の大旱魃。夏に麦の収穫なく、秋に穀物の収穫なし。餓死者無数。
民国十九年、大旱魃。二年連続の大旱魃で、逃散する民の数は計り知れず。
民国二十年、旱魃。冬に降雪なし。
民国二十一年、旱魃。
民国二十四年、大旱魃。土地は干からびて亀裂が走り、草木は枯死。
民国二十五年、旱魃。
民国二十六年、旱魃。
民国二十九年、旱魃。
民国三十年、旱魃。
民国三十一年、激甚の大旱魃。大麦小麦の収穫なし。初秋に全て枯死。民、子女を売り、大多数が逃散。
民国三十二年（一九四三年）、旱魃。
……

◇ 訳注

(1) 清の漢陽兵工廠がドイツ帝国からライセンスを得て生産し、中国で生産された初めてのボルト・アクション方式の小銃で、二〇世紀初頭の中国軍の代表的な武器。

(2) 日本軍は「戦死一・五九一人、戦傷四・四一二人」の損害で、中国軍の損害は、遺棄死体約二八・六一二人、捕虜一・〇六五人であると記されている。防衛庁防衛研修所戦史室編、戦史叢書『香港・長沙作戦』朝雲新聞社、一九七一年、六五八～六六〇頁、六六五頁。

(3) 東京振武学校、日本陸軍士官学校を卒業。中国軍軍政部長、参謀総長、連合国中国戦区陸軍総司令など歴任し、一九四五年八月、ポツダム宣言受諾後、南京軍官学校における日本軍降伏文書調印式では中国側代表を務めた（日本側代表は支那派遣軍総司令官岡村寧次大将）。

(4) ビルマ（現在のミャンマー）の都市。インドからビルマを経て重慶に通じる「援蒋ルート」の要衝の一つ。日本軍はビルマ独立義勇軍とともに一九四二年五月二日にマンダレーを攻略する。ビルマ独立義勇軍の指導者はアウンサンで、後に彼は日本軍とたもとを分かちイギリス軍とともに日本軍と戦い、戦後、さらに完全な独立を目指すが、暗殺された。彼は「建国の父」と呼ばれ、長女は民主化運動指導者でノーベル平和賞受賞者のアウンサンスーチー。

(5) 一九三八年六月、国民党軍は日本軍の進撃を止めるため黄河の堤防を意図的に破壊し、大洪水が起きた。黄河決壊事件、花園口決堤事件などと呼ばれ、犠牲者は数十万～百万人にのぼり、農業の被害も甚大であった。当初、国民党政府は日本軍が破壊したとのプロパガンダを繰り広げた。

(6) 「書」の文字があるのは、先の「墨汁」や星星が「字を読める」と言ったことに対応し、そのような少女が零落したと示唆。

訳者あとがき——解説のために——

劉燕子

一、はじめに

「国境の長いトンネルを抜けると雪国であった。夜の底が白くなった。」

これは川端康成の『雪国』の書き出しです。

本書（小説）では、「カビの生えた、小便くさい、ガランとしたトンネルを通って一九四二年に戻」るという旅立ちが語られています。

トンネルを通り抜けるとストーリーの舞台に出るという手法は共通しています。

確かに、劉震雲の描く世界は、哀しいまでに純な美を探究する川端文学とは対照的で、悲惨や汚辱に満ちていますが、しかし、人間への深い哀惜・愛惜では通底しています。映画版の終わりの美しく咲き乱れる花の背景は、肉親がいなくなった天涯孤独の老人と少女が出遭い、新たな家族を創るという人間賛歌を表象しています。その苦難で結ばれた固い絆は中国風の素朴なヒューマニズムです。

このヒューマニズムはリアリズムに裏打ちされています。劉震雲は、圧政、災害、戦争に押し潰され、生死の境をさまよいながら、しぶとく、したたかに生き抜く飢餓難民の中に身を置くようにして、その強靭さを生き生きと活写しています。また、腐敗した役人や強欲な商人を、ジャーナリストのホワイトやミーガン神父たちの救援活動と対比させて痛烈に揶揄しています。

それはまさしく真に迫っています。この「真」の次元へのアプローチがあるからこそ、民衆の「生活」から「民族の精神史」まで見通して考えせしめる作品となっているのです（劉震雲「日本の読者へ」『温故一九四二』中国書店、二〇〇六年）。

私は凍てついた烈風で土埃が巻きあがる河南を幾度か訪れました。突き刺すような寒さと砂塵で全身が萎えしぼむのを感じながら、難民の逃散に思いをはせて、作品のリアリティを確認しました。河南方言を耳にしながら、それを重層的に織り込んだ文体、うねるリズム、くねるテンポは、まさに河南人の「生活」そのものだと実感しました。

劉震雲は簡潔な文体で、民衆の感覚、言葉づかい、行動などを縦横に駆使して、ユーモアやウィットも交えながら、しかし行き過ぎず、微妙なバランスを保ちつつ書き綴っています。テーマは大飢饉や戦争という重苦しいものですが、しかつめらしい難解さなどなく、歴史の軋みや摩擦から発する光と、それによってできる影をフィルムに焼き付ける如く、シンプルです。重厚な内容を、このように叙述できるのは並々ならぬ才能であり、まさに『人間の条件１９４２——誰が中国の飢餓難民を救ったか——（原題・温故一九四二）』は彼の文学の真骨頂と言えます。

二、小説とその映画化の道程

一九四〇年代、人口の九割以上が農民である河南において旱魃や蝗害などの災害が頻発し、その被害は想像を絶するものでした。また、拡大する日中戦争に加えて、軍閥や土匪などの武装勢力の紛争もあり、戦費調達のための苛斂誅求な徴税・徴集、それに乗じた収奪・搾取が横行し、苦難は民衆が耐えられる限度を超えていました。

こうして天災と人災が重なりあい、一九四二～四三年に人口三〇〇〇万人の河南省で三〇〇万人（一説では五〇〇万人）の餓死者と三〇〇万人の難民が出るに至りました。事態は絶望的でしたが、この大飢饉を終息させたのは、何と、軍糧を放出して難民を救済した日本軍でした。

しかし、中国では日本軍は絶対な悪とされ、この史実はタブーの如く封印されてきました。このタブーを突き破ったのが、ルポルタージュ小説『温故一九四二（人間の条件１９４２――誰が中国の飢餓難民を救ったか――）』です。それは次のような経緯と時機のことでした。

一九八九年六月四日、天安門民主化運動が鎮圧されました。非人道的な武力行使に対して西側諸国は相次いで経済制裁を行いましたが、中国は対日外交を梃子に打開しようとして、日中関係の特殊性をアピールしました。そして、一九九一年八月、日本はいち早く経済制裁を解除しました。こうして、日中友好のムードが醸成され、「抗日」や「反日」は影をひそめ、一九九三年に『温故一九四二』を発表することができたのでした。

この映画化はすぐに発案されましたが、しかし、実現には十八年もかかりました。それは、文革に続く天安門事件で共産主義への信頼を失った中国政府が愛国主義を重点政策に位置づけ、「抗日戦争」の勝利を強調し始めたからでした。早くも一九九四年には「愛国主義教育実施要項」が制定され、愛国主義教育キャンペーンが全国的に展開されました。一九九三年は言わばつかの間の「真空地帯」のような時だったのです。

その後も映画化の努力は粘り強く続けられ、幾度も実現しそうになりました。二〇〇六年一月の時点では「脚本ができ、（大手配給会社の華誼兄弟社から）制作資金もできました」が、「政治と戦争」と「生活」をめぐる「認識の視点が異なる」ために「論争」があり、「今のところ浅瀬に乗り上げている状況です。（略）もしかしたら、そう長くないうちに（略）もう一つの異なる表現形式で観ることができるでしょう」と述べられていました（前掲「日本の読者へ」）。しかし、最終段階で中国共産党中央宣伝部の許可を得ることができませんでした。

むしろ「反日映画」と称される「戦争映画」が次々に作られました。そこで登場する日本軍人はほとんど憎々しい悪役でした。テレビで量産される「抗日戦争」ドラマでも日本兵は悪役に仕立てあげられました。

それとともに言論表現の自由も狭められました。そのなかでも作家やアーティストは日本軍人を多角的で複合的に描くことに最大限努力してきました。実際「梅蘭芳」（二〇〇八年）の田中少佐や「南京！南京！」（二〇〇九年）の若き軍人・角川など、戦争の現実の前に苦悩する日本軍人がスクリーンに映し出されました。

ところが、中国政府は、二〇〇一年の「映画管理条例」に続き二〇一一年には「映画産業促進法」案を公開し、「促進」の名目で統制を一層強化しました。さらに、尖閣諸島をめぐる「反日」キャンペーンまで押し進めました。しかし、これが却って日中戦争をテーマとする作品として検閲を通過しやすくなり、ようやく許可を得ることができ、二〇一二年十一月の公開にこぎつけたのでした。

ただし、以下の五つの条件が指示されました。

① 一九四二年の中国における階級の矛盾・対立ではなく、民族（中国と日本）の対立を最優先にすること。
② 中華民族の大災難とともに、人間性のぬくもりや善意も描写すること。
③ 映画の結びでは、生きる希望を与えること。
④ アメリカ人の記者（セオドア・ホワイト）の救援活動を誇張しないこと。また、宗教の問題の尺度をよくわきまえること（ミーガン神父の描き方は程々にする等）。
⑤ 血なまぐさいシーンをできるだけ少なくすること。

しかし、この厳しい条件にもかかわらず、馮小剛監督は、「愛国主義」の視野狭窄的な「抗日戦争」映画とは異なる多面的で重層的な歴史を鮮やかに描き出し、観る者を深く考えさせ、しみじみとした感動を呼び起こす名作を創りあげました。

三、「一九四二」を切口に「一九六二」を問う

映画が公開された二〇一二年は、尖閣諸島の日本国有化で、中国では「反日」感情がピークに達しました。ところが、中国当局の案に相違して、観客は「抗日戦争」ではなく、毛沢東が一九五八年から押し進めた「大躍進」により一九六二年までに数千万人の餓死者を出した大飢饉を連想しました。あたかも「一九四二」がパスワードとなり「一九六二」への問いを導き出したのです。

これはインターネット空間で大きな反響を呼び起こしました。ネット市民は政治、社会、歴史、言論などの諸問題に関わらせて活発に議論し、「大躍進」で甚大な餓死者を出した政府の責任を追及する世論まで形成されました。『亜洲週刊』二〇一二年第五二号では「一九四二年の反響」、「一九六二年を忘れるな」、「情報の透明化を求め、政治改革を押し進めよ」（表紙の見出し）と報道されました。

これは作者も監督も意図したところでした。最後の字幕で河南における飢饉の歴史が列挙され、末尾は民国三二年（一九四三年）に続いて「……」となっており、一九四三年で終わって

はいないことが示唆されています。また、馮小剛監督は、二〇一二年十一月二十五日、フェニックスTVで、映画の目的は「一九四二年よりももっと痛ましい大飢饉の記憶を呼び起こすこと」であると語りました。

さらに、ルポルタージュ小説にまで視角を広げると、その序でおばあちゃんは「一九四二年？飢え死にが出た年はたくさんありすぎるんでね、いったいどの年のことをいってるんだい？」と問いかけます。これが映画版では結びに位置づけられています。つまり、この問いかけは、小説の序から映画の結びまで貫く通奏低音となっているのです。

ここで、一九六二年について述べると、それは空前の大飢饉、人類史上最悪の惨劇で、しかも人災でした（楊継縄『毛沢東大躍進秘録』文藝春秋の序章、第一章参照、以下同様）。

無謀で強引な「大躍進」による犠牲者の規模は、第二次大戦をはるかに凌駕しています。第二次大戦の死者は四〇〇〇〜五〇〇〇万人で、範囲はアジア、ヨーロッパ、アフリカに広がっていますが、「大躍進」の犠牲者（楊継縄は三六〇〇万人）は中国の国内だけで、多くの土地では半年間に集中しています。

当時の気候は安定し、戦争も、疫病の蔓延もなく、まさしく人災でした。共産党独裁の社会主義体制下では、餓死のみならず、「大躍進」運動に反対する者は処罰されました。甚だしくは末端の幹部より殴り殺されたりして、死に追いやられました。

その暴政は並外れており、それまでは、飢饉になれば外に助けを求めるか、あるいは外へ逃げ出せましたが、しかし、共産党が末端まで支配していたため、いずれもできませんでした。逃げ出した農民は「ごろつき」や「逃亡犯」として引きまわし、「労働改造所」という名の強制収容所に入れました。

言論や報道について見ると、一九四二年では「大公報」への処分は三日間の停刊だけでしたが、「大躍進」の情報は十年以上も厳重に封じられ、今でも不都合な統計数字は公表されておらず、政府もメディアも取りあげることを極力回避し、むしろ隠蔽しています。犠牲者の記念、追悼さえできません。

ホワイトは「一九四二年」について『歴史の探求』で、次のように述べました。

「仮に私が河南の農夫だったら、あれから一年後の河南の農民と同じように、祖国中国の軍隊を破ろうとする日本軍に手を貸しただろう。あるいは、一九四八年の河南農民のように、征服しつつある共産党側に寝返っただろう。中国共産党がどれほど残酷になれるか、私は知っている。だが、河南の飢饉ほど残酷なものはない。また、共産主義思想と、それを理念とした政府が、どんな種類のものであれ、仁政を施せば、私を育んでくれた慈悲や自由と衝突することなどない。」

このようなホワイトでも「一九六二年」は想像さえできなかったでしょう。もし、知っていたら、その幾層倍もの非道と悲惨に無念で、いたたまれなくなったのではないでしょうか？

四、もう一つの史実――歴史の豊穣な重層――

先述した映画化に関する五つの条件の筆頭には、中国と日本の対立を最優先にするという表現で「抗日」が指示されていました。確かに、第一四〇場や第一四四場では日本軍の残酷、非道なシーンがあります。

しかし、この条件の束縛を突破するシーンもあり、しかも重要な位置を占めています。それにより、日本軍=絶対悪という官製の「歴史」に不都合な「もう一つの史実」がリアルに描き出されています。これにより、歴史は重層的で豊穣であることが分かります。以下、具体的に述べましょう（脚本と映画は細部で異なっており、それぞれ別の作品として味わえます）。

① 日本軍の行進は整然と描かれており、中国軍の腐敗や混乱と対比的です。翻訳で見渡す限り果てしなく続く難民の行列は「蜿蜒」と、日本軍は「延々」と訳し分けたのは、これを踏まえています。

② 主人公の地主さまは「亡国の徒になっても、飢え死にするよりましだ」と語ります（第七六場）。同様のセリフは、小説では難民の息子のものであり、位置づけが高まっています。

③ 飢えた被災民が蜂起し、長槍や押し切りなどを持って地主の屋敷に押し寄せ、食糧を奪い、貪り喰らう中で暴動となり、若旦那が殺されます。この若旦那には妹がおり、その後、県長の

手下（小韓）から「日本人にやられたのか？」とたずねられると、彼女はくちびるを震わせながら「同郷人に、です」と答えます（第一五場）。
④ 日本軍の空爆では、飛行士が低空飛行し、中国軍と難民が混在しているのを見て「本部は、最近、被災民には爆撃するなと命令している」とためらいます。ただし、別の飛行士が「軍隊の方が多い」と言い、機長は爆撃を命令します（第四七場。映画ではかなり省略）。
⑤ 空爆による混乱に紛れて国民党の兵隊が難民の食糧を奪うが、さらなる爆撃が難民を救います。略奪する敗残兵が逃げたためで、結果的に難民が助かります（第四八場）。
⑥ 岡村大将は高橋中将との協議を「何より人間だよ」と結んでいます（第一三一場）。これは、小説第六章における「少なくとも彼らを、人間らしく死なせてやりたかった」という神父の言葉と呼応するでしょう。
⑦ 粥の炊き出し所を開く日本軍の茅野中佐はカトリック（クリスチャン）です（第一三六場。ただし映画では描かれていない）。

五、おわりに

日本軍の難民救済を取りあげることは、決して戦争の美化ではありません。短期的に見れば戦争や政治が歴史を変えましたが、長期的に見れば民衆の「生活」、特に難民の食べ物の問題が歴史を変え、創り出したということが、本書のメッセージです。

史実に関しては、小論「中国現代文学のポテンシャリティと日本――「温故一九四二」が有する〝もう一つの史実〟を提出する文学の力――」（静岡大学人文社会学部、同アジア研究センター『交感するアジアと日本』二〇一五年三月）で、防衛庁戦史室の『河南の会戦』など日本側の資料と比較考察し、詳しく論証しています。集広舎のホームページの中のコラム「燕のたより」、http://www.shukousha.com/category/column/liu/ に加筆修正して再掲してありますから参考にしてください。

この歴史は今日にも密接に関わっています。翻訳を進めるなか、中国政府は「反ファシズム戦争」勝利の意義を強調し、戦勝七〇周年を大々的に宣伝し、華やかな軍事パレードを繰り広げました。その時、メディアが北京で蔑まれながら働いている出稼ぎ農民に「日本軍が再び侵略したらどうするか」と質問しました。すると、彼は「前線に行くのに戸籍の制限はねえのかい？（中国では戸籍の差別がある）おら、農村の戸籍だ。前線に行くのも北京や上海の戸籍が優先じゃねえのか？　おら、幹部じゃねえ、党員でもねえ、ただの下っ端の農民だ。それでも行けるのか？　死んだら命の値段は同じかい？」と問い返し、ネット空間で話題になりました。

中国において、政治体制は変わっても、最底辺に生きる民衆の状況は一九四二年とあまり変わっていないと言えます。

本書を上梓するにあたり、ルポルタージュ小説では竹内実先生が監修してくださった中国書店刊『温故一九四二』の翻訳を改めました。私は竹内先生の教え子ではありませんが、先生の晩年の十数年間、様々に直接ご指導を受けることができました。劉震雲の訪日で開かれた北海道大学でのシンポジウム、『ケータイ』の出版に際した桜美林大学のシンポジウムなど、竹内先生はご多忙の中でも必ず一緒に参加してくださいました。ご高齢にも関わらず、ヒューヒューと寒い風の吹く十月の札幌や二月の東京まで足を運んでくださいました。「中国現代文学のポテンシャリティと日本」の元になった小論を「事実関係についても、防衛庁の戦史にあたっていて、鋭い示唆がうかがわれ」る「りっぱな労作の論文」と励ましてくださいました（「監修のことば」『温故一九四二』）。

今は天国におられる竹内先生を心から懐かしく思い出します。その念は、ただただ、先生が与えてくださった「海内有知己、天涯若比隣」の詩句に尽きます。

なお『温故一九四二』所収の「村のお頭」は、本書をより深く味わうためにとても重要で、劉震雲自身が薦めた作品ですが、今回は紙幅のため割愛しました。

最後になりましたが、いつも温かくご指導してくださる桜美林大学教授・川西重忠先生、「中国現代文学のポテンシャリティと日本」を『交感するアジアと日本』に掲載するなど研究成果の発表の機会を度々提供してくださる静岡大学教授・楊海英先生、日中の間でマージナルな立場にあり、泣き虫の私を励ましてくださる麻生晴一郎学兄、日中両語総合文芸誌『藍・ＢＬＵＥ』

の時からお世話になった神道美映子さん、集広舎の川端幸夫社長、丁寧に編集してくださった麻生水緒さん、日中間で新たな公共空間の創造を目指す「燕のたより」市民サロンを支えてくださる安保智子女史はじめ皆様に感謝申しあげます。思い浮かぶお名前は限りなく、ここでは書き尽くせません。まことにありがとうございます。そして、この本を手にとってくださる読者お一人お一人に感謝します。

二〇一五年、孤桐寒き日

◆作者◆　**劉震雲**（リュウ・チェンユン）
作家、中国人民大学文学院教授。1958年、河南省延津県に生まれ、1973年から78年まで人民解放軍の兵役に就き、78年から82年まで北京大学中文系に学び、82年から文学作品を発表。著書に『故郷天下黄花』、『故郷相処流伝』、『故郷面和花朶』、『劉震雲文集』全十巻、長編小説『一句頂万句』、『我不是潘金蓮』など多数。『一句頂万句』は2011年に中国最高の茅盾文学賞を受賞するなど、数多く表彰。『温故一九四二』は2012年に中国最大のポータルサイト「新浪」で良書ベストテンに入選し、また映画版はイラン国際映画祭脚本賞など数多く受賞。日本語訳には他に「手機」(『ケータイ』劉燕子訳）や『我叫劉躍進』(『盗みは人のためならず』水野衛子訳）がある。

◆翻訳◆　**劉燕子**（リュウ・イェンツ）
作家、現代中国文学者。北京で生まれ、湖南省長沙で育つ。大学で教鞭をとりつつ、日本語と中国語のバイリンガルで著述・翻訳し、著書や訳書は、日本語では『黄翔の詩と詩想』、『温故一九四二』、『中国低層訪談録―インタビューどん底の世界』、『殺劫―チベットの文化大革命』(共訳)、『ケータイ』、『私の西域、君の東トルキスタン』(監修・解説)、『天安門事件から「〇八憲章」へ』(共著)、『「私に敵はいない」の思想』(共著)、『チベットの秘密』、『安源炭坑実録―中国労働者階級の栄光と夢想』(コーディネート・解説)、『「アジア」を考える』(共著)、また中国語では『你也是神的一枝鉛筆』、『這条河、流過誰的前生与后世？』、『没有墓碑的草原』など多数。集広舎ＨＰのコラム「燕のたより」などで最新のトピックを評論。
http://www.shukousha.com/category/column/liu/

人間の条件１９４２ ── 誰が中国の飢餓難民を救ったか ──
定価（本体：1,700円＋税）

平成28年（2016年）1月15日　初版刊行
作者　劉震雲
翻訳　劉燕子
発行者　川端幸夫
発行所　集広舎
〒812-0035　福岡市博多区中呉服町5-23
電話：092-271-3767　FAX：092-272-2946
http://www.shukousha.com
装丁　仁川範子
印刷製本　モリモト印刷株式会社
ISBN　978-4-904213-37-7 C0097

落丁本、乱丁本はお取り替えいたします。

◎温故一九四二

●劉震雲【著】 竹内実【監修】 劉燕子【訳】

支配者の暴力に翻弄されながら、支配者なしで生きられない中国農民の姿が淡々と、ユーモアやペーソスを交えて軽妙な筆致で描き出される劉震雲の文学世界。一農村に視点を据え、激動の中国近現代一〇〇年にわたる政権交替を活写した定点観測の記録小説「村のお頭」を併録。

▽価格（本体一六〇〇円＋税） 四六判上製 二二七頁

中国書店刊行 第二刷 ＊日本図書館協会選定図書。

◎チベットの秘密

●ツェリン・オーセル・王力雄【著】 劉燕子【編訳】

民族固有の文化を圧殺された上、環境汚染・資源枯渇など全般的な存在の危機に直面するチベット。北京に「国内亡命」を余儀なくされた、〝一人のメディア〟として創作と発信を続けてきたチベット出身の女性詩人が、闇に隠された「秘密」に澄明な光を当てる。王力雄「チベット独立へのロードマップ」ほかを併録。

▽価格（本体二八〇〇円＋税） 四六判上製 四一五頁

集広舎刊行

◎私の西域、君の東トルキスタン

●王力雄【著】 馬場裕之【訳】 劉燕子【監修＋解説】

「国家機密窃取」の容疑による入獄などの困難を乗り越え、９年の歳月をかけて新疆ウイグル人の内心と社会に迫った渾身のノンフィクション。

▽価格（本体三三二〇円＋税） Ａ５判並製 四七一頁

集広舎刊行

◎殺劫《シャチエ》——チベットの文化大革命

●ツェリン・オーセル【著】 ツェリン・ドルジェ【写真】 藤野彰・劉燕子【訳】

一九六六年から十年間、チベット高原を吹き荒れた文化大革命の嵐は仏教王国チベットの伝統文化と信仰生活を完膚なきまでに叩き壊した。現在も続くチベット民族の抵抗は、この史上まれな暴挙が刻印した悲痛な記憶と底流でつながっている。長らく秘められていた「赤いチベット」の真実が、いま本書によって四十余年ぶりに甦る。

▽価格（本体四六〇〇円＋税） Ａ５判並製 四一二頁

集広舎刊行 第二刷